Rafael-Humberto Moreno-Durán

EL TOQUE DE DIANA

Rafael Humberto Moreno-Durán

EL TOQUE DE DIANA

MONTESINOS

Visio Tundali / Contemporáneos

Portada de Manuel Boix sobre
La boda de los Arnolfini de Van Eyck
© R.-H. Moreno- Durán. Primera edición, enero 1981
© De esta edición, Montesinos Editor
Rambla 130, 4º - Barcelona (2)
ISBN 84-85859-06-5
Depósito Legal: B. 2.307 - 1981
I. G. Manuel Pareja
Montaña, 16 - Barcelona (26)
Impreso en España
Printed in Spain

Para Montse*

* *Que airosa asume el riesgo de sus certidumbres —seny, calme et volupté.*

A Jorge Aníbal y la dama Feldman, *por su vehemente generosidad.*

Proposición 1. Le agradezco profundamente al Alto Mando que haya renunciado a sus derechos sobre un hombre como tú, al que yo no hubiera querido compartir con nadie. Yo soy tu dueña, Mayor, y es una gran suerte que te hayas retirado del ejército. Casi no hubiera podido ni soñarlo...

G. E. Lessing,
Minna von Barnhelm o La felicidad del soldado. Acto 4.º, escena 6.ª.

Proposición 2. Trató de servir al oficial como si éste fuera una autoridad abstracta y no un hombre. Todo su instinto le aconsejaba evitar el contacto personal, incluso el odio definitivo. Pero a pesar de sí misma el odio creció, reaccionando ante la pasión del oficial. Sin embargo, decidió situar todo eso en un segundo plano. Cuando él olvidara el ejército ya se animaría a...*

D. H. Lawrence,
The Prussian officer, I.

* *Escolio. En efecto, quien imagina que el ser que ama se entrega a otro, no sólamente se entristecerá por resultar reprimido su propio apetito, sino que también lo aborrecerá porque se ve obligado a unir la imagen de la cosa amada a las partes pudendas y los excrementos del otro; a lo que se añade, en fin, que ya no es recibido por la cosa amada con el mismo semblante que solía presentarle, por cuya causa también se entristece el amante, como mostraré en seguida...*

Baruch de Spinoza,
Etica, III, XXXV.

Cuando usted y yo hacíamos el amor, la Muerte le ganaba una partida de ajedrez al Caballero del Séptimo Sello. Fiel a la verdad, he de reconocer que muchas cosas fueron posibles entre..., el Mayor detiene su lectura, se rasca la cabeza y —No me creas tan ingenuo, dice— rompe la carta ante el desmesurado asombro de la mujer, hasta ahora firme y buen cuadro a su lado, aunque todo se precipita pues el rotundo gesto que acaba de golpear su vanidad no le deja otra salida que la que durante estos últimos meses se ha visto obligada a tramitar a solas. Agravios y recuerdos, dudas, proyectos abandonados, ¿qué era todo eso sino una mínima cuota en el vasto testimonio de su descalabro? Augusto Jota se da mediavuelta, se palpa, extiende el brazo y con el índice tenso hace suya en el silencioso espacio de su alcoba la vieja certeza del gran hombre, pues también él ha llegado a creer sólo en los relatos de los testigos que han muerto en la batalla. La mano abandona su rigidez, el brazo se relaja, cae y él intenta erguirse una vez más pero una secreta voluntad de entrega le exige, como ayer, amplio tributo. El credo diario se repite y el Mayor se ve perseguido, atrapado, hundido en los médanos de su memoria: ¿cuántas veces al día —y cuántos días— ha sopesado los móviles de su desgracia? Coloca las manos debajo de la nuca y se deja ir mientras observa los arabescos ligeramente iridiscentes de la lámpara, los cromos del calendario, las miniaturas entrelazadas en un juego de nervios y piensa en un reciente pasado de gobelinos y tapices, en largos corredores y amplios gabinetes y, cómo no, piensa también en los motivos de su postración presente. A la izquierda, separado apenas algunos metros de su cama, el inmenso armario aparece pletórico de recuerdos agresivos, lleno de guiños y vestidos, atento siempre al orden del día como si fuera un avieso argumento de lo irremediable. De igual forma a como cierto incisivo filósofo guardaba un abrigo agujereado por un navajazo para recordar que el pensamiento no siempre es amado por los hombres, Augusto Jota conservaba la totalidad de sus uniformes a fin de no olvidar que la dignidad debe ser mantenida y defendida a como dé lugar así pesen en su contra las más oprobiosas circunstancias. Jamás creyó, fuerza es decirlo, que esa dignidad apolillada, deshilachada y con olor a trapo viejo pudiera menguar el supremo valor destinado a sustentar la fidelidad a la causa y, antes bien, cifraba en esta vocación de nostálgico trapero las razones de su más empecinado y edificante orgullo. Los trajes de gala, en consecuencia, todavía cargados de insignias y condecoraciones, permanecían impávidos y pulcros con todos los arreos propios del rango, firmemente asidos a la acariciada y nunca del todo rechazada idea del reingreso al Cuerpo. Al principio, y en atención a una hermosa prueba de solidaridad, Catalina ajustaba y daba lustre a los alamares del dormán, como decía con voz reminiscente, aireaba, cepillaba, planchaba casi semanalmente los uniformes y otra vez los colocaba en su lugar mientras aguardaba esa oportunidad que, ella más que el Mayor, con los pies sobre la tierra y la mirada al frente, había alimentado en secreto y que, para ser sinceros, constituía el único acuerdo en esta relación tan desvencijada y extrema, pues a nuestro matrimonio no lo salva ya ni el que sabemos. Mientras tanto, y hasta que no ocurra algo que pueda alterar el espléndido desbarajuste de la casa, los trajes han de continuar ahí, bajo el constante asedio de las polillas y los olores de claustro, aunque es preciso reconocer que tras el abusivo gesto del yacente la paciencia de la mujer ha llegado por fin al límite y, bien vistas las cosas, transcurridos estos siete inexplicables meses, las insignias y todo lo demás han terminado por importarle lo que se dice un bledo. El lapso ha sido demasiado largo y la vela de armas tan intensa que ella, gracias al genio de su prócer, incluso llegó a perder en el trayecto hasta su propio nombre. ¿En qué momento fue que a este desgraciado se le ocurrió apodarla Bagre? Así la situación, opta por las maletas y observa con postrera curiosidad a Augusto Jota, tal vez atrapado por el mal sutil, extraviado en quién sabe qué inaccesibles esferas. ¿Cómo pude verme enredado en ese asunto tan feo?, se arranca los pelos el Mayor. Lo cierto es que no cabía suponer siquiera que fue, como llegó a insinuarse, sacrificado, pues ese cuento de víctima propiciatoria a lo Dreyfus no se lo creía ni él mismo así hubiera sido una de las piezas más zarandeadas del preclaro escándalo. No sólo el Departamento de Presupuesto y Finanzas había sido declarado en entredicho, sino también las fichas claves del Ministerio, incluídos el factótum Traslaviña y la División de Administración, Intendencia y Servicios varios, conjuntamente con el Teniente General Gonzaga, ánade real de la Compañía Acorazada Número Tres, y demás superiores jerárquicos del castrense. Cerca de ciento treinta millones se habían esfumado como por arte de magia y nadie sabía ni mú ni cómo ni a partir de cuándo, qué lío tan madre: enjuiciamiento público, convocatoria urgente en la comisión respectiva del Congreso, histeria democrática del Presidente, automática cesación en los cargos hasta que se instruyera el sumario y todo lo demás, incluyendo una rápida limpieza administrativa, pero de los millones nada. Y, como si fuera poco, ahí está ahora esa gente de la izquierda escarbando y echándole vinagre y sal a la sensible herida, pues a la sustracción de los caudales públicos hay que agregar también la cadena de jugosísimos sobornos en la compra de un sofisticado escuadrón de cazas del tipo interceptor todo tiempo, así como de la fraudulenta facturación de equipos que se hicieron pasar como implementos para aparatos de la denominación estatorreactor e incluso, como si los tiempos no cambiaran en este país, repuestos para los modelos de propulsión a chorro —los peritos de la División Técnica del Estado Mayor del Aire juran no saber nada del asunto—, cuando en realidad se trataba de material para los ya clásicos aunque todavía en activo trastos de turbohélice: bien se ve que los altos jerarcas decidieron esta vez untarse hasta la mitad del cuello. El Mayor sabía que por asuntos menos importantes sus colegas se volaban la tapa de los sesos pero en este enredo parece que todo el mundo se hace el de que la cosa no es conmigo y es mejor que digan quién o quiénes son los responsables del peculado o aténganse a las consecuencias. La enorme cifra aparecía en un rojo impresionante en la columnita dedicada a los haberes pasados a mejor vida, embrollo tan complicado que no lo resolvía ni Mandrake el mago. El asunto es que, tras el descubrimiento del ilícito, como decía la prensa, se montó un consejo de guerra con cocktail de apertura y todo y al que sólo por cumplir con la manía adánica de sus compatriotas de darle nombre a las cosas llamaron

Consejo del Siglo, pero qué va, se lamentaban los de platea, eso no es más que una treta para quitarle importancia al chanchullo mucho más grave del tráfico de influencias y cohecho, sí, cosas propias de la más cara tradición patria: demasiado ruido, como siempre, y después nada. Y a propósito de la patria, Augusto Jota —diestro conocedor de los pormenores de la geopolítica en relación con la estrategia— descubrió un día, en medio de una soporífera clase en la Academia, que este país a causa de los nombres altisonantes de sus villas y de sus poco modestos gentilicios, parecía un apretado episodio registrado en una página cualquiera de la Biblia o incluso un mapa a escala, denso y prolífico, de las zonas más diversas del oriente medio, del Asia menor o de la historia clásica. Enfrentado a una vasta cartografía de aldeas infelices, bautizadas y educadas tan presuntuosamente —a lomo de mula y a través de la cordillera un intelectual transportaba un piano para difundir los arpegios de los valses de Strauss entre las doce tribus—, el Mayor atrapó la verdadera imagen de lo que a ojos de las naciones de la gentilidad encarna la más alta expresión del Estado Teocrático —prelados, castrenses y seglares del feble sexo constituyen, en efecto, una aleccionadora, incuestionable y casi mística jerarquía—, aunque tal definición no logra disimular la dignidad que nos hace superiores a los demás gracias a hábitos tan afortunados como cuando nuestros políticos se mientan la madre en inglés con acento de la city o cuando las reinas de belleza menosprecian a las feas en latín: la mediocridad hecha sublime canto, se desliza el Mayor, la hez summa cum laude, concluye mientras intenta acomodarse, pero es entonces cuando descubre los trozos de papel, la vieja carta de batalla que hace apenas un rato, después de haber regresado de su enigmático periplo por la calle, decidió romper, incapaz de releer siquiera. Ciertamente, tras la prolongada postración amaneció hoy con un humor de lo más raro, cariñoso e inquieto, y ante el fino estupor de su mujer saltó de la cama, se arregló de civil como si fuera a tomar posesión de un alto cargo, tengo que hacer una consulta, perfumado y sonriente comprobó la pulcritud de su pinta, la elegancia de un oficial de carrera aunque esté retirado no es moco de pavo, vuelvo a la hora del almuerzo, dijo mientras ordenaba unos papeles que, casi a escondidas, procedió a guardar en el portafolios de los grandes proyectos, hasta luego. Catalina, virgo fidelis hasta que no se demuestre lo contrario, suspiró profundamente, pues la verdad es que estaba decidida a no soportar un minuto más la conducta de su marido y aún contrariando al jesuíta —En tiempos de tribulación no hacer mudanza— ya se disponía a largarse definitivamente de esta casa, decisión que aplaza al ver salir a su hombre de perfil y altivo, como pocos. Su alegría no dura mucho y a punto está de caer fulminada cuando a los pocos minutos el soldado regresa radiante de su empresa, dice un par de cosas sin sentido, desafiante y artero, y vuelve a meterse en la cama dispuesto a iniciar una nueva temporada de quién sabe cuántos meses. Al asombro sucede la furia —¿A dónde te largaste,/desgraciado, y me dejaste con gemido?— y luego la convicción de que esto no hay quien lo entienda, así que la mujer opta por la salida más digna, y entre más pronto mejor. Pobre Catalina, las cosas que ha tenido que soportar, pero en el fondo se las merece, piensa el Mayor, pues ¿quién le ha mandado·ser tan insolente, tan sobrada del lote, tan jodida conmigo? Augusto Jota recuerda que, años atrás, un jueves santo y a falta de mejores recreos decidió sofaldar como Dios manda a su señora aunque de aquella jornada su memoria sólo puede recuperar con énfasis un par de cosas: a) que al principio Catalina se mostró un poco reacia y desapacible, actitud que depuso luego de arrancarle una cualquiera de las siguientes promesas: dos semanas en Flandes, el aval de un empréstito mayor para ampliar la boutique, o una suscripción vitalicia a Harper's Bazaar con su correspondiente cena de celebración en el Elsinor, por ejemplo, y b) que mientras galopaban alcanzó a vislumbrar con pasmo y dolor cómo su mujer se deleitaba con las secuencias de una de esas películas que abusan de la espada y la cruz que en esos mismos momentos, con todo lujo de detalles, despliegue y mise en scène, emitían por televisión. Después de la breve pero violenta ruptura la primera frase de la carta que le envió fue altamente memorable, como memorable sigue siendo el escándalo del Ministerio. La verdad es que durante cuatro sucesivas vigencias fiscales —bramaba el Contralor— gruesas sumas eludieron la malicia de los peritos del inventario anual y pasaron a atiborrar quién sabe qué faltriqueras verde oliva. Del inquisitivo, exhaustivo, capcioso interrogatorio no se salvó nadie, ni Manrique ni Andrade ni los de Logística y hasta el último de los empleados supernumerarios del Departamento cayó bajo las garras de los investigadores oficiales, pero nada, la sagacidad de los sabuesos también se volvió humo. Y como las grandes crisis precisan grandes soluciones los expedientes engordaban día a día con declaraciones y coartadas —los de la Cuarta Región Aérea y el mando táctico respectivo, acusados de embolsillarse primas y bonificaciones nada claras, insisten en ignorar la identidad del benefactor y el monto del presunto obsequio— pero del escándalo no se consignaba ni una pista, la mierda que sí supo tapar el gato. Periódicamente desaparecían instructores y aparecían otros, como si la investigación fuera una carrera de relevos o algo parecido. Amigo, su cara no me gusta nada, adiós; a ver, venga usted y encárguese de esto y mucho cuidado con hacer declaraciones alarmistas a los gorilas de la prensa. Y al final, claro, como ya había ocurrido con el Plan Simpático, nadie tenía idea de lo que pasaba en el Ministerio y hasta llegaron a decir que los políticos de la oposición querían desacreditar a las Fuerzas Armadas, siempre fieles a la tradición jurídica e institucional del Estado. Así, pues, la cuestión no ofrecía vuelta de hoja: o le echan tierra de una vez a ese asunto o qué tal les parece una buen cuartelazo, ya que, vista nuestra indolencia ante el deterioro del principio de autoridad, cualquiera es capaz de creer que los militares de este país somos los más tarados del hemisferio. Y aquí los núcleos más susceptibles y exaltados estuvieron a punto de transgredir la deontología solemne entronizada por el menos resabiado de los comandantes de las fuerzas de tierra, mar y aire que, para salir al paso de especies e infundios tendenciosos, declaró en su día ante el altar de la patria en el Campo de Marte que un golpe de Estado en nuestro país constituía no sólo una metedura de pata de imprevisibles consecuencias sino lo que con extraña convicción llamó un Imposible Ético. Lo que ocurre es que los extremistas juegan con fuego y aprovechan la tolerancia de nuestro talante democrático para difundir calumnias desestabilizadoras cuya procedencia todo el mundo conoce, pues lo cierto es que aquí no se le quiebran las piernas a nadie ni se conoce la picana ni se obliga a hablar a quien no quiere ni se detiene a la gente por discrepancias de opinión —En este país el único preso político soy yo, dijo el Presidente— ni se coarta el libre albedrío ni existe discriminación por juicios de conciencia ni se le jode la fiesta a nadie ni nada de nada. Ciertamente, de aquí a la eternidad sólo hay un paso y el desorden y la sedición son vocablos expulsados de nuestros diccionarios y si alguien lo pone en duda basta con que se remita a los incidentes de ese tímido pronunciamiento que durante algunas horas promovió el General Escalante en la guarnición de Tolemaida y que, como se dice en la jerga castrense, fue rápidamente abortado. Cuando Catalina oyó la noticia por Radio Cadena Nacional, la voz ecuánime del día, se la comunicó a Augusto Jota tan pronto salió éste de la ducha, matizando de paso algunos de los episodios de la frustrada insurrección. Los cabecillas de la aventura han sido derrotados, dijo, aunque quizás sea más lícito agregar que lo hizo con uno de esos habituales e impecables latinajos que tanto celebraba su marido, al menos cuando lo sorprendía de buen humor, Capita coniurationis percussi sunt. En efecto, los conocimientos que del latín tenía Catalina —señora extraordinariamente inteligente, de actitudes y razonamientos tan contundentes y certeros que allí donde se sentaba jamás volvía a crecer la hierba— eran tales que incluso se decía por ahí que a menudo encontraba errores de sintaxis en la Rerum Novarum, pésimas declinaciones en la Mater et Magistra y hasta un infame uso del ablativo en la Populorum Progresio. No está de más agregar aquí que, según la versión oficial, entre las afinidades por las cuales Augusto Jota y Catalina se enamoraron estaba el hecho de haber descubierto un día que ambos eran devotos practicantes de la lengua de los césares, ella por su largo cautiverio entre los preceptores y monjitas del Sacre Coeur, él por su periódica consulta a Tito Livio o por su obligada recapitulación de las hazañas de otro Tito (Flavio Vespasiano), narrados por otro Flavio, también conocido por

Josefo, aunque lo cierto es que en estas cuestiones de la lengua —entre Titos y Flavios se nos quiere ir la tarde— nunca se sabe a dónde va a parar la cosa. De todas formas, y hablando sólo para los de entera confianza, la verdad es que la inclinación del Mayor por el latín comenzó cuando —aún corriendo el riesgo de atraer sobre sí la mirada admonitoria y cargada de sospechas de sus superiores para quienes darse a entender a través de lenguas difuntas era tanto o más reprobable que la deserción— descubrió que la vieja sentencia Semen retentus venenum est (vulgo: si no fornicas te pudres) encerraba una razón tan convincente que lo obligó a matricularse en secreto en un curso sobre la dulce y ágil lengua a la que tanto partido le sacaron Bruto y Escipión. Catalina, por su parte, al socaire de maitines y vísperas, del Pater Noster y De Profundis, de cilicios y bodas místicas con el Cordero, optó también por hacerse socia del idioma de Popea y Mesalina cuando, con sospechosa frecuencia, sorprendía a las madres, a espaldas del confesor, celebrando con picardía algún certero epigrama de Catulo o Juvenal o cuando recitaban verdades como la que dice que Non est peccatum mortale,/modo vir ejaculetur in vas naturale, frase tan expresiva que hasta las niñas de primera comunión entienden. Lo cierto es que, al comienzo de sus relaciones y por más empeño que ponían no lograban entenderse a satisfacción cuando garlaban, pero en cambio descubrieron que, poco a poco, al tenor de nuevos esfuerzos de aproximación a través de esa adorada lengua que pronto hicieron común, se excitaban como micos en celo, y hay que ver las orgías que organizaban los amantes, primero a nombre de las Condicionales (si, nisi, sin —Si te tiendes de espalda, vida mía), luego las Concesivas (quamquam, etsi, licet —arroparé tu cuerpo con mis ansias) y por último, y como está mandado, de las Copulativas (et, atque, ac —hasta que el goce te haga clamor hinchado con mi esfuerzo). Visto así el panorama, Augusto Jota y su insigne coniux decidieron perseverar en el amor mientras, como apunta el filólogo, exista la gramática. Pero hasta lo más hermoso tiene los días contados y así ocurrió con la felicidad de nuestra pareja, ya que si bien es cierto que al buscar una cosa (el entendimiento como cópula) se encontraron con otra (la cópula como divertimento), también lo es que a estas alturas la lengua les jugó una extraña pasada. Sucedió que, precisamente en el momento en que merced a una cada vez más renovada práctica comenzaban a entenderse, las cosas de improviso adquirieron un giro casi aberrante, pues mientras ella, diligente e infatigable, conjugaba, él, en forma por demás lastimosa y literal, declinaba... Los trueques orales del soldado —ahora apenas armado a la ligera, miles levis armaturae— con su dama se limitaban precisamente a eso, a un simple aunque reiterado comercio a base de obsecuentes lengüetazos. Y eso fue todo lo que quedó de las brillantes paradas de los primeros días, saliva, pasión y un cierto cansancio en la epiglotis, aunque Catalina siempre reconoció que su marido era un diestro manipulador de la sin hueso, frase con la que, ante los invitados que como ella habían ido más allá del bachillerato, hacía referencia a lo que se esconde tras el eufemismo de una excelente facundia, satis eloquentiae habebat. Superada esta necesaria digresión, y una vez de vuelta a los tejemanejes castrenses, es preciso decir que el escándalo del Ministerio adquirió de pronto la misma placidez del sedimento puesto al descubierto con el aluvión, de forma tal que, aunque las cosas no quedaron como estaban, el sosiego volvió a este país al amparo de algo parecido a lo que, como dicen los civilistas y demás exégetas del código de Napoleón, ocurre tras el lento e imperceptible retiro de las aguas. ¿Para qué agitar más esa cuestión? Y razón no les faltaba a quienes así pensaban, pues ¿qué son al fin y al cabo ciento treinta devaluados millones? ¿Acaso no sabían los gentiles que muchas grandes naciones de la antigüedad consideraban el robo como una excelsa virtud guerrera? De todas formas y para que las cosas se hicieran como mandan los cánones fue preciso elegir unas cuantas víctimas de diferente tamaño por si algún día los intelectuales destapaban la olla y aquí fue cuando el Mayor comprobó los gajes de la inmunidad: Traslaviña, Gonzaga y, quién lo creyera, el Coronel Peñafiel, mi propio yerno, se cubrieron a salvo con sus inmundicias, ajenos de toda sospecha, bien erguidos frente al Ministerio y a las altas jerarquías, mientras que a los demás y a mí podía partirnos rotundamente un rayo. ¿Pero por qué yo? Ni idea. Concedo que les pude caer gordo por lo de la Academia, pero ¿cómo se atreven a ignorar en cambio esos servicios por los que incluso me postularon para un nuevo ascenso? Ciertamente, como instructor del grupo de Acción Militar tuvo mucho que ver con la planificación de una brigada de operaciones insulares, proyecto hojeado, subestimado y archivado, como ocurre siempre con los informes de los teóricos, aunque al final fue desempolvado cuando el servicio de inteligencia descubrió que los tipos de la potencia vecina preparaban un rápido y simultáneo desembarco en Los Monjes y Providencia. Garante de la seguridad, como lo llamó en su día su adusto superior, ¿por qué le hacían ahora esta fea jugarreta? Vea usted, le dijeron mientras carraspeaban a coro los guerreros, ¿quiere un traslado, digamos por ejemplo, al Carare? Qué hijos de puta más solemnes, ¿qué diablos mandaban hacer a Augusto Jota, el número dos de su difícil promoción, a la zona del Carare? Fiebres, comunistas alzados en armas y muchas otras calamidades cubrían el necesario orden del día en el caso de aceptar el desplazamiento: ni pensarlo, pero como el Mayor sabía que eso de pensar no entraba en la fuerza rigurosa de las costumbres castrenses tuvo que decir claramente que no, pues si no decía algo los otros eran capaces de endilgarle aquello que por extensión también se aplica a las mujeres: quien calla, otorga. El día que él, todo dignidad, pidió la baja, tuvo que echarse colirio en los ojos y ponerse gafas oscuras no le fueran a ver la nostalgia en los bordes enrojecidos de los párpados, que incluso parecían orzuelos. Y qué cara puso su mujer —de dama estaba a punto de convertirse en virago— cuando lo vio llegar, sin escolta ni nada, hecho una física caca, deprimido y todo, Augusto Jota. He tenido problemas con los gerifaltes, dijo, y la mirada de Catalina le llegó hasta el tuétano: si es así me temo una cosa. ¿Qué? Que te van a llamar a calificar servicio. Entonces él desenredó la madeja y confesó la verdad y ella lo lamentó muy profundamente y así se la pasaron, de frase en frase, de pregunta a respuesta, de requiebro a evasiva, hasta que el discurso se completó con la certeza de que no había más remedio que —la vida es un auténtico asco— buscar algún medio honroso para salir del paso. No había que lamentar nada en el fondo, pues la disciplina es la disciplina y él estaba seguro de haber sido pulcro, íntegro —¿qué otra palabrita era la que le gustaba?— e intachable. Nadie podría quejarse de él y él, a su vez, no recriminaba a nadie. Así es la vida, Catalina querida, qué le vamos a hacer. Aunque para serte franco no sé por qué la emprendieron conmigo casi a contragolpe, pues sólo salí a relucir en los preliminares del consejo

21

de guerra y en cambio el yerno, que dirigía una sección en Presupuesto y que estaba más untado que un bebé, si me perdonas la expresión, salió incólume de semejante embrollo. Por otra parte, no tengo ninguna necesidad de recordarte la estudiada escenita de condolencia que me hizo el malnacido cuando se acercó para decirme que por qué renunciaba, que por qué no lo pensaba mejor, que por qué no colaboraba una vez más con ellos y me iba de nuevo por un tiempo al Carare, imagínate la desvergüenza, como si yo fuera idiota. ¿Irme al frente para que me maten así no más los insurrectos? Espérame un ratito que ya vuelvo, yerno, le dije, y aquí me tienes. ¿A qué se refería Peñafiel cuando le pidió colaborar una vez más con ellos? ¿Confirmaba esta sugerencia la difundida sospecha que apuntaba hacia Augusto Jota como una de las cabezas responsables de las operaciones en Marquetalia y sus alrededores? ¿Tuvo algo que ver entonces con el Plan Lazo y demás golpes contra la sedición en la década anterior, tal como, entre otros, lo indica el informe Fenoy, publicado en el Mediodía y reproducido en Campacta? Augusto Jota aseguró siempre que todo eso no era más que una sarta de infundios pero el mencionado estudio lo señala como uno de los cerebros de la operación de limpieza. Le Plan Lazo —dice el informe Fenoy— préparé par les experts du Pentagone avec la collaboration du Commando Général de Opérations et le Chef instructeur du Groupe d'Action Militaire, Major Aranda, avait pour but de réduire la région de Marquetalia; il fut exécuté en trois étapes: a) action psychologique pour gagner des sympaties parmi les paysans et encourager les délateurs; b) blocus économique et militaire ensuite; c) enfin, le 17 juin, seize mille Lanciers, corps d'élite specialisé, donnèrent l'assaut. Cinq jours plus tard, la zone était complètement occupée... Después de Marquetalia la acción se extendió a otros focos y así pronto cayeron también Armero, Líbano, Melgar y la plaza fuerte de Flandes, pero el Mayor se limpia las manos pues insiste que no intervino para nada en esa operación, ya que si bien es cierto que supervisó en detalle el Plan Camelot —estrategia a la que incluso puso nombre— nada tuvo que ver en cambio con el tan meneado Plan Lazo. Ahora, ante la cara de desamparo que pone su mujer, Augusto Jota dice que lo importante es no dejarse apabullar por las circunstancias y aunque sé que el chequecito del retiro no alcanza para muchas cosas ya veré qué puedo hacer mientras tanto para no aburrirme y de paso cubrir parte de los gastos de la casa y cuestiones así. A propósito, querida, díle a los Almonacid que ya es tiempo de que nos cancelen la deuda, que dejen de ser tan descarados pues lo que les sobra es plata. Y de buena ley.

—Se levantó y me dijo que se iba a hablar con no sé quién en los reservados del Aricia, imagínate qué cara.

—Pues sinceramente te confieso que no veo nada fuera de lo común en todo eso. A lo mejor quiso estirar las piernas después de tanto tiempo de inercia sobre el catre.

—Volvió casi en seguida y me soltó lo de Diana y lo que ya te he dicho.

—Me parece que te ha llegado al alma su rechazo y no es para menos, aunque no es la primera vez que Diana derrota a Catalina.

—¿Qué dices?

—Cosas mías. La favorita de Poitiers no tuvo ningún reparo en mandar a la reserva nada menos que a tu tocaya, una de las más letradas e inquietas parientas de El Magnífico.

—Pareces dictar clase.

—Olvídalo. Alcánzame el cenicero, por favor.

—El señor está servido. ¿Algo más?

—Recuérdame que a las cinco debo llamar a Umaña.

—Pierde cuidado. Díme, ¿crees tú en el asunto ese de la cabeza de león sobre la pelvis de la viuda?

—No sé de qué hablas. Abre esa ventana, ¿quieres?

—Él me lo repetía cada vez que salía a relucir la historia de Marfisa Holguín.

—¿Te refieres al escándalo de la emasculación?

—Por supuesto, aunque creo que exageras en el diagnóstico: el mordisco fue duro pero no llegó a tanto.

—Me parece increíble que todavía se acuerde de tan bochornoso lío. Pensé que ya lo había olvidado.

—¿Olvidarlo? Ni hablar. Procede a resucitar dicha cuestión cada vez que le viene en gana apabullarnos a mi familia y a mí. Como te venía diciendo, es más artero que

—Lo que quieras. Aunque a tí no te llega ni a las corvas. O si no explícame por qué has allanado mi casa y además a mansalva.

—Aún me da vueltas en la cabeza lo último que le escuché al desventurado.

—¿Lo último?

—Ojalá que el muchacho y su hermana, cuando llegue la hora, no vayan a salir con un chorro de babas...

—¿Dijo eso? Si no se refería a tus dos hijos debió hablar en clave, pues de otra forma no entiendo ni una sola palabra. En serio.

—Eso mismo creí yo. Sin embargo no hay que olvidar el asunto de los mellizos. A lo mejor pensaba en ellos.

—¿Mellizos? Te digo que no entiendo nada de todo eso.

—Yo tampoco. Por eso le dije Esto no lo soporto más, querido. Y héme aquí.

—Eso no está nada bien. Caerme así como así, no hay derecho, leona. Al menos debiste avisarme que ibas a venir.

—¿Avisarte? ¿Para que levantaras el vuelo? Desde que el fulano sentó plaza de durmiente he notado que ya no eres el mismo de antes. Claro, las cosas se me ponían feas y tú eras la única salida. ¿A quién creías que iba yo a acudir?

—Pero no es justo. Yo tengo mis obligaciones, mis hijos, no sé cómo voy a resolver este asunto.

—Debiste haberme dicho eso años atrás, cuando casi sin darme cuenta me enredaste con tus mañas como a una novicia. Además, siempre te las arreglaste para estar bien con tu mujer y conmigo.

—¿No querrás que te lleve a casa, verdad?

—De ninguna forma: tu mujercita es lo más parecido a una víbora. ¿Dónde están el pan y la sal?

—¿Qué dices?

—¿Ves? Me niegas hasta las más humildes muestras de la hospitalidad.

—Si lo que quieres es comer ve a la cocina a ver qué encuentras. Hay huevos, carne y un poco de jamón.

—En este rinconcito hemos pasado ratos muy agradables y no creo ser yo la única en conocerlo, pues sé que eres un goloso de primer orden. Así que lo mejor que puedes hacer ahora es clausurar otras relaciones, concederme la exclusiva e instalarme en forma más o menos decente. Más adelante veremos qué se puede hacer.

—¿Pero es que piensas que soy un millonario que no tiene nada más que hacer que ir instalando tipas por ahí?

—Concedido. No eres millonario pero yo tampoco

soy un restaurante: comías en casa con tu mujer y a la carta conmigo cuando te entraban ciertos antojitos, ¿no?

—Sabes que no me chupo el dedo, así que deja ya de recriminarme tanto.

—Eres tú quien lleva las cosas a extremos francamente idiotas. ¿O es que hay algo que te impida continuar pagando el arriendo de este antro como hasta ahora? Nada, ¿verdad? Aparte de eso me parece que una mensualidad a título de ayuda alimenticia no me vendría nada mal.

—¿Pero qué es esto, una extorsión?

—No, sire, una simple contraprestación.

—¿Y dices, leona, que me quieres?

—Hasta las últimas consecuencias, como insisten los héroes. O si no ¿por qué crees que he plantado al otro para venirme contigo? Lo que pasa es que hoy en día y tal como están las cosas el amor, sin dinero de por medio, es un poco complicado.

—Hablas como una perfecta profesional, como una

—Aunque optes por el insulto creo que estoy en mi derecho.

—Claro, pues como dice el refrán para ser puta y no ganar nada más vale ser mujer honrada.

—Palabras sabias son las que has dicho, Juvenal.

—Eres el asco con faldas. Pero díme, ¿es que él no te va a pasar ninguna ayuda?

—De eso ni hablar, pues el pobre ni siquiera pertenece a este mundo.

—Tan mal no puede estar.

—Anda por ahí como enjaulado, deprimido y huraño como ese dinamarco triste y melancólico que tanto te gusta.

—Le queda su sueldo de retiro, su pensión, qué sé yo.

26

—Te repito que no me va a dar ni cinco: primero, porque no tiene; segundo, porque no quiere; tercero, porque aún teniendo y queriendo no dejaría de ser injusto. ¿No te das cuenta que el nido lo abandoné yo? Pórtate bien, cariño, y no seas tan cabronauta. Con quince mil al mes me conformo, al menos para empezar*.

—¿Quince mil para empezar? ¿Te has vuelto loca?

—No refunfuñes más y prepárame el cheque, pues estoy a punto de pensar de tí lo peor.

—Realmente no sé en qué mundo vives. ¿Qué vas a hacer con quince mil al mes? Con eso no tendrías ni para los primeros gastos. ¿Sabes, por ejemplo, cuánto vale un litro de leche? El solomillo y las legumbres también han subido. Y ni hablar siquiera de lo que cuesta medio kilo de azúcar o un par de barras de pan integral.

—¿Por qué no vas a burlarte de tu madre? Creo que con quince mil cubres parte de tu obligación.

—¿Mi obligación? Cloqueas.

—Eres lo que mi bisabuela llamaría un Cortejo.

—¿Y eso qué tiene que ver con mi bolsillo?

—Ya veo que no sólo eres un amarrado en cosas de la pecunia sino que además careces de luces.

—Te doy lo que me pidas pero suprime esa verborrea tan rebuscada, ¿quieres?

—Según las más elementales normas de la galantería el Cortejo no sólo tiene la suerte de acompañar, cumplimentar y atender a su amiga, sino que disfruta

---

* *Más de un hombre de ánimo resuelto habría de descubrir, como pronto se verá, que Catalina no era ninguna fantasía sino una realidad muy seria cuando se lanzaba a la carga, sable en mano, sobre una buena cabalgadura...*

también del honor de financiar los gastos que el marido le escatima a su dama.

—Un gesto altamente encomiable.

—Et prestigieux, sans doute.

—¿Y me has adjudicado el cargo?

—A todo señor, todo honor. Como dice doña Carmen Martín (que de esto sabe una barbaridad), la esplendidez es la más alta prueba de la devoción que un Cortejo siente por su amada.

—Eso no te lo crees ni tú misma.

—En un ambiente así se formaron mis antepasadas. No pensarás que yo voy a violar la tradición, ¿verdad?

—Tus antepasadas y sus tarifas me importan comino y medio. Además, estoy seguro de que todo eso te lo acabas de inventar para sonsacarme un dineral.

—No digas tonterías. En mi país un Cortejo es considerado como un gran Señor.

—Pues en el mío un tipo así es lo que se llama un soberano imbécil.

—Quince mil más el arriendo y tan amigos como siempre, ¿sí? Ni un billete más [aunque tampoco uno menos].

—No me gustaría desbancar a nadie con más méritos que yo.

—Te digo que el césar no me va a pasar nada.

—No me refiero a él, lo sabes muy bien.

—¿Qué quieres decir? Hablas como si tuviera a mi alcance una sociedad de ayuda mutua.

—Pienso que ya que durante mucho tiempo sostuviste a tu bello tahúr al menos ahora él podría echarte una mano.

—¿Por qué eres tan ruín? Ya ni me acordaba de eso.

—Eso, como lo llamas, te hizo andar en cuatro patas, te devoró las entrañas y luego te arrinconó como si fueras una escoba. ¿Por qué te enredaste con un tipo así? Ni siquiera tenía nada en común con nosotros.

—Tal vez por eso mismo. No sabes el placer que me daba ver la cara que ponían todos cuando salía con él.

—Y sin embargo le importabas muy poco, pues para nadie era un misterio que estaba contigo por tu dinero.

—Lo sé, porque además él me lo dijo.

—¿Te lo dijo? ¿O sea que aparte de vividor ese semianalfabeto era un cínico?

—Veo que aún no has podido olvidarlo.

—¿Quién va a olvidar a un pájaro así? Traficante, jugador tramposo y no me sorprendería nada que hasta proxeneta.

—Detente ahí, pues eso no es jugar limpio. No niego que fuera un poco descarado y que hiciera trampas, pero jamás estuvo metido en cosas sucias con mujeres. Siempre fue claro en ese aspecto. ¿Recuerdas esas manos tan perfectas que tenía?

—Muchos creíamos que tarde o temprano irías a la cárcel por su culpa.

—Ahora me doy cuenta de que nadie nos quitaba el ojo de encima.

—Ni siquiera la policía. No sé quién me dijo que lo habían pescado introduciendo nieve en Miami.

—Son habladurías, pues a mí en cambio me dijeron que había hecho saltar la banca en un casino de Punta del Este.

—Razón de más para que te pase una buena tajada, al menos a cuenta de lo que tú le adelantaste cuando te calentaba el catre.

—No quiero oir hablar más de eso, ¿entiendes? Pásame los cigarrillos.

—Y una pensión a perpetuidad, si quieres.

—¿Sabes una cosa? No sé por qué, de pronto, me he puesto contenta.

—La fibra de la alegría. Yo sé cómo pulsártela.

—Cosa que te agradezco mucho. Ven aquí, pues aún no me has dicho nada de mi nuevo perfume. ¿Te gusta?

—Hueles a queso.

—Siempre tan chistoso. ¿Por qué te has puesto así de repente? Desarruga esa cara y choquemos estos cinco deditos.

—Aparta de mí esas garras, que no estoy ahora para arrumacos. Qué desvergonzada. No sé cómo diablos te soporté durante tanto tiempo y ahora me caes como si fueras la lotería.

—Ah, qué hombre, siempre con remilgos. ¿Qué tal un cafecito? Siéntate aquí que en seguida regreso.

Entrecruzados el pulgar y el índice, golpea nuevamente tres, cuatro veces el extremo del cigarrillo sobre el puente así formado con la izquierda —gesto que, bien visto y bajo otro estado de ánimo, también sirve para maldecir— antes de darse fuego a sí mismo en ese mínimo ritual en el que se confunden la solemnidad y la fuga. Se concentra en la primera, profunda, reconfortante inhalación y luego se deja llevar por aquella subsiguiente expulsión en la que el alivio degenera en una prolongada y caprichosa filigrana que se difumina como el humo entre el azul y el gris. Después de su voluntaria y casi suicida petición de baja (baja que el Mayor se apresuró a calificar como la segunda derrota de sus ideales caballerescos), las cosas no le resultaron fáciles ni mucho menos atractivas. Se esforzó al máximo por asimilar el golpe y mientras se adaptaba a su nuevo estado se dio incluso el lujo de rechazar ofertas que no estaban del todo mal, la verdad sea dicha. Una extraña voluntad de autoflagelo, una constante censura se fue apoderando de Augusto Jota como si aplicando un cruel veto a sus posibilidades buscara revertir a través suyo una especie de condena a quienes le habían propinado la afrenta. Así la situación y transcurrido cierto tiempo, el castrense estuvo a punto de abandonar sus aires de prima donna y hacerse cargo de la división de educación física de una red de colegios de secundaria, labor casi risible según la opinión de su encopetada mujer pero que él sopesó con raro entusiasmo ya que sostenía que trabajos así eran los únicos que tipos como él podían desempeñar en el mundo de los civiles. Y si lo dudas, Catalina, ahí te suelto el caso de ese General rioplatense que, apartado por sus superiores de la res pública, recorre el continente metiendo el hocico en simposios de alta sexología en los que, tras desmontar a su manera las verdades establecidas sobre tan sabroso tema, apabulla con su labia de ribetes marciales la docta sensatez de los especialistas, los porteños sabemos de todo, che, le sale al paso al interlocutor de turno mientras se dispone a asaltar el próximo bastión de obstetras y ginecólogos. Como ves, nosotros nos las arreglamos lo mejor que podemos y yo no voy a ser la excepción, pues al fin y al cabo con la gimnasia puedo contribuir a hacer patria al tiempo que llevo la comida a casa. Y si no es con la gimnasia puedo también dar clases de esgrima, aunque optaba por callarse pues últimamente su estado físico era una constante invocación a la piedad y hasta un minusválido, como decía su mujer, era capaz de anular su otrora personalísimo y fulminante toque à la deux par trois o Finta Aranda como llegó a ser conocido entre los mosqueteros criollos. Pero en el fondo la nostalgia lo envenenaba y no podía evitar la carga de recuerdos de las grandes paradas, el esplendor de las graduaciones y desfiles al comienzo de su carrera, la expectativa de los cadetes cuando dictaba su curso en la Academia, la mansedumbre remunerada de la burocracia luego, los prolongados y sobre todo bien rociados almuerzos de trabajo con las jerarquías, las recepciones y desplazamientos con viáticos y, al menos en su etapa más reciente, todos los privilegios inherentes a su status como miembro del Centro Consultor de Defensa, esa sí era vida y no esta joda presente que le producía unas cosquillas más próximas al resentimiento que a la decepción o a la angustia. De todas formas, mucho antes de pedir la baja, Augusto Jota empezó a hundirse en una política de dureza y falta de amabilidad, hagan esto o lo otro, o tramiten esa diligencia en el término de la distancia, tan imperativo de repente, con un temible timbre en la voz y ese gesto perentorio multiplicado en todos y cada uno de sus rictus. Sin embargo, a pesar de su rudeza, siempre hubo algo en él que lo hacía diferente de los demás oficiales, motivos imprecisos, es cierto, pero suficientes para que desde sus años de Academia fuera considerado un militar atípico, estigmatizado por su bonhomía, su franqueza, su camaradería con los mandos inferiores y, sobre todo, por ese espíritu atento y bien dispuesto que sus colegas se apresuraban a denunciar como prueba de sus evidentes e intolerables inclinaciones liberales. En cuanto a sus ínfulas intelectuales, exclusivamente de orden bélico —sobre el manido tema de Waterloo, por ejemplo, desechaba los manuales y peroraba acerca de la cuádruple visión que sobre la batalla existía desde el testimonio de Childe Harold hasta el asordinado recuerdo de las vanity de Thackeray, pasando por la impasible evocación de Fabrizio del Dongo y la desolada panorámica de Los Miserables— los demás miembros del

Cuerpo, como se comprenderá, no lo podían ni tragar. En cambio, la vocación castrense de Augusto Jota salía a relucir íntegra a través del cuidado y porte de los uniformes e insignias y, sobre todo, en su afición por los dioramas, siempre elaborados en compañía de Riaño, un arquitecto extravagante pero generoso, obsedido por las miniaturas militares y que, pese a lo que pueda pensarse, desmintió siempre su presunto belicismo. Riaño vivía orgullosísimo de su colección, compuesta en su mayor parte por casi un centenar de tanques alemanes de escala uno punto treinta y cinco y ochenta carros de combate norteamericanos del tipo uno punto setenta y dos. De todas formas, lo mejor de su relación con el Mayor consistía en el hecho de montar complicados dioramas, actividad en la que los vastos conocimientos estratégicos de Augusto Jota se hacían imprescindibles. Semanas enteras les llevó construir un minucioso montaje que tenía como escenario el varias veces hollado paisaje de Las Ardenas —oh, Flandes—, aunque ellos, rabiosamente contemporáneos, desecharon pronto la Guerra de los Treinta Años, el ya mentado e inefable Waterloo y los eventos de la conflagración del Catorce sucedidos en la región, limitándose a reproducir las incidencias de la dura batalla del invierno del cuarenta y cuatro al cuarenta y cinco. Al final —no se sabe cuántas botellas de noble Old crave liquidaron durante su tarea— fueron premiados con la conquista de lo que se persigue en tales casos: una extraordinaria verosimilitud merced a la cual el aparato bélico y la acción de las partes en pugna se fundían en una interacción perfecta. Con gran pericia e inocultable savoir faire combinaron las distintas piezas llegando a ensamblar los elementos pertinentes (carros, soldados, trincheras, paisaje total) con una precisión envidiable. Incluso se

preocuparon por hacer resaltar las manchas en los uniformes de las bajas —lodo, sangre, excrementos— así
como los estragos de los lanzallamas o las bombas y
demás abolladuras en los Panzer, pues los aliados ganan siempre y salen incólumes de lo que sea. Cuando
el Mayor vio cómo todos los felicitaban por el excelente logro de arte, representación y efecto en el
conjunto del diorama, y que incluso se disponían a
tomarles fotos al lado de su obra —¿por qué demonios no venden también tickets para ver el espectáculo?—, se acordó de un lamentable pesebre de su infancia e hizo un repentino pero decidido gesto y con el
brazo derecho barrió en segundos las varias semanas
de trabajo invertidas sobre la maqueta hasta obtener
tan magnífico resultado. Son caprichos de un hombre
temperamental, se justificó Catalina ante los azorados
invitados de Riaño, que sólo pudo decir Merde allors!
cuando el maldito saboteador abandonaba la casa. Lo
que nadie pudo sospechar, salvo Catalina, fue que lo
que Augusto Jota hizo con el bello diorama se disponía a hacerlo también con su hasta ahora bien mima-
da carrera. Transcurrido un tiempo, la mujer empezó
a notarlo alicaído, con la moral muy cerca de los tobi-
llos, cabizbajo y a punto de inaugurar una larga temporada de dolencias y achaques. No hay derecho para
dejarlo a su suerte, se dijo Catalina dispuesta ahora sí
a abandonar la jornada completa de su lasitud doméstica —Tendré que echarle una mano al pobre— y en
un gesto aguerrido y emprendedor y gracias a la ce-
santía acumulada, pronto formó binomio con una señora que, nieta legítima de Elvira Tracy, había ejerci-
do antaño como mujer de Don Diego. Pletóricas de
entusiasmo y tras barajar infinidad de proyectos decidieron por fin ampliar el asunto aquel de corte y confección que, de La Moda al Día de sus orígenes, pasó

a convertirse con los primeros beneficios en Las Indias Galantes, boutique de connotado prestigio y cuyo lema repetía con orgullo la sabia y encomiable divisa de una conocida firma de cosméticos Ser mujer también es una profesión... Iban sobrenadando, como suele decirse, pero un nuevo vendaval de tristezas apabulló al Mayor casi hasta la claudicación y la bochornosa entrega. Un día recibió una invitación de Peñafiel para asistir a la recepción que le ofrecían sus íntimos compañeros de armas con motivo del otorgamiento de otro galón o algo parecido. Tanto cinismo no lo aguanto, rabió Augusto Jota y maldijo a su yerno hasta la sofocación —Quel malheur d'avoir un gendre!—, aunque de todas formas y tal vez a causa de las razones que abanicó como una experta su mujer decidieron asistir así fuera sólo para que en tan aburrida fiestecita Catalina olvidara su adorable bolso Vuitton y para que el Mayor, incapaz de rumiar en silencio sus agravios, desluciera la reunión al pegarse una borrachera que, como decían sus antiguos subalternos, resultó de puta madre. ¿Y de los millones del peculado, qué? De eso nada más se supo mientras que él, como se puede ver, continuaba indeciso entre esperar o ganarse la vida con el trote de los bachilleres, solución posible pero discutible sobre todo si se tiene en cuenta su precaria disposición para la calistenia. ¿Qué hacer mientras tanto? Cualquier cosa, menos pudrirme entre los gargajos y el resentimiento de los veteranos, con una silla al sol jugando al póker o al dominó mientras se evoca un pasado de mierda. A partir de la célebre parranda la respuesta a todos sus interrogantes se le antojó muy sencilla. El sábado anterior a Pentecostés llegó molesto, aquejado de cámaras Yo mejor me acuesto; el domingo para qué levantarse y el lunes Sigo mal, querida, pero no te preocupes que yo soy de hierro, fíjate no más en mamá que pronto cumplirá los setenta y siempre tan campante. Martes y miércoles igual, aunque con un brillo creciente en los ojos y una sonrisa maligna y cruel, pero de médicos ni hablar. Dos semanas más tarde se le agrió aún más la bilis a Catalina, pues ella estaba bregando como una mula y él echado en la cama, suspirando no más y durmiendo como un sultán O te levantas o te vas a la mismísima porra, ¿me oyes? y el Mayor como si nada, inconmovible, aunque ya desde el comienzo y ante los reproches bien repartidos de su mujer decidió guarecerse bajo la máxima que recomienda disfrutar de la guerra, pues la paz será espantosa, frase que desmiente esa otra mucho más clásica y para ellos sugestiva por la lengua, si vis pacem para bellum, con la cual el Mayor le dice sencillamente a su mujer que si quiere que las cosas marchen bien es preciso romperse primero el alma a golpes, ¿empezamos? Invencible en estas cuestiones como cualquiera puede apreciar, Augusto Jota se sumerge en esa paz octaviana ante la cual, no obstante, sintió siempre más inquietud que placidez y no era para menos, pues las agresivas empresas del césar rara vez daban tregua, así fuera breve, a sus legiones. Tanto o más implacable que su augusto precedente, el Mayor decide perdonarle la vida a su mujer, tranquilízate, le dice como para evitar el chubasco, déjame pensar un rato y no gruñas tanto, le sale finalmente al paso como si eso de pensar fuera soplar no más y hacer botellas. Tengo colitis, optó por condolerse el día vigésimo quinto y él mismo se recetó algo así como una pócima a base de ruibarbo y otras hierbas, pues no estamos para consultas ni tonterías de esas. Y su mujer, dándole tiempito al tiempo trabajaba casi para comer ella sola pues el castrense de unas semanas a esta parte traga menos que un tur-

pial y se la pasa tendido todo el día leyendo siempre
el mismo libro, fumando o haciendo quién sabe qué
barbaridades mientras ella se pela el lomo en la boutique. Cierto cambio en la actitud de la mujer, de
pronto más segura de sí que de costumbre, más elegante y más fina si tal cosa es posible, no pasó desa-
percibido para Augusto Jota que, enterado ya de alguna forma, aceptó la nueva declaración de guerra y
fue a partir del día trigésimo tercero cuando, dispuesto ahora sí a refrendar su admirable exhibición de resistencia pasiva, juró no levantarse más hasta que se
resolvieran parte de sus asuntos, cómo me gustaría
que los otros decidieran mostrar por fin los dientes.
¿Quiénes? Pero él mismo cierra toda posibilidad de
confidencia, al acecho siempre, pues de tonto no tenía ni pizca o con quién crees tú que te casaste, ¿ah?
Los desvaríos, según su mujer, iban desde lo mera-
mente cotidiano —Límpiame las uñas, cierra la persiana, instala en ese rincón un reverbero— hasta cuestiones que superaban el nada despreciable cacumen de la
dama, como cuando jugaba con frases extraídas al
azar de fuentes diversas: si el paciente Job decía que
Milicia es la vida del hombre sobre la tierra, él contra-
ponía a ésta otra frase según la cual La vida es milicia
contra la malicia, estupidez de la que era responsable
un paisano de Catalina, que por su parte ya se había
resignado a que su hombre desvariara pero que no podía tragar en cambio su descarada erudición y su
ofensiva petulancia. En fin, que hiciera lo que le viniera en gana, aunque Augusto Jota, ante tales sospechosas concesiones no dejaba de sobresaltarse por ciertas
eventuales perspectivas inherentes a su temeraria empresa: cuántos firmes y esforzados guerreros que habían superado riesgos casi inauditos en los campos
de honor fueron a caer víctimas de innombrables ar-

terías en lugares y circunstancias que, a través de la mera enumeración hacían enrojecer de vergüenza al más osado militar: crímenes urdidos en la propia cama, atentados contra el héroe del día mientras se cambia de uniforme, calumnias y dicterios y, quién lo creyera, estocadas traperas hasta en la intimidad del pulcro baño familiar. Pensó de pronto en la tía de su mujer —leyenda viva que a diario se renueva desde Ponferrada a León— y un intenso escalofrío estuvo a punto de hacerle bajar la guardia al bizarro soldado. En fin, persistió Augusto Jota al margen de su desazón, que sea lo que haya de ser, pues cuando uno está de malas hasta los perros lo mean. Y como si se tratara de su testamento, reinició la tantas veces suspendida lectura de las hazañas de la novicia donostiarra que, disfrazada de Alférez, cosechó causa de héroe en la América Andina, o algo por el estilo, libro que consignaba anécdotas y chismes de un tipo que aún tenía audiencia entre la fauna variopinta que holgaba a sus anchas en los claustros de las academias. Durante la prolongada pausa, el Mayor deja correr su fatigada mirada sobre los pliegues de la sábana, el tallado de la cama, la lámpara con tronco de sirena, el busto del Corso, la jofaina instalada a regañadientes para lo que él llama mis diarias abluciones, el tapete estampado y, exactamente al frente, la luna bruñida del espejo. Encendió otro cigarrillo y volvió a lo suyo pero, curiosamente, después de hecho este primer inventario no pudo concentrarse de nuevo en la lectura y, doblando entonces el bordecito superior de la página impar, abandonó el libro y el lápiz de sus inevitables subrayados no sin antes sonreir a causa del extraño título —Catalina prescribe una flebotomía y consigue un ascenso— que preside el capítulo cuyo folio acaba de marcar. Ganado por la evaluación de los detalles cierra los ojos y, encandilado por la minuciosa soledad de los objetos, los enumera, recita, ubica de memoria, transformándolos en imágenes hasta que todo su juego confluye en una doble secuencia en la que ve indistintamente a un hombre que, como en los cuentos chinos de venganza, se ahorca ante la puerta de su enemigo, aunque, a continuación, cree advertir la imagen de otro individuo rigurosa e inexplicablemente yerto, mayestático en su lecho y con la misma ofrenda vindicativa del primero apenas bosquejada en el gesto de sus ojos cerrados. Sonrió con su juego siniestro y de nuevo dejó deambular sus ideas como si fueran moscas espantadas a medias por los rincones del cuarto. ¿Pero en qué momento fue que Augusto Jota se fijó en el cuadro? La luna del espejo, en el curso de uno de sus cotidianos recuentos, le devolvió la imagen de un grabado que como un agresivo presentimiento pendía sobre su cabeza. Durante algunos minutos las imágenes se le antojaron confusas, imprecisas tal vez a causa de la penumbra que a esa hora de la tarde inundaba la habitación callada. Los rasgos de las figuras —aún no es tiempo de captar bien la disposición del conjunto— le sugerían posibilidades de una más amplia nitidez pero él, sin prisa, aplaza su concreción para otro día, pues ahí viene su mujer con la eterna cantiga. ¿Crees que está bien eso de echarse a dormir como una boa, así como así?, gimotea y se altera, da una vuelta y torna a sentarse junto al perro, sabes que no puedo estar inventando tonterías todo el tiempo y algo hay que decirle a quienes me preguntan por tí. Generosa es la mirada del castrense pero al no soltar lo que se dice un trino la bella se acerca, le coge suavemente la mano y sin decir siquiera con permiso, Mayor, le da un mordisco en la uña del meñique izquierdo, en ese lugar que llaman el punto del sepulturero, y al unísono del alarido del hombre, como si nada hubiera ocurrido —No pensarás que yo me trago el cuento de tus dolencias, ¿verdad?—, su derecha acaricia la cabeza de Matallana que, tendido sobre el tapete, junto a la cama, saca la lengua y lame gozoso la bien contorneada pierna de Catalina. Superado el inicial estupor y mientras se chupa el dedo, Augusto Jota se queda observando ese cuadro en que Mujer y Perro aparecen sumidos en el cautiverio de sus decisiones, casi atados a la pata de su olímpica cama —Debería ser siempre así, piensa enternecido—, y es entonces cuando los meandros del recuerdo le devuelven las palabras escuchadas casi por azar a un empedernido bohemio, amigo del Estratega y que resultan muy oportunas para el caso En su pieza el Capitán olvida sus antiguas culpas,/mientras su perro orina/contra la tensa piel de los tambores... Ya es hora de que saques a Matallana a dar su vueltecita, dice por fín, vé y no demores tanto. ¿Pero es que no te vas a levantar, desventurado? y él dice que ni por su madre le alce la voz. La mujer gimotea de nuevo y esta vez el perro, avisado, intenta deslizarse por la izquierda. Maldita sea mi suerte, no sé qué hacer trabajando sola y tú ahí tendido como un gurú, y mientras la femenil saliva corre el Mayor no puede menos que justificar la terquedad de su mujer, le plus opiniâtre du monde, afirma, pues sabe muy bien que ella ha heredado la tozudez de las Cabezadas entre ediles y clérigos motivadas por el asunto leonés del cirio de arroba cumplida, cuestión como la de él, nunca zanjada. A punto de darse vuelta hacia el otro costado de la cama, Augusto Jota busca a tientas los Pielrojas y dice que tiene un cólico bárbaro. La mujer se levanta y se balancea de la rabia en medio de maldiciones capaces de avergonzar a todo un regimiento. ¿Cólico? Me cago en tu leche y en las divinas potestades, blasfema con su mejor acento peninsular mientras estira la mano derecha y lanza de repente una de las pantuflas de su marido contra la por un momento descuidada defensa de Matallana que, alcanzado, canis latrat, huye por el pasillo transportado casi por conmovedores alaridos de abandono y queja. ¿Por qué no dejas en paz a ese pobre animal?, se remueve el castrense en su trono y como si Catalina fuera un asqueroso endriago que él, Caballero gentil, se aprestara a alancear sin dilación ni piedad alguna, la fulmina con los ojos, expulsa violentamente el humo y después, tras una larga pausa, con extraña y a la vez sospechosa condescendencia toma su mano y dulcemente le aconseja que asuma las cosas con calma, mujer, vé y díle a los vecinos que tengo un malestar terrible, que deliro y todo eso. Invéntame enfermedades, ¿quieres?

—¿Por qué me miras de esa forma?

—No sé. Te encuentro en tu elemento. Jamás he podido saber cómo te las arreglas para estar siempre a punto. Ni siquiera tu hija en sus mejores días pudo pavonearse con la clase con que tú lo haces. ¿Algún régimen especial?

—Estado de máxima alerta y fidelidad a mi lema. Nada más.

—No, no te muevas. Quédate como estabas antes.

—¿Te ocurre algo? A veces creo que estoy frente a un vicioso.

—Te digo que no te muevas. Pón la pierna derecha en forma de ángulo cerrado y deja la izquierda libre, extendida en reposo.

—¿Y eso te divierte? No me dirás que piensas comenzar de nuevo, ¿o sí?

—Es francamente espléndido.

—¿Qué cosa?

—El panorama, tu vértice.

—Me levanto, querido, pues se me hace tarde.

—Estás lo que se dice en la cresta de la fascinación. Sobre todo con tu pelo recogido a lo Cléo de Mérode.

—Oh, sí. Como dijo el poeta, soy más hermosa que el primer sueño del esposo.

—Por un momento me has hecho pensar en algo que leí una vez no sé donde y que me dejó entre entusiasmado y perplejo.

—¿Por lo que dije?

—Por la forma tan extraña que a veces insinúa tu pubis. Un tipo estuvo a punto de desfallecer de emoción cuando sorprendió a su amada pintándose los labios... de la entrepierna.

—Eso es pornografía.

—Qué va. A lo sumo es lo que que las señoritas que se inician llaman el último alarido de la moda en piel. ¿Quién puede, además, rechazar la invitación de esa sonrisa rutilante, en la que el rouge destaca como una llama en medio de la oscura pelambre?

—Oh, femmes, que de crimes on commet en votre nom.

—No sabes cómo me abochornas con tu patois. En cualquier caso, si me das a elegir prefiero que rumies en latín, como acostumbras.

—Creo que sin darme cuenta te has ido convirtiendo en un degenerado, aunque también mi pundonoroso paladín salía a veces con una que otra porquería.

—No me vengas ahora con una exhibición de falso pudor.

—Me pedía que lo cabalgara a la jineta.

—Afortunado mortal. De todas formas deberías olvidarte de él al menos en momentos como éste, ¿no?

—¿Sabías que desde niño había adquirido ya esa fea costumbre de encerrarse a solas y así evitar la presencia de los invitados?

—A lo mejor ha pescado la fiebre de las trincheras.

—A ratos creo que si no hubiera sido lo que fue habría sido ermitaño. De esto no me cabe la menor duda, o si no intenta explicarme las causas de su encierro actual.

—Encierro... No sé por qué, pero me haces pensar en jornadas de lidia.

—Como si fuera un penitente de Verdin el desgraciado hizo voto de cama y juró perseverar en semejante actitud hasta que lo sacaran con los borceguíes por delante.

—Igual a esos monjes que se acostaban en su ataúd a esperar el fin de los tiempos.

—Además estaba el asunto del sueño.

—¿El sueño?

—Siempre se repetía y me decía que lo obsesionaba hasta despertarlo anegado de sudor, no se sabe si por el esfuerzo de la carrera o por una especie de ejercicio secreto. Confesaba que no podía dejar de correr, loco siempre por la caza del zorro.

—Muy aristocrática la cuestión, leona, aunque, ¿no te ha dicho tu hombre qué papel desempeñaba en la película? Bien podría ser el cazador, bien la esquiva pieza.

—Me contaba sólo lo que te he dicho sin entrar en detalles, pues sabes como yo que él fue siempre harto parco en cosas de la fabla. ¿Quieres que te cambie el tendido de la cama? Esta sábana está gris y juraría que hiede.

—Olvídate de gentilezas y ve pensando más bien dónde vas a pasar la noche, porque en lo que a mí res-

pecta no me dejaré convencer por tus zalamerías. A
las diez me largo.

—No sé por qué son tan descuidados los hombres.
Mantener la guarida limpia no es nada difícil. Uf, qué
olor. Ven aquí, acércate un momento.

—Deja de mirarme así, pues eres tú quien se limpia
con la sábana. ¿No sabes acaso para qué se inventó el
bidet? No faltaría más que me vinieras a enseñar hi-
giene*.

—Seré todo lo que quieras menos una cochina, ¿estamos? Además tú tienes parte de la culpa.

—¿Yo? ¿Culpa de qué? Fornicio es fornicio y
quien queda de espaldas paga, esa es la ley.

—No me refiero a eso, Juvenal. Tú tienes la culpa
de que el césar se mosqueara y empezara a oler lo que
nos traíamos los dos. O si no, díme quién no se va a poner alerta con tantas llamadas diarias, colgando el teléfono sin más cuando contestaba mi hombre, ¿ah?

—Quería verte, eso es todo. Además, creo que una
llamadita es más discreta que un telegrama, ¿no te parece?

—Así las cosas, qué más remedio queda sino agrade-
certe tantas muestras de pasión y

—Díme una cosa, ¿por qué tu marido odia a Ger-
mán Alfaro?

—Sabes muy bien que no me gusta hablar de eso.

—¿Por celos? ¿Por dinero?

—Tienes unos bíceps tremendos.

—No me vengas otra vez con antojitos de esos, que
no soy un semental. A veces hasta creo que, como las

---

* *Me permito aquí unas palabras de apología por las faltas de
la pobre Catalina. Todos cometemos muchas; tanto tú como
yo, lector. Pero no, qué estoy diciendo: esto es pecar contra la
cortesía...*

otras hembras de tu familia, también tú tienes algo de insaciable. ¿No crees que es mejor que empieces a pensar seriamente qué vas a hacer con esas maletas? Al menos quítalas de la puerta.

A su derecha, la ventana —siempre abierta pese al relente helado que por estos meses se filtra desde las estribaciones de la cordillera— era el único punto de mira tras las primeras semanas de confinamiento. Como si intentara familiarizarse con lo que en buena táctica se llama sentido del lugar, el Mayor se dejaba ir de uno a otro lado, entre la evocación y el asombro, mientras una terca pesadumbre se apoderaba de su situación presente. Ni siquiera se había detenido a observar a fondo las características del vecindario cuando, casi dos años atrás, tuvo que mudarse con su mujer a este apartamento tras la quiebra apabullante de la inmobiliaria en la que habían invertido todos sus recursos. Una elevada suma por concepto de impuestos atrasados, una mala racha en el hipódromo —sus caballos no daban una y nadie apostaba por ellos— y una fiebre equina que acabó con dos de sus animales echándole encima la mirada de la Sociedad de Cría Caballar fueron motivos más que suficientes para que se dejara arrastrar por el excesivo entusiasmo de Catalina y, pese a las advertencias de mamá Inés, consintiera en invertir toda la pecunia familiar en un negocio que al poco tiempo se esfumó como una exhalación dejando a los socios con una cara así de larga y prácticamente con lo que llevaban puesto. ¿Cuándo iba a aprender? ¿Si no servía ni para la carrera de las armas —y ya su experiencia en la Academia se lo había demostrado— con qué derecho se erigía de pronto en un magnate de las finanzas, en un genio de la transacción bursátil? Todo había obedecido a un paso en falso en un ambiente donde, pese a la placidez de un cielo rabiosamente azul y a una feliz conjunción isotérmica, lo que menos cabía tener era optimismo. La semana anterior el mismísimo Zar de Precios había dicho que a esta inflación no la paraba nadie y claro, después de declaraciones así, los del gabinete no vacilaron en echarlo: un infiltrado de la oposición, un derrotista, un incapaz, eso fue lo más suave que dijo de él la prensa oficial. Con razón o sin ella, la cosa no estaba pues para riesgos y por eso no deja de ser curioso que Alfaro llamara a Catalina y le endulzara el oído y que ésta, rotundamente cautivada por la viril voz del amigo y por la estival mañana, descubierta y pletórica de albricias, pasara por alto la pésima situación arrancándole al reacio Mayor un tímido permiso para vender el grueso paquete de acciones de minero-siderometalúrgicas —los bonos de Bavaria quedaron a salvo en la gaveta, por precaución u olvido y sin que la mujer lo sospechara siquiera— e invertir en el sector de inmobiliarias. Durante las siguientes semanas el optimismo de los inversores se vio compensado con una ligera alza, que los premió con varios enteros, lo cual los animó a apoyar definitivamente el casi olvidado plan de la empresa constructora no sin contar con el voto negativo de mamá Inés, que dijo que todo lo que tenía que ver con edificios y apartamentos lo olía francamente a podrido. Marginaron a la vetusta y con entusiasmo de colegiales se metieron hasta el mentón en la boca del lobo: el día quince sus acciones se desvalorizaron de tal forma que el diecisiete no servían ni para encender la chimenea. El resultado fue la venta ipso facto de la hermosa quinta de Los Trastamara y el traslado a esta impersonal y gris colmena de Palermo donde ahora, en una larga sucesión de días plúmbeos y como si estuviera de imaginarias todo el rato, rumiaba su desgracia. Mamá no quiso saber nada más y, tras levantar el campo, regresó a Salamina de donde nunca debió salir la insigne dama. Con el descalabro, el Mayor vio cómo su perra suerte lo obligaba a prescindir de dos de las cosas que más vanidad social le reportaban: la práctica del polo (en la que era un diestro campeón) y su cuadra de purasangres (que, al igual que el honor, fue pronto pasto de los acreedores). El éxodo interior, pues, comenzó mucho antes del escándalo del Ministerio y tanto él como su mujer no tuvieron más remedio que sumirse en sus nostalgias ya que, sin cinco en la bolsa, ¿qué diablos iban a hacer al Jockey o al Polo Club como no fuera para convertirse en el hazmerreír de todos? Despojado de su cuadra, perdido su buen nombre y crédito en el turf nacional, alejado del equipo por voluntad propia, Augusto Jota no tenía ya ni siquiera el pretexto de los caballos para evitar el mal aliento de su mujer cuando madrugaba para ir al box a charlar con el veterinario o los preparadores. El punto más sensible del desbarajuste lo constituyó, sin embargo, un trivial sacrificio de orden doméstico que le hizo tomar conciencia del grado al que había descendido y que se puso de manifiesto el día en que su mujer se vio obligada a conceder la petición de baja que solicitó su criada de confianza, Sancha, también llamada la Caramba. Con inhabitual altanería —la desgraciada ni siquiera llegó a quitarse su cofia de glasé—, incrementada para la ocasión con su voz gorda, la coima se autolicenció para ir a servir a casa de los Almonacid, golpe más duro aún si cabe, pues eso es como si se te rebelara de pronto el ordenanza, pensó el Mayor. Ahora, un poco erguido, apoyando su espalda sobre las almohadas al igual que cualquier convaleciente, desprotegido y quieto como si calibrara la mansa convicción de quien, pese a la ligera mejoría, pronto va a ser deshauciado, Augusto Jota memoriza los resquicios y pliegues, las cornisas y grietas, los cromos y grabados, los vidrios y cerraduras, en fin, ese largo inventario de detalles que lo han puesto en cotidiano contacto con la hermética realidad de su exilio. Muchas veces, sin embargo, se había visto obligado a sustraerse de su contemplativo ritual a causa de una muy bien conjugada sucesión de ruidos: el viento contra las antenas de los televisores de todo el vecindario, el choque provocado por la rotunda succión de agua del inodoro, la llave al introducirse y girar en la cerradura de la puerta, los pasos en la escalera, las protestas unánimes cuando el ascensor se estropea, la pesada marcha de muletas de la niña del piso de arriba en su lucha contra los recuerdos de la polio, los gritos del negro atarbán del bloque colindante al suyo, sí, lo escuchaba todo pero, a fin de cuentas, ¿a mí qué me importa tanto bochinche?, y movía los belfos y volvía a lo suyo. El Mayor mira sus pantuflas color de gamo y las ve correr con estilo, ahora ya está en su escritorio hurgando entre sus papeles, recuerdos manchados de tabaco y roces de lino en las fiestas de los Moncada, la sonrisa de Adela Alcántara, el ceño fruncido de ese que siempre está a su izquierda y que no llegó a ser su prometido por más empeño que puso, encuentra de pronto la postal de Eugenia cuando a los quince se fue a veranear a Cartagena con las de su clase, mira otra vez sus gamos presurosos que lo llevan de nuevo a su lecho de venganza o espera, allá él y su conjura. A su derecha, Augusto Jota continuaba observando las dos grandes alas de vidrio a través de las cuales se filtraba la luz y el mundo. Una mañana descubrió cómo poco a poco la luz solar iba desplazándose sobre el armatoste del edificio de enfrente, inmenso caserón de inquilinatos vertebrado por la simétrica columna de balcones interiores, hasta recorrer uno a uno sus pisos, cubriéndolos con un poco de generosa claridad. Entonces los ruidos privaban de este lado, se abrían puertas y ventanas y los balcones, como en un mercado de bulliciosos y abigarrados trueques, se veían poblados por amas de casa, inquietas cacatúas multicolores que entraban y salían como burbujas de un extraño pulmón a punto de venirse abajo. El sol descubría el escarapelamiento de las paredes grises y mohosas, desconchadas por la humedad y la intemperie, sin una mano de cal siquiera y quién sabe desde cuánto tiempo. Poco a poco la cotidiana algarabía se convirtió en el infalible reloj de la soledad de Augusto Jota y aún en los días plomizos sus amigas las cacareantes salían todas al unísono como si de una coral doméstica se tratara. Trapos de indefinibles colores, prendas e intimidades, divertidas banderas flotaban como única consigna al viento de todas las mañanas, consigna de la que también se apoderó el Mayor añadiéndola al minucioso sumario de los detalles de su cuarto como si fuera un complemento necesario para alcanzar el equilibrio entre la hora exterior y el orden de su propio mundo. La puerta entreabierta deja ver el largo pasillo, los cuadros, la lámpara de pie siempre encendida en las jornadas frías, tan de moda últimamente, la percha huérfana y el viejo espejo de roca, memoria de rostros ausentes en el hall, al fondo. Pero un día descubrió que algo no marchaba, que algo fallaba y él, naturalmente, asumió la certeza de que la velada subversión provenía del exterior, sí, la típica labor de zapa animada por la intromisión foránea. ¿Qué era? Todo funcionaba aparentemente bien, todo estaba sincronizado desde que el sol alcanzaba las antenas, las cornisas, los primeros balcones del caserón vecino: la luz se hacía y las cosas del día respondían paso a paso, con una escrupulosidad impresionante, a la revista del inquisitivo Mayor. Avanzada la mañana, cuando la claridad cubría las jaulas de los mirlos colgadas de la pared del piso bajo, al lado mismo del zaguán interior de la primera planta, se escuchaba el descorrer de persianas y cortinas, primero, el abrirse de puertas y ventanas, luego, y la aparición de las damas en concatenado paso de doméstico ballet, más tarde. Era entonces el momento en que ellas se extendían, prolongaban y confundían con sus murmullos en medio de las hortensias y geranios, radiantes en sus tiestos como la risa en flor. Con ritmo, majestuosas y gentiles todas, sacaban al mismo tiempo sus trapitos al sol, enjuagaban sus intimidades en la dicha común y se dejaban arrastrar hacia el final de su labor en medio de coloquios y fraseos, hasta nueva ocasión. Pero algo fallaba, Augusto Jota. Era como si el instrumento solista, en detrimento de la orquesta, se atrasase un par de imprescindibles notas antes de alcanzar el preciso equilibrio del tan esperado concierto. Y ahí fue cuando el castrense la pescó, sí, en ese instante en que se tramitaba el acuerdo entre la unidad y el conjunto, pues aquello era ni más ni menos que el soldado puesto a discreción cuando los otros se encontraban firmes o el paso equivocado que rompe la armonía del compás en la marcialidad del desfile. ¿Cómo la atrapaste, Mayor? Diez minutos después de la aparición del coro mayor y a punto de cerrar filas las primeras amas, la puerta del tercer balcón se abrió pausadamente y apareció, ahora sí, la disonante. Silenciosa, muy de su casa, recorrió el vasto panorama del vecindario y se apoyó un rato en su atalaya antes de proseguir con su repartición de prendas en las paralelas de alambre. Inquietas bajo el sol y el viento, las ropas tendidas parecían saludar en las cuerdas a los trapos de los pisos vecinos, aunque la cuestión es que Augusto Jota, a partir del momento de su hallazgo, invirtió los términos de la revista y, no se sabe cómo, reivindicó la parsimonia de la indolente. Pasó ésta, en consecuencia, a convertirse en contrapunto exacto de sus días en tanto que la coral primera, pese a que conservó su orden de aparición en el reparto, se vio relegada así porque sí al nada elocuente papel de bullanguera fanfarria.

—Desde niño lo enloquecían las batallas y otras cosas por el estilo. La bruja de su madre incrementaba sus precoces aficiones de milico regalándole soldaditos de plomo, tambores y cornetas y hasta escopetas, me lo dijo él mismo.

—Sólo le hace falta el monóculo.

—Como se puede ver, hizo pronto el aprendizaje.

—Supongo que fue él quien te enseñó a bostezar al estilo militar. A propósito, ¿no te parece que toda esa historia de la familia (trágica o patética, según se mire) resulta un poco greco-quimbaya, como dicen?

—Trágica sí, lo otro no lo sé.

—Claro que lo sabes. Además tu prócer llegó a ser en un momento dado algo así como el orgullo de Armenia, ¿no es verdad?

—No. Sabes que nació en Flandes, como su hermano Felipe.

—Felipe de Flandes...

—Pasaron algunos años antes de que Hipólito y su madre se llevaran al niño a Salamina. Creció allí.

—¿Y el otro retoño?

—Se murió de alguna cosa, creo. Lo curioso de todo esto es que la vieja insistía en que su criatura había fallecido a causa de la enfermedad de los reyes: como puedes ver, ni siquiera en cuestión de óbitos se pone con modestias.

—Como corresponde a una estirpe de fundadores.

—Esa es una historia capaz de fulminar al más avisado de los especialistas en heráldica o genealogía. De esas cosas sabes tú más que yo.

—¿Acaso no es cierto todo lo que se dice del clan de marras?

—Todo es cierto, aunque sin tanto fasto. La cacareada hidalguía de la familia se vio avalada por el hecho de que uno de los antepasados de mi suegra formó parte de la Expedición de los Trece, unos colonos que a los pies de Fredonia fundaron una capital que en sus inicios se llamó Campanas.

—¿Fredonia? ¿De free (libre) y donia (mujer)?

—Supongo que sí. ¿De qué te ríes?

—De eso. Creo que los fredonios consiguieron lo que no han podido hacer los yankis ni las feministas.

—Yo de política no entiendo.

—Es muy fácil. Fredonia, que como sabes quiere decir Tierra de las señoras libres, fue el nombre que los norteamericanos quisieron darle a su patria, ya que como dice Arciniegas ése es el único país del mundo que no sabe cómo se llama. En cuanto a las feministas

—No me hables de esa caterva.

—su lucha no tiene sentido, pues Fredonia, como su nombre lo indica, constituye la mejor realización del ideal mujeril sobre la tierra.

—Me consta por experiencia personal e intransferible que la lengua no tiene misterios para tí, pero creo que si te oyen las arpías son capaces de castrarte a pellizco limpio.

—Muy siniestro me pintas el futuro, leona. Prefiero

que sigas con la historia de la familia y perdona la intromisión.

—¿Qué quieres que te diga? Todos son unos snobs, fruto del rastacuerismo social más espantoso.

—Con satisfacción o sin ella por lo de sus orígenes, lo que no entiendo es cómo diablos lograron amasar esa fortuna que durante varias generaciones los hizo considerarse hermanos del mismísimo profeta.

—Todo fue posible gracias a la institución nacional del braguetazo. Uno de los hijos del fundador embaucó comme il faut a la primogénita del omnipotente banquero Leopoldo Almeida, dueño de uno de los imperios económicos más grandes del país y que en virtud de una maniobra mejor conocida como la Gran Tebaida había dado un golpe mortal a los grupos financieros rivales a los que devoró en un santiamén.

—No deja de ser triste el panorama, ya que lo único que les queda ahora es el orgullo.

—Orgullo y prejuicio, aunque a mí ni siquiera eso pues me tocó ser protagonista y testigo del último golpe de su asquerosa suerte.

—No me salgas otra vez con el cuento de que estás al borde de la indigencia.

—No va a cambiar la situación sólo porque tú pienses lo contrario.

—Lo que no entiendo es la razón de todos esos desplazamientos de la familia. Cualquiera diría que formaban una comuna de gitanos.

—En Flandes se ha puesto el sol, dijo la vieja tras la muerte de Felipe y a la cabeza de los supervivientes abandonó la ciudad y se radicó en Salamina.

—Pero no fue allí donde creció tu pequeño Corso. ¿Qué ocurrió esta vez?

—Lo que tenía que ocurrir. En Salamina compraron una inmensa dehesa potril y varios años más tarde mi suegra quedó viuda al caerse Hipólito de un caballo padre y romperse el espinazo. Ella se enterró en esa finca, fiel al lugar en el que reposan los huesos de su marido, y mandó a su hijo con sus familiares de Armenia donde terminó sus estudios.

—De todas formas uno no es de donde nace, sino de donde se la hacen. Tu hombre es armenio por los cuatro costados y de eso no te puede quedar la menor duda. Además, está su sonada participación en la pacificación del Líbano y Armero.

—Creo que empiezas a jugar sucio. Sabes muy bien que no fue más que un simple observador y siempre bajo las órdenes de los altos mandos. Dáme fuego.

—Tenía fama de ser duro, sobre todo con las jovencitas, ¿no es cierto? En esto superó las órdenes más atrevidas de lo que tú llamas los altos mandos.

—No sé si dices eso apoyándote en el error o en la mala fe, ya que si él estuvo presente en aquellas jornadas fue sólo a causa de su trabajo en la Academia: análisis de un despliegue de fuerza sobre el terreno, me parece. Por otra parte, él no participó más que en cuatro o cinco escaramuzas.

—Cuatro o cinco pueblos arrasados: aún hay quien se acuerda del Pacificador Aranda por allá en Caucasia, Saldaña, Armero y las otras plazas. Siempre que pienso en él pienso en La Esfinge.

—¿Qué dices?

—Durante la época de la Mano Negra había un comisario de policía al que llamaban La Esfinge porque mataba a todos los que no podían o no querían contestar a sus preguntas. Un tipo sanguinario como pocos.

—Creo que te equivocas de hombre, pues mi marido, salvo el Líbano y Armero, nunca ha vuelto a tener experiencias de campo.

54

—Entonces tiene un hermano gemelo.

—De gemelos no quiero volver a oir hablar en mi vida.

—De todas formas parece que tu estratega se cansó del paisaje y optó por la paz de los cuarteles, ¿no?

—¿Y qué quieres que te diga? Por lo visto parece que sabes más que yo.

—Me acuerdo de cuando decidió desinfectarse con la burocracia, pero también ahí tuvo lo suyo. Qué vida tan terrible.

—Terrible es la envidia que le tienes. ¿Por qué, si tanto te duele su existencia, no se lo dices personalmente? Al fin y al cabo eres su amigo, ¿no?

—No me duele nada y ya no soy su amigo. Si nos hemos tratado durante estos años ha sido porque tú estabas de por medio, nada más. Al menos eso es lo que yo pienso. Por otra parte no creo que él tenga amigos, sobre todo si se tiene en cuenta lo que le han hecho. A veces me da pena ese pobre sujeto.

—Eres un fullero inmundo y además haces gala de un cinismo tamaño familiar. Viéndolo bien, no sé por qué motivos me enredé contigo.

—No me vengas ahora con reproches que tampoco tú eres lo que se dice una salve. Para no ir muy lejos basta con observar las huellas que vas dejando a tu paso, pues lo cierto es que has hecho más estragos en el ejército que la mismísima Fernán Caballero.

—¿Quién? No sé de qué me hablas.

—Una paisana tuya que se camufló de varón como don Gil de las Calzas Verdes, Porcia o la monjita Alférez.

—Tu cultura, lo confieso, nunca ha estado a mi alcance.

—Sabes muy bien que la ironía no le queda bien a una madre.

—Gracias, pero explícate mejor.

—Don Fernán preparó la fosa de sus primeros maridos, un par de valientes militares como el tuyo, y aún tuvo tiempo para ver cómo el tercero de la tarde, un sufrido civil, como el suscrito [toco madera], se suicidaba sin rubor para no ser la excepción en el brillante currículum de su consorte.

—Por mi parte nada tengo que ver con la postración de ese fementido, pues he hecho todo lo que ha estado a mi alcance para arrancarlo de su lamentable estado. Algunas veces creo que hasta autista se ha vuelto: no habla, no come, no quiere saber nada de nada, nunca mira a los ojos, quieto y arisco a la vez, como si fuera un cactus.

—A lo mejor resulta que tienes en casa a un excelente actor.

—No sería raro, pues es tan hipócrita que no sé qué pensar. ¿Sabías que los cafres hablan de una forma cuando están entre hombres y de otra muy distinta cuando en su conversación se meten las mujeres?

—Magnífica costumbre. Y después dicen que son unos salvajes. ¿Así se comporta tu marido?

—Más o menos. Tan pálido y ojeroso lo ví un día que incluso decidí darle una cosa que aquí llaman vermífugo nacional, pero nada, más bien y en medio de maldiciones condimentadas según su costumbre con la palabrota de Cambronne me mandó a la porra.

—¿A dónde?

—Ni que estuvieras sordo. Me mandó a la porra, o sea al lugar donde suele estar clavado el bastón del tambor mayor. No me dirigió la palabra en trece días.

—Y con toda justicia, pues lo purgaste sin su permiso.

—Sea como sea sólo quería ayudarlo pero ya ves el

resultado. Me ha humillado y envilecido tanto que me siento tirada por ahí como un zapato viejo.

—Ya olvidarás ese mal trago y ahora nada de mocos ni de lágrimas. Por lo pronto, y para no llevarle más el juego, lo que debes hacer es buscar un sitio donde alojarte. No quiero que las sospechas de tu marido se confirmen, al menos en lo que a mí respecta.

—Nada de eso. Yo siempre he sido el trompo de poner de todos: de tí, de mi marido y hasta del maldito yerno. Ya es hora, pues, de que decida lo que voy a hacer y lo que voy a hacer es muy sencillo: me paso a vivir aquí, gústele a quien le guste, y si alguien quiere sacarme será a golpes o tendrá que llamar a la policía. Ah, el escándalo que estoy dispuesta a organizar...*

—Eres terrible, leona.

—Sólo espero dejar de ser tan idiota. Y oye bien una cosa: si me quedo contigo y no con el otro no es sólo porque a veces eres un tipo fenomenal sino porque te has portado de tal forma [no me des las gracias] que me has ganado para tu causa. ¿Qué más quieres? Mi legítimo no es más que un ciudadano que amaneció desde chiquito con muy mala pata.

—¿Te compadeces de él?

—De ninguna manera. Al fin y al cabo es él quien se ha salido con la suya. El peso que yo representaba se lo quitó de encima y todos tan contentos, pues aquí me siento muy a gusto y no es para halagarte. Arréglate la corbata, ¿quieres?

—A veces creo que todo esto es un complot.

---

* De haber estado Catalina en posesión de sí misma, habríase convencido en cinco minutos que su amante era un perfecto imbécil, y lo habría abandonado con desprecio; pero lo cierto es que se hallaba bajo el encanto de los viejos recuerdos y el sonido de la necia voz le resultaba de una mágica armonía...

—Todo esto es lo que debiera ser. Ni una gota más. ¿de acuerdo?

Que no lo fastidiara más, pues si había que ir al fondo del asunto lo único que los unía era el recuerdo de aquella noche dividida por dos. ¿De qué habla ahora este especimen? Se refiere a la noche en la que, después de haberse casado según las amables normas de una tradición basada en el más estricto ius militare, Augusto Jota se dispuso a correrle violín a su flamante esposa que, como la mujer del Húsar —también envuelto en líos de dinero y condenado por sus superiores a purgar su culpa en el exilio—, había decidido abandonar su casa A cambio de dormir con el sable de su hombre bajo la almohada/y besar su tenso vientre de soldado... Los pormenores de la boda castrense cautivaron a Catalina al extremo de que los suscribió con una emoción no disimulada ya que, como le advirtieron, esta ceremonia nada tenía que ver con las tediosas uniones civil y eclesiástica en que normalmente caen los demás mortales. Casarse por lo militar fue, pues, una experiencia única y así lo comprobó la novia al aprobar cada una de las secuencias de un magnífico ritual que iba desde la immixtio manuum (Augusto Jota hace travesuras mientras coloca sus manos sobre las de la novia) y el volo (con voluntad libre de toda coacción, la afortunada Catalina promete obedecer en todo a su señor, así como respetar su potestas y guardarle eterna fidelidad) hasta el osculum (también llamado Beso de Flandes, aunque por estas tierras lo denominan, no sin cierto reparo, Beso Negro). Tras la ceremonia, la nueva esposa se manifestó ampliamente satisfecha con la deferencia de que había sido objeto por parte de su marido, pues conocía el caso de algún militar que, pese a la noble gala, trataba a su mujer quasi equum et boven, o sea como si fuera un caballo o un buey. Cumplido ese triple rito integrado por juego de manos, juramento y beso —rito que el flamenco Ganshof (corral de gansos, traduciría el irreverente glosador) aplica a la relación Señor-vasallo y no a las nupcias, sin advertir que las dos cosas son lo mismo—, Catalina saltó sobre la escoba y, como los mandingas, entró por fin en el país del matrimonio. A continuación fue declarada femme de bouche et de mains, que como todos saben quiere decir que a partir de ahora ella es para su hombre todo boca y manos y lo que la imaginación en ese orden le dicte. Como colofón del acto, la novia entregó su ramo a Valeria, cómplice de sus amores con el castrense, aunque la joven no pudo contener el llanto al recibir los cinco claveles blancos, llenos de reminiscencias patrias —La flor nacional, se le escapó una corchea de más a papá Asensi—, ramo tan sencillo como el modelo de la desposada. Lo cierto es que, al igual de lo que ocurre tras un torneo magistral y para mejor cumplimiento de la dura jornada, el desarrollo de la noche subsiguiente fue programado sobre una doble sucesión de fases. En la primera —la recepción en casa de Catalina Asensi—, la reciente víctima no pudo menos que maravillarse al igual que todos los invitados, padrinos y testigos, ante la súbita irrupción de la novia que, a escasos minutos de perder su invicto bajo la difícilmente contenida pasión de Augusto Jota, apareció en lo alto de la escalera, toda ella hierática y —¿por qué no decirlo?— radiante como una pitonisa en trance. La belleza de Catalina jamás fue objeto de duda y prueba de ello es ese magnífico retrato suyo, de autor desconocido, que se encuentra en Palmira o en una pinacoteca de los alrededores, y que casi nadie ha dejado de contemplar con júbilo. Sobran, pues, en atención a lo expuesto, las palabras y cumplidos sobre sus bien celebrados atributos, puestos de manifiesto hoy mismo cuando, a la hora de la ceremonia, todos tuvieron ocasión de apreciar no sólo sus encantos sino también las dotes de alta costura de la joven. Jugándose el todo por el todo, ella misma diseñó su vestido nupcial, muy original dentro de su sencillez y casi agresivo para la época, un modelo de satén blanco de línea combinación, con capa de tul ilusión bordado a mano, por supuesto. De todas formas, y en atención a semejante elegancia, la novia tuvo que prescindir de algunas cosas, que fue lo que creó cierto desasosiego entre los invitados de la vieja guardia y rabia casi explícita en mamá Inés. Todos pudieron contemplar, en especial los uniformados compañeros de Augusto Jota, que la novia no llevaba ropa interior, pues la línea del traje de satén le recorría en detalle todo el cuerpo realzando casi al natural sus bellas formas, ya que de haber llevado prendas íntimas —que por otra parte más tarde se harían innecesarias— la lencería y los bordados a que Catalina era tan afecta hubieran quedado completamente marcados. No obstante, era todo un placer ver cómo los botones de los senos, al contacto del satén, se dibujaban con soberbia dignidad y, sobre todo, cómo los magníficos glúteos de la hermosa se movían armónicos cuando así lo permitía la capa de tul que protegía su espalda, esa retaguardia con la que el castrense juraba habría de solazarse en sus asuetos. La larga y complicadísima cola del vestido empezaba a hacerle los honores correspondientes a sus pies y en varias ocasiones estuvo a punto de hacerla rodar escaleras abajo. Ahora bien, no satisfecha con hacerles devorar a los congregados su desmesurada, lela, boquiabierta admiración, la novia dejó ver de repente el expresivo cuchillo que llevaba escondido a sus espaldas. Rota la flema, el pánico in crescendo y desatada por fin la estupefacción, los grupitos se dispersaron y más de uno —Guzmán hizo cola antes de encerrarse con doble vuelta de llave en el lavabo, Monteforte se equivocó de disco y los de la orquesta enmudecieron convirtiendo la boda en un velorio, Valeria y otras muchachas emperifolladas graznaban como urracas y, mientras Ferrante Gonzaga se disponía a hacer mutis, la amante de papá, incapaz de sobrellevar la carga, hizo aguas con abierto desdén de las costumbres vigentes—, sí, más de uno perdió la cabeza al extremo de que varios oficiales se abalanzaron sobre el novio, demudado y terroso, ceniciento el mísero, instándolo a que hiciera uso de su arma de dotación, pero Augusto Jota juró caer —entonces como ahora— tranquilo y olímpico, gallardo en su ejemplar pasividad, aunque con las botas puestas. Un prelado amigo de la novia dijo entonces aquello que nadie olvidó ni siquiera en los instantes menos oprobiosos de la común alarma Alios salvos fecit, seipsum non potest salvum facere, que traducido al vernáculo quiere decir palabra más, palabra menos Ahora sí se jodió este infeliz, pues siempre salvó a los otros y hay que ver que cuando le toca el turno de salvarse a sí mismo prefiere que le corten tranquilamente las pelotas. Con marcial aparato, Catalina avanzaba con los ojos puestos en los de su hombre que, más pasmado que un zombi, llegó a creer que el instrumento punzocortante que blandía su dama no era más que la prolongación del homenaje con el cual había sido cumplimentado hacía un par de horas a la salida de la Porciúncula cuando, tras la lluvia de arroz que les cayó encima como si fueran palomas, sus colegas de Cuerpo alzaron más de una docena de sables desnudos a lado y lado de los contrayentes para que estos pasaran por debajo del arco así formado. ¿Es que he de sufrir estas bodas sin vengarme? Medea rediviva e irreconciliable, prosiguió la novia su avance, hizo una pausa y luego calibró en forma extraña el estupor de sus invitados, casi a punto de acuchillarlos, uno a uno, enajenada aunque bellísima y casi rafaelesca, armada Catalina con espada en la diestra —la víctima siempre a la siniestra—, fiel evocación del testimonio más caro del amante, paso y gesto que ahí voy yo. Transcurridos los instantes de la fría revista retomó su camino sin vacilación ni duda y, tras su entrada victoriosa en la zona de candela del novio, repartió la más abierta de sus sonrisas mientras su mano libre tomaba la derecha del estoico castrense y, triunfal y gozosa, en medio de la total expectativa de contertulios y eventuales deudos, se dirigió a la mesita del centro, inequívoca ara de sacrificios, frente a la cual, y luego de soltar por un instante a su hombre, empuñó con sus dos manos el irreprochable cuchillo, apoyó la punta casi en el centro mismo de la frente, cerró los ojos en respetuosa actitud de rezo y, de pronto, certera y exacta, descargó una violenta puñalada sobre la piel blanca y delicada del ponqué, probable deformación aborígen de ese plumcake que, en la tierra de la novia, llaman tarta nupcial. El respetable se hizo eco del entusiasmo con las botellas de champagne que se abrieron al tiempo que —¿Dónde está mamá Inés?— volvían a escucharse los compases de la marcha acompañados por los nutridos aplausos como si de una anhelada efemérides se tratara. Augusto Jota, tal vez para recuperar el sosiego, se puso en pie de improviso y el ruido de sus botas corrompió la acústica. En posición de firmes tosió dos, tres veces y tras decir secamente Que me toquen La Gallarda, le ofreció el brazo a la esposa y aún bajo el riesgo de precipitar sus proverbiales achaques gástricos derivados de su fobia a la música se aprestó a bailar. Lentamente todo había vuelto a su cauce salvo dos hechos que, curiosamente, se gestaron en las huestes de los progenitores de los novios: el padre de Catalina Asensi declaró con voz de diestro afortunado en la tarde de su alternativa que, cansado de sobrellevar la soledad durante varios lustros y ahora que esa soledad se ve incrementada con la partida de mi hija, ejemplo feliz aunque único de mi más pura progenie (son sus textuales palabras), quiero comunicarle a los aquí presentes que voy a reincidir dentro de algunas semanas en las lides del necesario connubio. Ante el silencio sepulcral de su audiencia, que al recibir la noticia en términos tan añejos puso unánime cara de asco, papá extendió el brazo derecho y señaló a su elegida, una viuda algo jamona oriunda de Jericó y responsable por su parte de una prole harto menuda, que sonreía con ojos de batracio y deambulaba por ahí maquillada con todos los arreos de un fiero jefe comanche y que, además —la verdad es que tanta ignominia se quedaba corta— tenía el inconmensurable coraje de llamarse Vanidades Apuy. Le dieron el pésame de rigor y a continuación fue mamá Inés la que, luego de despotricar contra las extranjeras en general y las chapetonas en particular, dijo que éstas no eran más que unas culicalientes que sólo querían tirar todo el día pues ya se sabe —carraspeó y prosiguió con su voz de bajo profundo— que la hispánica es una mujer con pie de cabra. Y en cuanto a la barbaridad que acababa de cometer su hijo ella se lava las manos delante de todos, a quienes pone por testigos de sus reservas, pues nada bueno puede esperarse, dijo, de una mujer que so pretexto de la moda se casa con las tetas y el culo al aire. Augusto Jota quiso intervenir, mamá que me jodes el matrimonio, mamá que esto, mamá que lo otro, pero mamá sostuvo que ella era una criolla de pura cepa y que como nada tenía que ver con este lío de coyundas múltiples se largaba mañana mismo a Salamina, ya que, como dijo César, es mejor ser el primero en la provincia y no el segundo en la ciudad. Y sin darle tiempo a su vástago para que tomara aire siquiera (qué pena con los invitados, mami) se le fue encima con algo que nadie, y Catalina menos que nadie, ha olvidado en su cochina vida· Querías casarte y casado estás; todo esto me hace recordar lo que la duquesa de Chaulnes expresó una vez en condiciones similares Hijo mío, este matrimonio es excelente: era preciso echarle estiércol a tus tierras... ¿Pero qué ocurrió con la segunda fase de la memorable noche? De eso sería mejor no hablar, pues las incidencias de aquella jornada —debajo del 25 de noviembre dice Catalina nos da la harina: onomástico, boda y casi funeral— resultaron a la postre tan agitadas que, por lo mismo, pertenecen a la reserva del sumario, como dice Bernabé borracho. Todo se precipitó tan pronto fue superado un menú del que vale la pena recordar una aceptable crema de quelonio y, sobre todo, un paté de foie-gras de Caicedonia que, no obstante sus celebrados méritos, fue lamentablemente golpeado al ser escoltado por un Vega Sicilia y no por el Alsacia de rigor o un Barsac o alguna cosa blanca, incluso champagne, como ordenan los paladares bien nacidos. De todas formas, cualquiera, con un poco de imaginación, puede suponer lo que ocurrió: la cantaleta de mamá, el susto general, la noticia de los desposorios del suegro con su rana, así como la parranda que se desató cuando la anciana dama desapareció del lugar de autos —alguien señaló que aquella noche se bebió más trago del que, por ejemplo, había corrido por los gaznates en la época de los cuatro Jorges—, constituyen piezas fundamentales, configurantes y obligadas casi, del desastre que ellas mismas habían pronosticado. Augusto Jota, al tenor de los que mañana van a ser armados Caballeros, había pasado la noche anterior en medio de meditaciones y recuerdos al tiempo que velaba también las armas de sus recelos, pues no faltó la conseja desaprensiva de su madre quien era del parecer de que la novia venía con sobrecarga, sí, que ya estaba premiada y que era éste, más que el dinero, el motivo que justificaba una boda tan apresurada, sin el coñotanteo de rigor. ¿Y si esto fuera cierto? El castrense sabía que sólo lanzándose rápido a la acción podía comprobar si el cuerpo de su dama había sido ya teatro de agitadas maniobras y, así las cosas, ¿quién demonios puede conciliar el sueño? Catalina, pese a su deprimente acento peninsular y a sus cotidianos atentados contra la lógica y la dignidad de la lengua —no decía Quiero ver esa película, como haríamos nosotros, sino que soltaba algo por el estilo de Me apetece visionar ese largometraje, aunque lo peor de todo se daba cuando ponía cara de urgencia y, soberana indiscutible del solecismo, luego de arrinconar a sus contertulios con un oprobioso Voy a por el abrigo, agregaba sin pudor alguno pero con toda la buena fe del mundo No os quedéis ahí como unos pasmarotes, subid arriba...—, sí, pese a tanta ignominia en cuestiones de la garla la novia era adorable y su prometido la quería porque se la habían tasado como una mujer culta, ingeniosa y pía y, descontada su afición a eso que Menard llamaba el plebeyo placer del anacronismo, pertenecía a una estirpe que, no obstante sus extravagancias, rarezas y altibajos, continuaba siendo, al menos allá en León, una familia de pro. La vigilia de la víspera, las terribles emociones del día y el alcohol ingerido, en suma, no podían sugerir siquie-

ra un mínimo de razonable confianza en la escaramuza que Augusto Jota estaba a punto de iniciar en la alcoba mayor, mientras sus dueñas desvestían y preparaban a Catalina en el vecino aposento. Lo cierto es
que cuando le tocó el turno —muy lejos había quedado la pertinaz carabina, la insufrible espía, el centine-
la incorruptible y alerta que ponía compostura a los
arrebatos propios del noviazgo y que, gracias a una feliz asociación semántica, unía las costumbres de la familia de la afortunada con la profesión de la víctima—
y tuvo ante sí a su mujer, solos por fin, sintió la cabeza más cargada que un arcabuz, pese a lo cual decidió
cumplir con el gozoso deber de desatar sus ansias, se
defendió como pudo, recordó maromas, se ingenió
posturas, hizo teatro libre pero todo fue en vano,
pues a la hora de la verdad algo obstruyó la percusión
y anuló el disparo. Tantos fueron los esfuerzos del soldado que, al promediar el duodécimo asalto, fue em-
bargado por el recuerdo de aquel bárbaro que después
de haber sobrevivido a innumerables contiendas y
atentados falleció durante su noche de bodas víctima
de un derrame (cerebral, se supone), o de ese otro a
quien su mujer, tras las peripecias de esa misma jornada, colgó sin miramientos de un clavo en la pared, de
donde a la mañana siguiente sus ayudas de cámara lo
bajaron hecho un nudo de miserable aspecto. ¿Acaso
—y para no ir más lejos— el propio Arbante no fue
también aniquilado por Olimpia durante los pormenores de su aciaga (primera y última) noche de pasión?
Así, agazapado en la penumbra tras los reiterados, firmes e infructuosos intentos y poco antes de caer cuán
discreto era, Augusto Jota grabó en su memoria y para su vergüenza la hermosa y a la vez suplicante des-
nudez de su mujer, pulchra et satis pinguis, aunque
también pudo apreciar algo que más tarde le serviría

de pretexto así como de obsesivo reproche. Había conocido a Catalina en un balneario y, absurdo sería negarlo, la joven dama no estaba mal desde ningún punto de vista al extremo de que él quedó loco, lo que se dice loco, cuando la hermosa levantó el brazo izquierdo para arreglarse el cabello y la negra frondosidad del vello de la axila se reveló, sudorosa y fugaz, sumiéndolo en una ola de lascivia tan fuerte e incontenible que el castrense tuvo que tenderse boca abajo sobre la playa, no lo fuera a delatar su entusiasmo enhiesto. De manera que, a la hora del enhebre, acción imposible de consumar por lo que se ha visto, el guerrero se volcó en improperios contra su compañera de maniobras y la tildó de todo lo que su despecho le dictaba, sacando a relucir su virgo en entredicho al tiempo que la acusaba del terrible chasco: la culpa era de ella, sí, de Catalina entera, pues si algo excitaba al novio era el poblado nidito de la hembra y éste aparecía ahora rasurado y pulcro. Sí, la culpa no es mía, querida, sino tuya, y fue así como Augusto Jota, en la alta madrugada de sus controvertidas bodas, terminó por señalarle a su mujer lo que constituía la prueba de su ignominia a la vez que la razón del conyugal fracaso: la brillante y desalentadora calvicie que imperaba en el sobaco amado.

—Alguien dijo en cierta ocasión que en todo suicidio había siempre algo de venganza.

—¿Pero crees acaso que él se está suicidando?

—Ese morfema lexamático me destroza el tímpano, querida.

—¿De qué hablas?

—No sé por qué pero el gerundio que has usado me da mala espina. De todas formas no deja de ser divertido.

—No entiendo nada y además no le veo el chiste a tu pedante retahíla.

—Como dicen los entendidos, el sujeto del gerundio yacente (tu marido) puede ser el sujeto del verbo dominante (tú).

—Y encima me echas la culpa. El césar se quedó en cuadro y yo hice lo que pude para ayudarlo, pero todo fue inútil. No tiene otro oficio que decir barrabasadas mientras elabora tácticas y estrategias, tú ya lo conoces*.

—Mía es la venganza, dijo el Mayor.

—Ah, si supieras cómo lo detesto. ¡Schiiissst! ¿No oyes?

—¿Qué?

—Suenan timbres.

—Debe ser el delegado del edificio. Quería verme.

—¿El delegado? ¿A estas horas?

—Atacar por sorpresa: esa es su ley.

—Déjate de idioteces. A lo mejor es alguna de tus alumnas.

—En ese caso hoy no estoy para nadie.

—Conque sí, ¿no? Si yo no estuviera aquí ya te imagino revolcándote con tus pupilas sobre la alfombra, pues no en vano te llaman Profesor Bragueta.

—Creo que me confundes con otro.

—Me acuerdo de la noche en que le soplaste la dama a Bustamante.

---

* *Ciertamente, se pasaba los días reuniendo sus brigadas favoritas de verbos —verbos frecuentativos, verbos inceptivos, verbos desiderativos: caballería, infantería, artillería— y ordenándoles marchas y contramarchas, cambios de frente, avances de la retaguardia, emboscadas y patrullas. Los ejercicios llegaron a tal punto que Catalina, aunque poco afecta a desmayos, debió pensar en este recurso, tal como se había inventado una oportuna jaqueca de vísperas...*

68

—¿Y qué? A ese tipo cualquiera le gallinacea la mujer.

—Puede ser, pero cosas así no las vuelves a hacer en mis propias narices. Y en cuanto a esta casa ya puedes ir notificándole a las interesadas sobre el cambio introducido. Vé a abrir.

—¿Abrir? No puedo.

—¿Que no puedes?

—Tengo la traviata.

—¿La qué...?

—Una carraspeadera espantosa, tos constante, garganta irritada. ¿Pero es que acaso no ves cómo estoy? Además es muy probable que quien timbra sea la inmensa Alda de Tablada, una insoportable matrona del apartamento vecino, ¿entiendes?

—Eres el gran mago del pretexto. Bien, sea quien sea pronto se aburrirá y se irá.

—Volviendo a lo anterior, no sé por qué tu marido me hace recordar a esos Caballeros que se hacían acompañar a todas partes por su confesor, un monje siempre dispuesto a receptar los pecados de su señor, como si fuera una bacinilla.

—Una asociación algo vulgar, ¿no te parece?

—No del todo. Tu cara por momentos parece reflejar una culpa no expurgada.

—No sé lo que quieres decir. Lo único cierto es que lo nuestro se convirtió en un infierno y al final no me contuve: no te soporto un instante más, le dije cuando volvió de la calle con el cuento de Diana y sus mellizos y de nuevo se metió en la cama.

—Degollad en el ara de la fama,/lo que sin gloria usurpará la cama.

—¿Qué dices?

—Nada, un oportuno recuerdo de mis clásicos.

—A veces pareces un frasquito de lugares comunes.

—¿Cuando lo dejaste qué hizo?

—Es para partirse de la risa. Me miró con una cara de lo más huevona y me preguntó que por qué me ponía así.

—¿Te preguntó eso? Su descaro es magnífico, sobre todo después de siete meses de siesta.

—Eso fue lo que le dije, que tantos meses en la cama no los soporta ni un paralítico. ¿Y sabes qué me contestó?

—Tuya es la palabra.

—Que siete meses no eran nada, que recordara los siete años de Tablante de Ricamonte y sus heridas reabriéndose continuamente cada mes bajo nuevos flagelos: a) me cayó como un tiro en la ingle su respuesta; b) comprendí que estaba como una chiva; c) hice de nuevo mis maletas; y d) aquí me tienes para lo que gustes, Juvenal.

—Gracias, pero te saltaste la ch de chiflada. ¿De verdad has sido capaz de abandonarlo así, íngrimo y sometido a su suerte?

—Claro.

—¿Y cómo crees que se encuentra ahora?

—Satisfecho y feliz, hastiado de alegría como cuando Baal vivía.

Cada mañana recuperaba el Mayor su perdida armonía con el mundo, aunque pronto temió hundirse en las landas de una realidad sin sobresaltos. Dos, tres semanas llevaba de inquieto fisgoneo y ya empezaba a cansarse del perfecto acuerdo de las amas de casa a la hora en que el sol salía: primero el coro y más tarde la solista. Fue entonces cuando descubrió cómo una vez más se rompía la simetría. Cree recordar ahora que aquel día era lo que se suele llamar un Primer Viernes de mes, o algo así, y fue el color de las prendas lo que –binóculos en mano, vigía, espía, voyeur impenitente– le dio la voz de alarma y lo puso en guardia: vamos a ver qué es lo que pasa aquí. Los lunes, miércoles y viernes la solista lavaba y luego ponía a secar su ropa, pañuelitos, sábanas, calcetines, bragas y sostenes, pues también ella es mortal. Y Augusto Jota, en honor a su rígida atención castrense, advirtió tras variadas sesiones de husmear intenso que los lunes las intimidades expuestas eran amarillas, los miércoles azules y los viernes blancas, casi para ser exactos, pues sólo rara vez este orden admitía el color de otra variante. A su lado los interiores del marido se secaban junto a las prendas de la hijita, culicagada de unos seis años que el Mayor veía algunas mañanas corretear por el balcón, pese a que durante todo este tiempo lo único que llamaba su atención era la meticulosidad, ese incuestionable orden del lavado de ropas que contrastaba con la actitud de su mujer que dejaba que los trapos sucios se apilasen hasta que le diera la gana de meter todo en la lavadora y zanjar de esta forma del doméstico asunto. Funcionó, pues, su retentiva y, en efecto, comprobó sin mayor margen de duda que día de por medio y aún con las excepciones del caso los discretos colores se turnaban como ya se ha dicho. ¿Y ahora, qué? Tiene que ser Primer Viernes de mes, seguro, o un día equivalente en el calendario de la mujer, pues toda la novedad radica en que la otrora pulcritud de las intimidades blancas ha sido desplazada por ese carmesí evidente, detectado y ampliado por los prismáticos de campaña, redondo casi en la mitad de la prenda a punto de ser lavada, esfera cárdena como la de la bandera del imperio del sol naciente. Que se apresure, por favor, se agita el Mayor curioso, y sumerja pronto esos trapitos en agua y jabón antes de que el vecindario se dé cuenta. Y ahora mismo, como si recibiera el apresurado mensaje del castrense, aunque parsimoniosa y tranquila —no es para sobresaltarse tanto—, la dama lava la prueba de su infortunio mensual ante la abierta expectación de Augusto Jota que ve cómo, por fin, se iza la bandera del día, pulcra e inmaculada como pudo estarlo la túnica de la ascensión. La solista se integra a sus líneas y cuando el pertinaz soldado quiere contemplarla, la indolente ya ha cerrado por hoy, vuelva usted mañana. Se mira entonces las uñas y cree que ya es tiempo de arreglarlas. Busca la lima y estudia su borde con un gesto que lo obliga a pensar en su mujer y en aquella secuencia que tanto le gustaba a la muy cursi, el brindis que hace el Conde Mario en La Leyenda del Beso, brindis hecho en honor de una hermosa convertida en trofeo, como siempre, y que tanta rabia le produjo al otro tipo, al rival ofendido, ¿cómo es que se llama?, qué asco de memoria tengo. El rival afilaba su cuchillo por si acaso como él ahora revisaba su lima, y en cuanto al brindis, piensa, la referencia es obvia. Entre los treinta y los treinta y cuatro años, la mujer del balcón, despreocupada de afeites, maquillajes y elegancias inútiles —No voy a vestirme como Madame Pompadour para asear la casa, ¿verdad?—, se le antojaba al Mayor la imagen misma de alguien que renunciaba conscientemente a la esbeltez, al tiempo que descubría cómo iba llenándose de gorditos en los sitios de rigor. Algunos mechones de cabello rojizo, inocultables delaciones de una vieja tintura, hacían relucir a veces su cabeza, revelando el original obscuro en la raíz de la alborotada pelambre. Pese a todo, no ocultaba cierta generosa, altiva, perturbadora elasticidad en sus gestos y eso fue tal vez lo que más llamó la atención de Augusto Jota que, desde el comienzo, la observaba boquiabierto como si estuviera frente a una yegua sudorosa en la cuadra. Alta, robusta y, como ya se sabe, desenvuelta, la mujer cumplía su rito matinal a destiempo bajo la rígida, minuciosa, cada vez más expectante mirada del castrense en celo que observaba cómo, cumplida su labor y a solas, las dama dejaba vagar su mirada por el vecindario, anónimo y tranquilo como siempre. Las demás mujeres ya habían hecho el mutis respectivo en sus balcones, remitiéndose al resto de sus oficios en el interior de sus antros, abandonando a la solista que, rezagada y dichosa, tomaba aire, se frotaba las manos y, después de un rato y al igual que las otras, suspendía el recreo: nada de ensoñaciones tontas y a trabajar se dijo. La persiana caía como cae un telón y el Mayor, cumplida la exhaustiva revista, volvía también al invariable horario de su orden del día. Como si intentara limpiar el polvo de su celda de cenobita dejaba vagar lentamente su mirada por el recinto posándola a menudo sobre algunos lomos, dorados unos, en rústica otros, gordos la mayor parte, por el estilo de Servidumbre y Grandeza Militar (¿cómo olvidar la escena en que, a escondidas, el castrense presencia el violento diálogo entre Napoleón y el Papa?), La Guerra de Yugurta (magnífico Salustio en edición bilingüe donde se narra la forma en que el maldito y rebelde númida experimenta en carne propia todo el poder de Roma), Los Silencios del Coronel Bramble (tan significativos como mi propio mutismo, aunque creo que no hay dignidad mayor que la de callar en ciertos casos), El Buen Soldado (un ménage a cuatro en el que Edward y John, por un lado, son gracias a su bien asumido cinismo muy superiores a sus solapadas cónyuges Leonora y Florence, meras piezas para el retozo militar), De la Guerra (Clausewitz murió de cólera como si presintiera que su viuda iba a manejar sus papeles y que, pasado el tiempo, el chauvinismo galo llevaría a un editor a mutilar varios capítulos del tratado pretextando eran aburridos), De bello Gallico (César en su ambiente, aunque los galos de que se habló arriba también a él le hicieron más de una perrería) o para no salir del ámbito de nuestras guerras ahí están bien alineados —las repisas y estantes de las cerámicas sirven ahora de apoyo a los libros del Mayor— los volúmenes de Los Sertones (¿puede alguien sustraerse a calibrar los detalles de las cuatro expediciones contra Canudos, sobre todo las incidencias de los baluartes sini calcii linimenti, las audacias de la Legio Fulminata de Joaõ Abade y la derrota del Mayor Febrônio? Augusto Jota, con el sabor de la Academia en los labios, busca en la parte tercera un célebre fragmento que afirma de manera categórica que Los doctores en el arte de matar que hoy invaden escandalosamente la ciencia, perturbándole el remanso con un retintín de espuelas insolentes, y que formulan leyes para la guerra poniendo las batallas en una ecuación, han definido bien el papel de las flores como agente táctico precioso, ya sea ofensivo o defensivo...), fugaz revista de una biblioteca mucho más amplia que, poco a poco, y casi clandestinamente, ha ido trasladando de su estudio a la alcoba y cuya simple presencia remite al Mayor a la época en que se documentaba para su cátedra, su única pasión después de los purasangres, como él mismo reconocía, pero que, como los cuadrúpedos y el capital que le permitía darse esos lujos, también pasó a mejor vida cuando a raíz del escándalo producido por el Plan Simpático, de una parte, y la conmoción suscitada por las siete fugas sucesivas del Teniente Cendales de la propia sede de la Brigada de Institutos Militares, de otra, Augusto Jota, junto con otros colegas, algunos de ellos simples sous officiers de las nuevas promociones, firmó una serie de demandas orientadas a apoyar una campaña pro moralización del ejército, un rejuvenecimiento de los cuadros y una adecuación de sus medios a los imperativos de la defensa, pues para eso están. Con lo que no contó, sin embargo, fue con una cierta disidencia dentro de las filas con claras tendencias golpistas y actitudes de abierta lenidad como se puede comprobar en las decisiones jurídicas sobre el peculado o las declaraciones extremistas e irresponsables de los cuadros más conservadores que incluso cuestionaban algunas de las decisiones del Ejecutivo. ¿Qué hace un civil en la cartera de Defensa? Más bajo no podíamos caer, decían los del ala retardataria y fueron ellos los que optaron por acorralar al Mayor y sus cofrades. Sus propios alumnos, los cadetes de la Academia, le volvieron la espalda al tiempo que su superior le jodía su hasta entonces intachable hoja de servicios recordándole de paso el credo de la oficialidad según el cual La audacia es cada vez menos frecuente mientras más alto se ascienda en la escala jerárquica. Pobre Augusto Jota, siempre tan golpeado, ¿qué diablos hacía entre tanto cafre? Tras su doblemente laureada especialización en Geoestrategia e Historia militar, el castrense inauguró su primer curso con un honrado análisis de las reformas de Louvois y demás medidas orientadas a desfeudalizar el ejército convirtiéndolo en un cuerpo permanente y moderno: adiós, pues, a los andrajosos a sueldo, a los combatientes de ocasión y a los tercios de ingrata memoria. Se impusieron en consecuencia los cuadros de oficiales educados para la guerra, las academias y centros superiores, los instructores y gentes como yo. Resultado de todo eso fue un mayor respeto otorgado a la jerarquía y una organización racional —si tal cosa no suena a paradoja— del ejército en compañías, escuadrones, baterías, batallones, regimientos, divisiones, que sé yo. El Mayor, que distinguía con un odio asesino a los del cuerpo de ingenieros, sus cuasi semejantes, detestaba con igual acritud a los pájaros, de Intendencia y Sanidad y, sobre todo, sometía a su desprecio y desdén aristocrático a los responsables de los centros de instrucción básica, los inevitables sargentos empeñados en hacer que el hombre perdiera su pizca de identidad en la conscripción que le tocara para su desgracia. Recuerda también Augusto Jota el día que explicó a sus alumnos la estrategia empleada por Bonaparte contra el Archiduque Carlos y, poco satisfecho con lo que decía el tratado, se cagó hasta en el propio Clausewitz, pues alegaba que éste había dejado en el tintero o apenas enunciado entre líneas muchos de los datos que ilustraban la posición de las fuerzas antagónicas del Tagliamento. Investigando por su cuenta, descubrió que la hazaña del Corso culminó casi en lo que se llama un chasco, pues el resultado de la operación fue conceder con indulgencia capuchina la absurda paz de Campo Formio cuando lo único que había que hacer era seguir la buena racha, machacar al enemigo y empujarlo hasta el otro lado del Danubio, pero no fue así —se limpiaba el sudor de la frente mientras los cadetes lo miraban atónitos— ya que las razones políticas del Directorio se impusieron a las puramente estratégicas, con lo cual los militares habían quedado ante los civiles como un tímido pedo. De todas formas, cuando se convenció de que la historia no era más que un inmenso costal de subjetividades y falacias construidas a la sombra de los siglos sobre remotas empirias, el Mayor dejó de ser benevolente con todos aquellos que desde las cátedras, los sótanos de las bibliotecas y el santo y seña erudito, desempolvaban mentiras, pasando en consecuencia a atacar sin piedad a los cronistas oficiales y a los lacayos del momento, mendaces laudatores temporis acti —¿De qué se extrañan? Si hasta los asesinos hablan latín, y piensa en los que liquidaron a César y a Lincoln. ¿Por qué no han de hacerlo también los exhumadores de glorias y cadáveres?—, esclavos de reglas y cánones presuntamente inamovibles. Observó una vez más su biblioteca bélica, como la llamaba, y fue entonces cuando se le antojó que De la Guerra le hacía muecas desde su sitio en el estante, miró a continuación el poster de Clausewitz, como era de rigor, pero le pareció que el gran prusiano, rojo de la ira, lanzaba destellos y a punto estaban de escurrírsele las charreteras. Soy un incomprendido, se quejaba ante su mujer, y lo cierto es que su porvenir se hacía cada día menos seguro en la Academia: una mano desconocida escribió una mañana en el pizarrón de su aula la frase de un célebre anarquista que lo dejó tieso Un intelectual en un cuartel es ya una insubordinación presunta... ¿Se burlaban de él o, por el contrario, lo amenazaban? Soldado advertido no se deja pellizcar las turmas, pensó y, por si las moscas, decidió pasarse a la burocracia aunque tampoco allí iba a servir para mayor cosa, pues ya la jerarquía le había puesto el ojo encima y eso sólo se cura con la ignominia, la baja o un tiro en la sien derecha. ¿Pero quién le mandaba ser tan iluso? Para nadie era un secreto que el Mayor se alejaba cada vez más del sentimiento castrense y que sólo seguía en filas por nostalgia, sí, por puro amor al uniforme, como las enfermeras, las monjas o las sirvientas chic. La salida de la Academia, en consecuencia, constituyó para Augusto Jota no sólo la renuncia a ser un auténtico Magister militum, sino también lo que con cierto morbo él mismo llamaría más tarde la primera derrota de sus ideales caballerescos. Consciente de que le caía gordo al habilitado jefe y de que tarde o temprano su estilo le resultaría antipático al resto de la jerarquía, decidió pues tomar la iniciativa antes de que, apoyándose los muy cabritos en cierto artículo del Código de Justicia Militar, le aplicaran la normativa según la cual pasaba a situación de retirado, sin derecho a uso de uniforme ni a las demás prerrogativas, honores y consideraciones inherentes a la condición militar. Nadie duda que los jerarcas se las saben todas y si aún queda algún escéptico ahí tiene el caso de ese Coronel que después de treinta y dos años de fiel servicio fue llamado ante el Tribunal de Honor y separado indignamente del Cuerpo sólo porque descubrieron que algunas de las señoritas que se formaban bajo la dirección de su esposa en un conocido centro de enseñanza mercantil fueron sorprendidas en un burdel de Las Cruces. Trata de blancas, sugirieron los de la parte fiscal y eso fue suficiente para que liquidaran al alcahuete, aunque no faltó la voz que incluso fue recogida por la prensa, que aseguraba que todo ese lío no era más que una componenda para quitarse de encima a un oficial de reiteradas convicciones democráticas. La cuestión es que el tipo ya andaba de paisano y el Mayor, que sabía que al menos con su mujer no había que investigar mucho ni calumniar a nadie para encontrar material capaz de hacer saltar los linotipos de la prensa sensacionalista, estuvo tentado de redactar un respetuoso memorandum en el que rogaba a su superior tramitáse su petición de baja por razones de salud, aunque en el fondo pensaba que era él quien así prescindía del resto del ejército. De todas formas, tras lo del peculado y las tarifas de consulting en el affaire de los reactores, la presencia de un cierto Mayor no dejaba en paz a los involucrados, aunque Augusto Jota no estaba para chivatazos ni delaciones, pues si nos atenemos a lo que cuenta Catalina el pobre estaba que se caía de sueño. Pero antes de cerrar los ojos, desde los anaqueles lo llama al orden un último opúsculo titulado Historia verdadera de un militar retirado, con una descripción de un viajecito, río arriba —¿hacia el Carare, quizás?—. El soldado celebra la ironía del heterodoxo andaluz y recuerda, a propósito de oficiales, una reunión en la que abrió aún más la fosa que lo separaba del Cuerpo. Ante una pregunta hecha sobre el obligado tema del bandolerismo, tan en boga en el país, el Mayor contestó que tal fenómeno sólo le interesaba como una mera cuestión barroca. ¿Cómo así?, se sobresaltó un Brigadier. Muy sencillo, respondió, los bandoleros que asolan el campo, así como los gamines y demás exponentes de las cortes de milagros de nuestras ciudades, no son temas de orden social y menos aún de nuestra incumbencia, son simple y llanamente manifestaciones de nuestra rica identidad cultural, aunque para estar de acuerdo con ciertas autoridades en la materia creo que el bandolerismo femenino —forajidas, falsas peregrinas, contumaces abigeas— constituye la más alta cifra de nuestro barroco y, para seguir con faldas, sólo puede compararse, aunque con bastantes reservas, con el bandolerismo eclesiástico. Se entiende que con ideas así Augusto Jota puede dar las gracias por haber sobrevivido al pelotón de fusilamiento. Superada el área de los libros, prosigue su minuciosa revista del cuarto —la lámpara y la mesa, la palangana y el armario, el cuadro proyectado en el espejo— y luego, como siempre, se vuelca un rato sobre la lectura con su lápiz al alcance de la mano, por si acaso, ya que con los libros nunca se sabe y las sorpresas van siempre en aumento como ocurrió hace apenas un rato cuando se quedó a medio camino entre la risa y el pasmo frente a un capítulo ciertamente enrevesado —El dormitorio de Catalina es invadido por gentes a caballo— y que se le antojó un toque de alerta a sus obligaciones conyugales. Así las cosas, una mañana, mientras observaba a través de la ventana, un terrible golpe de luz le desgarró el cerebro. ¿Quién es esa que va saliendo, radiante como el sol y terrible como un ejército en formación de batalla?, recitó casi en ayunas mientras intentaba justificar la letanía gozosa de su hallazgo, entresacada por un juego de memoria de alguna parte de las Escrituras. La persecución del zorro empapó más que nunca su pijama la noche anterior y al despertar lo primero que vino a su encuentro fue la hembra tutelar de las jornadas de montería y las otras modalidades venatorias —pelo, pluma o pezuña— a que haya lugar, hembra que, según se dice, hizo que uno de sus admiradores cayera presa de la enfermedad venérea por atentar contra su salvaje castidad, aunque también se valió de un escorpión formidolosus para acabar con otro miserable que intentó despatarrarla con la sana intención de gozarla en ejercicio de un homagio mulierum repentinamente adquirido ante la vista de la bella. Pese a estos poco sugestivos precedentes, Augusto Jota abrió su corazón a Diana y Diana se quedó para decirle rotundamente sí a sus llamados. Los rasgos, a veces difusos y obnubilados según el cariz con que se presentaba el día, fueron definiéndose en ese rostro que cotidianamente afianzaba su identidad y que fue ganando no tanto para sí como para el otro la forma definitiva de un hermoso y delicado semblante. Las greñas rojizas se pasaron a un negro profundo que, con el viento, surcaba de alas el adjetivado rostro de la fémina obligando al Mayor a bucear más en los rasgos de aquella maravilla. Y si ayer localizó los ojos brillantes, obscuros, enarcados bajo la doble pinceladita china, no me hablen hoy, por favor, de esa boquita rica en carnosidades suplicantes ni de esa sonrisa de no digo adiós sino hasta pronto. Qué alegría sin par la del vidente, pues la antigua robustez de aquel cuerpo empezó a ganar soltura con la sola invocación del nombre amado, al extremo de que pronto la dama tuvo el esbelto talle que se merecía. Los senos, apretados y duros, estaban a punto de saltar fuera de la blusa, pródigos y enhiestos para la salutación y la caricia mientras los ágiles brazos se debatían en diestros y elegantes menesteres por aquí y por allá, entre las inevitables cuerdas. ¿Y las piernas? Augusto Jota casi se tapaba los ojos, púdico y avergonzado —No es morbosa delectación, ni que me estuviera volviendo escoptófilo, sino pura, simple y sana curiosidad— cuando al comienzo empezaron a insinuar su bien contorneada firmeza, su elasticidad y su ritmo. Más tarde supo vencer sus prevenciones y aprendió a degustar, a acariciar casi aquella elegancia animal que lo enervaba durante el diario y consabido ceremonial en el balcón vecino. Ni qué decir que el Mayor estuvo a punto de morirse el día en que Diana, al recoger una de las prendas, tuvo que agacharse exhibiendo la entrepierna, entre canela y bronce, altiva y dispuesta en la tensión del arco. La saliva le formaba pocitos al castrense e inundaba sus secretos recovecos cuando creyó advertir por fin el advenimiento de las nalgas y la definición esférica de los glúteos, parciales hemisferios de un mapamundi fabuloso. Día a día Augusto Jota penetraba más en la convicción de que Diana era la clave de su liberación inminente y que con ella arrasaría el campo enemigo y pasaría a cuchillo a todos los que lo habían postrado. Se sonaba entonces e intentaba no parpadear inútilmente en su contemplación, pero será mejor esperar hasta mañana, Mayor, porque ya la dama ha entrado y ahora sólo se escuchan los susurros de la persiana que hoy, como ayer, se limita a decir basta, y cae. De esta forma, aquello que hace un par de días apenas encarnaba el elevado piropo de la letanía se convirtió, gracias a su pertinaz asedio, en el opuesto ejemplo de su esposa a la que, curiosamente —ahora mismo y para seguir con la línea del cumplido—, Augusto Jota ha empezado a llamar mi Dragoneante Bagre. Todo el día ella no hace otra cosa que darle órdenes y fastidiarlo sólo porque sí, pero lo peor ocurre por la mañana al despertar cuando el cónyuge cree desfallecer al recibir de frente, con la primera orden de la aciaga jornada, el hálito terrible de la boca de su mujer, pronta como siempre al hispánico dicterio. El Mayor ha llegado al cabal convencimiento de que en las auroras bochornosas de su matrimonio la jeta pastosa de su hembra expele un aliento parecido, entre otros muchos aromas, al del pescado hediondo. Ayer, mientras el Bagre lo zarandeaba para que se levantara, tuvo la clara certeza de que su aliento estaba cargado de olores de salmón ahumado, de igual forma a como hoy huele a trucha y mañana o pasado, Dios me libre, la boca de mi mujer estará impregnada de fuertes emanaciones de merluza o bacalao. Pero la verdad de todo esto es que Augusto Jota, a través de una serie de furtivas y cómplices sonrisas ratificó una sospecha que ahora es plena e incuestionable certidumbre. El orden de sus afectos se confunde en el meollo progresivo de lo inversamente proporcional, de tal forma que la dama lejana traza la línea de la cuenta nueva, se lleva por delante a la esposa acusada de halitosis y, mientras le prepara el confort del jubileo, se yergue diestra y feliz sobre el podium indiscutible de su triunfo. Al comienzo, el Bagre no pudo advertir el cambio, claro, aunque al cabo de algunas semanas ya no le cupo duda de la metamorfosis de su compañero. La gente se chifla hoy por cualquier cosa y ahí está, por ejemplo, ese tipo rarísimo —el forastero del verde gabán—, elegante y pulcro, que diariamente visita a una hora exacta la mayor parte de los cafés, fuentes de soda, griles, restaurantes y burdeles del centro de la ciudad, desde las tres en punto de la tarde hasta las seis de la mañana, y de quien nadie sabe nada pese a las innumerables versiones tejidas sobre él y las causas de su peripatética demencia. El Bagre se asusta y hasta se santigua, pues aquel individuo con su aire minucioso y marcial parece más un hombre de armas en uso de buen retiro que cualquier loco suelto, y mira con temor al Mayor tendido a su lado barajando las cartas de su solitario. ¿Por qué no quiso creerlo a su debido tiempo? ¿Para qué alimentó tantas y absurdas ilusiones? Del cólico miserere el maldito había pasado a la locura galopante, y no decía galopante —el énfasis es tal que no hay más remedio que subrayar o, al menos, entrecomillar el vocablo— por lo que había ocurrido entre ellos seis o siete meses atrás, qué va, sino por su comportamiento a partir, precisamente, de aquellas ya casi legendarias jornadas. Tras una discusión de tres horas Augusto Jota le reprochó a su mujer el que constantemente le estuviera recordando sus desgracias, cur meorum me miseriarum admones?, dijo con su mejor acento a fin de estar a la altura de la sabia, y como represalia decidió aquella noche y para siempre su postura: no se levantaría por nada del mundo —juró así con la cruz rotunda de sus dedos— y lo mejor que puedes hacer, querida, es saber de una buena vez qué partido vas a tomar. ¿Pero por qué el Mayor salía ahora con eso? ¿Por qué, si tan difícil le resultaba soportar la presencia del Bagre, no emprendió a tiempo la retirada? ¿Cuál era la razón capaz de justificar tanta desidia? Sabía muy bien que seis o siete años al lado de una misma mujer son suficientes para tomar conciencia de la triste condición en que uno cae y que de ahí en adelante todo se estropea y se vuelve obsceno como el dogma de la inmaculada concepción o el gusto por la leche rancia y, lo que aún es más grave, sabía que todo se vuelve rutinario y amargo hasta que termina uno por faltarse miserablemente al respeto. El Bagre pensó lo peor y, cubriéndose, le dijo no recuerda exactamente qué cosas sobre que se dejara de ser tan majadero y que le contara más bien qué era lo que se proponía. Incapaz de soportar tanta desfachatez, la mujer se plantó airada frente a la cama y, como si quisiera sentar un precedente, dijo Oh desdichado, si no te levantas mañana mismo ya verás de lo que soy capaz. Y el castrense, mientras apagaba la luz de la lámpara —Que pases buena noche, Bagre—, recogió el guante limitándose a recitar lacónica y premonitoriamente una variante muy suya de la frase que tanto repetía la heroína de Lo que el viento se llevó, frase que en labios del Mayor y por alguna singular razón abandonaba pronto al desafío inicial y pasaba a insinuar un pequeño resquicio de esperanza Amanecerá y veremos...

—Hace unos días me llamó Irene Almonacid para recordarme lo de su exposición. ¿Quieres acompañarme?

—¿Yo? No sé para qué te sirve tu marido.

—No lo hago sólo por mí, pues ya me he dado cuenta que Irene te abre el apetito.

—Al menos ella está mucho mejor que sus cuadros.

—A propósito, ¿no crees, como dicen por ahí, que Irene y yo tenemos un curioso parecido?

—Por supuesto, leona. Jamás he visto dos mujeres que se parezcan tanto [en la manera de mear, supongo]. Y hablando de parecidos, ¿has vuelto a tener noticias de tus primas?

—¿Te refieres a las Arévalo Holguín?

—Ese apellido parece ser más añejo que la ciudad de los cinco linajes.

—Últimamente no he sabido nada nuevo de ellas, aunque supongo que andan por ahí haciendo de las suyas, pues a esas tipas no las salva ya nadie. Sobre todo la menor.

—¿Y por qué precisamente ella? La otra no es ninguna tarada, creo.

—Lo que pasa es que la pequeña tiene sus debilidades: la vuelven loca las barbas, por ejemplo, y es hasta para morirse de la risa: vigorosos, jocundos, peludos, pero casi siempre bajitos, sí, y por qué no decirlo, un poco vulgares. Pobre prima mía, loquita por los pelos, por las voces recias.

—Cómo no. Las más frágiles y mosquitas muertas son las que más quieren fuerza bruta. Ustedes las mujeres son una joda muy rara, digo yo.

—Pero esos hombres tan desesperadamente amados fueron siempre prontas aves de paso: mucha pasión, bastante amor y hasta la vista, prima.

—Claro, pues si no hubieran corrido ¿te imaginas lo que les habría ocurrido a esos sujetos? Recuerda las hazañas de tu ilustre tía.

—Pero la otra tampoco es una zonza, pues incluso ha llegado a ponerle sin permiso de nadie filosofía a su comportamiento. Cansada de los chismes y calumnias del pueblo decidió cortar por lo sano buscando justa protección en ese proverbio que, si mi memoria no falla, dice que más vale ser puta sin merecerlo, que parecerlo y no serlo.

—Sencillamente sensacional. Con semejante lema ella misma se ha otorgado licencia para matar.

—Te he dicho que ese mamífero de idiota no tiene nada.

—Como tú, pues tu traslado aquí y tus exigencias pertenecen a la mejor ley de tu familia.

—No vuelvas otra vez con eso que pareces un disco rayado.

—¿Puedo hacerte una pregunta, un poco delicada?

—Todas tus preguntas lo son.

—Hace mucho tiempo quise hacértela, pero no me atreví.

—¿Y por qué ahora sí?

—No lo sé, tal vez a causa de toda esta abrumadora intimidad.

—¿De qué se trata?

—Cuando estabas con tu hermoso tahúr alguien salió con el cuento de que quedaste embarazada y te quitaste eso de encima, ¿es cierto?

—Ya me imagino la sarta de historias que debieron circular entonces.

—¿Es cierto?

—Fue un error mío. Estaba tan loca por mi adorable bellaco que decidí tener un hijo suyo.

—Pero no lo tuviste...

—Claro que no, pues cuando se lo dije me dio una paliza que aún me duele la espalda.

—¿Y por qué te pegó ese degenerado?

—Él tenía toda la razón del mundo, pues no sólo iba a tener un hijo suyo, casi a escondidas, sino que así, de buenas a primeras, lo convertía yo en padre soltero.

—En serio, ¿qué pasó?

—¿Pero es que eres idiota, o qué? ¿Me crees acaso

capaz de hacer una estupidez así? ¿Qué diablos iba a hacer yo con una criatura?

—O sea que te raspaste la cosa.

—Te juro que pareces anormal. ¿Cómo va uno a rasparse lo que no existe? ¿Crees que después de la paliza que me gané me quedaban ganas de echarme encima nueve meses de histeria? Falsa alarma, cariño, eso fue todo.

—Pero se dijo que

—Se dicen tantas cosas. ¿Qué horas son?

—Las horas del corazón. De todas formas te has divertido a lo grande, mordiendo por aquí, por allá, sin trabas para tu apetito bárbaro.

—Qué más quisiera yo. Mientras mis primas vivían como les daba la gana yo me quemaba las pestañas en el colegio, ya que, según papá, la educación y buenas maneras que yo pudiera adquirir a la sombra del clero constituían en su conjunto los únicos bienes parafernales a la hora de la boda.

—Eso no está nada mal, pues al menos así le escamoteaste la dote a tu marido.

—¿Y de qué me sirvió todo eso? Con preceptivas y latines y aburriéndome de lo lindo sólo conseguí llenarme la cabeza de cosas sin sentido*.

—A propósito, necesito tu ayuda para una traducción.

—Te advierto que no debes fiarte mucho de mi latín, pues esos seis o siete años de declinación constante entre preceptores y monjitas sólo me han servido

---

* Se admite haber suprimido un período de varios años en la vida de Catalina en América del Sur, tan sólo porque durante este largo paréntesis no ocurrieron aventuras que lo hicieran distinguirse de la monotonía de la vida ordinaria en España...

para cantar con decoro el Tantum ergo o para excitar a mi marido hasta que el gallo cante.

—Si algo amo yo en tí es tu modestia. Volviendo a lo de tu prima y sus inclinaciones, ¿no te interesaste también tú una vez por la barba florida de Gustavo Almagro?

—¿Yo? Jamás. Detesto hablar siquiera de pelos, qué asco. Si no fuera por el cepillito que el césar lució una temporada bajo las narices podría jurar que en casa nunca ha habido cerdas ni mechas. Menos mal que cuando pidió la baja tuvo la feliz idea de rasurarse el bozo (la coleta, que diría papá) en señal de protesta por lo que le habían hecho. Ahora se afeita cada día con su maquinita eléctrica sin salir para nada de la cama. Todo un pachá.

—Barbilampiños, así es como te gustan. ¿Será por eso que tu marido me echó el ojo a mí desde el comienzo?

—Tal vez. Recuerda que siempre presumió de ser un buen rastreador y que tiene para las pistas un olfato de mil demonios.

—Igual al sueño ese de la caza del zorro, ¿no?

—Idéntico, con tilde en la e. La pequeña se la pasó un tiempo repitiendo eso de que un beso sin bigote es como un huevo sin sal. ¿Cómo te parecen las justificaciones que se levanta esa individua?

—A kilómetros se ve que la primita al menos carece de pelos en la lengua, aunque más feo debe ser besar un huevo con bigote, ¿cómo la ves?

—Procaz, vulgar y de mal gusto. Qué horror.

—¿Mal gusto? Claro, sin sal...

Y se despertó silbando. Desde que abrió los ojos algo así como una acompasada sucesión de trinos, grititos de alegría, sobresaltos de euforia se apoderaron de

Augusto Jota en forma tan extraña que, una vez vencida la ya casi consuetudinaria repugnancia y cuando merced a un beso de los del orden nominal acercó sus labios a los del Bagre —que hoy amaneció con un inconfundible olor a arenque— para darle unos muy sentidos y rebuscadísimos buenos días, querida, ella se conmovió hasta el borde del desmayo, pues tal actitud sólo admitía el precedente de un jugoso beso a torniquete meses atrás, generoso e intenso pero tan remoto que la mujer lo ubicaba en la ya casi olvidada prehistoria de sus relaciones, cuando otra era la piel y otro el aliento antes de que el castrense persistiera en la befa como apoyo logístico. Y volvió a silbar el Mayor alegre. La dama advirtió por un instante que en la frente de su marido se encendía la plenitud de un raro gozo y fue entonces cuando decidió asumir la convicción de que si él había amanecido así, pásele lo que le pase, ¿para qué echar a perder todo con gazmoñerías y preguntas? Mañana será otro día, había repetido hasta la saciedad la bella Scarlett O'Hara y el soldado, ciertamente, hacía hoy honor a esa divisa: así pues, dejémosle ser feliz, se dijo el Bagre, y seamos felices también nos. Qué tiempos. Delicadamente fue saliendo del lecho mientras observaba cómo Augusto Jota, inaugurando el día con su primer Pielroja, reflejaba en su rostro los territorios reconquistados para la alegría: puntitos luminosos en las pupilas, hoyuelos demarcados a plenitud en las mejillas y, lo que nadie podría haber negado jamás, el claro, ostentoso predominio de una sonrisa en el espacio feliz de las comisuras de la boca. No hizo ruido la mujer al meterse al baño ni al preparar el café con leche de nuestras mañanitas ni siquiera al hacer así con el dedo, hasta luego, cariño. Al correr las cortinas y enrollar la persiana el escenario quedó dispuesto para la habitual revista y si hay días que huelen a desdicha, éste, en cambio, clamaba a gritos un cabal entusiasmo. El sol en su punto y en el momento oportuno el coro de féminas, coéforas jubilosas con su rito diario: agua para las materas y ganchitos para colgar las prendas en las cuerdas mientras sube una la mirada para saber cómo había pasado la noche el niño de la de arriba; la de la izquierda le recordaba a su colega de la derecha que esa tarde a las tres era la cita, no lo fuera a olvidar; la del centro a la del balcón del extremo inferior del edificio Qué vida ésta, cada día se encarecen más las cosas, no sé a donde vamos a parar, y la sonrisa del Mayor se explayaba aún más, satisfecho por completo en la comprobación del orden riguroso de su examen, y entonces se despide la primera Hasta mañana, y puntualmente hace su aparición la última, y Augusto Jota busca los binóculos pues la que ha de redimirlo llega. Diana cautivadora se desplaza como un soplo desde el tiesto de los geranios hasta los cables tensos con esa carta suya, lacrada, secretísima, pero cuyo mensaje el castrense ya ha sabido descifrar en los pendones multicolores mecidos por el viento. El rostro de Diana va adquiriendo a medida que avanza su labor diaria un rosado tinte en las mejillas mientras su lengua, por momentos, lubrica esos labios suyos, encarnados y provocativos, no hay derecho para que me trate así, y la sonrisa se le agiganta al Mayor y la saliva, inquieta, se vuelve espesa y luego espuma, blanca y desbordante espuma que rebasa ahora mismo su rostro de felicidad rabiosa. ¿Pero será posible tanta belleza? Augusto Jota cree descubrir una significativa, dadivosa, cómplice mirada de Diana en dirección suya, ¿qué me querrá decir? Y la mujer se da vuelta con indiscutible clase, qué estilo el suyo, y poco a poco su deseada humanidad se arriesga a hacer el tan temido mutis, Dianne quitte son berger/et s'en va là dedans nager/avec ses étoiles nues... Silba por tercera vez el hombre y sin tomar reposo alguno y más bien atropellándose con su efluvio verbal hace un par de llamadas telefónicas mientras el quinto cigarrillo agoniza entre sus flacos dedos. Sin abandonar para nada la dichosa topografía que su rostro exhibe, el Mayor estira su mano derecha sobre la cabeza de Matallana y empieza a acariciarlo, suave, ritmada, lentamente, pues al tiempo sólo hay que darle un poco más de tiempo. ¿Y del cuadro, qué? El espejo le devuelve algunas imágenes que él intenta poner en orden aunque desiste pronto. Curiosamente, al abordar el conjunto del grabado, una extraña sucesión de ideas subsume a Augusto Jota en un piélago de meditaciones y reservas en las que sus dos hijos desempeñan un papel que ni él mismo es capaz de discernir del todo. Mira una vez más el cuadro intentando despabilarse, aunque sólo distingue cómo una cohorte de féminas, compungidísimas, adquiere cierto barniz opaco, aproximándose a lo que ahora no es más que una mancha obscura en el centro: también estas mujeres y la misión que encubren se verán obligadas a esperar un poco. A la hora del almuerzo el Bagre evita hacer cualquier referencia al cambio, ¿pues para qué romper el curioso encantamiento que ha conseguido, incluso, que su hombre trague como nunca lo había hecho en su puerca existencia? A las tres y pico, cuando la mujer dice Bueno, querido, hasta más tarde, Augusto Jota tuvo tiempo y valor para guiñarle un ojo y acariciarle el mentón con delicadeza y garbo, cosa que agradecen mucho las señoras. Ella no entiende nada pero se despercude y se va como un tiro a Auditoría porque hoy pagan y no queremos que nos birlen una vez más el chequecito. ¿Qué le pasará al Mayor? La mujer queda en las mismas, saca cuentas de nuevo pero todo en vano: tanto cariño desbordado de improviso lo único que logró fue hacerle perder el colectivo de turno o, como dice su marido, la diligencia de las cuatro en punto. Alrededor de las seis, cuando no hacía aún ni cinco minutos que el Bagre había llegado con paquetes y recibos cancelados, el timbre de la puerta la hizo saltar y, sin tiempo siquiera para quitarse el abrigo, fue a abrir y, ¿qué cara puso? Ni hablar. Del rojo profundo pasaban al coral en una perfumada gama como jamás en su vida las había visto. ¿Quién diablos me manda rosas hoy? A punto de darle con la puerta en la cara al mensajero, la mujer, atribulada — ¿Qué irá a pensar Augusto Jota con lo celoso que es?—, tuvo tiempo de leer la tarjeta y, más sorprendida todavía, dijo Oh, pase usted, no se quede ahí, le dio un billete de cinco al florista y hasta la próxima. Sin saber qué hacer, se descubrió de pronto en la mitad del saloncito con un inmenso ramo de rosas rojas, casi al borde las lágrimas como si fuera una adolescente y con el abrigo puesto, qué zonza. ¿Cumpleaños? ¿Aniversario? Nada. El Bagre no sabía a qué obedecía semejante ofrenda, pero el Mayor recibió su entrada con la misma sonrisa de la mañana y ella, titubeando, vuelta lo que se dice un ocho, no supo hacer otra cosa que darle un besito que al desgraciado se le antojó con sabor a anchoa y qué detalle, Augusto Jota, gracias mil, y se fue a chillar en bajo leonés a la cocina. A las ocho menos cuarto volvió a sonar el timbre y la mujer, como si la acusaran de algo, se miró las manos, yo no he hecho nada, se las limpió en el delantalcito de entre casa, como decía, ¿pero qué es esto? Un par de pingüinos en la puerta, con corbatín blanco y todo, solemnes como embajadores inclinaron la cabeza y como si esto fuera poco entraron directamente al

comedor, sin decir cómo le va, ni nada de eso, sino
Por favor, señora, Delmonico's para servirle, y ma-
niobraron sobre la mesa, pusieron dos servicios, un
par de velas, como ocho o nueve cubiertos a lado y
lado, vasos, fuentes, un vinito del Rhin que es todo
un placer, champagne todo el que quieran, y ni qué
decir que las manos del asustado Bagre — ¿Quién va a
pagar este menú?— se le iban a las mejillas mientras
los ojos estaban a punto de saltar de sus órbitas, se
han equivocado de fiesta, caballeros. En absoluto,
Madame, dijo el más calvo de los representantes de
Delmonico's, acreditada casa siempre a su disposición, y como el Bagre no pudo modular una respuesta digna el menos viejo retiró la mano sin pro-
pina ni nada, qué tacaños, y con paso resuelto arras-
tró tras de sí al otro pedigüeño, claro que ya se ve-
rían las caras a la hora de la cuenta, servicio incluído,
diez por ciento y quién sabe qué más abusos de corte
impositivo. ¡Augusto Jota!, exclamó la mujer cuando los dos delmonico's cerraron a patadas la puerta,
pero el Mayor, muy tranquilo, se limitó a decir que
trajera esa mesita para acá y por favor no grites tanto. Violines. Sí, el castrense silbaba y el disco de los
gitanos de Bohemia inundaba la alcoba con toda una
serie de susurros cómplices. ¿Qué es esto, me lo puedes decir? El hombre se deslizó un poco hacia el borde de la cama, ayudó al Bagre con la mesa auxiliar y
él, tan campante, hizo del lecho su silla —La cabecera de la mesa está siempre donde estoy sentado, decía Boni de Castellane— mientras su mujer aproximaba el taburete en cuyo respaldo colgaba desde hacía semanas la ropa del Mayor. El índice derecho de
Augusto Jota recorrió la superficie cubierta como de
vaho de la botella, buena cosecha, sentenció mientras
el Bagre, como si se lo hubieran insinuado, dispuso la

93

mesa lo mejor que pudo haciendo lo indecible para no confundir las copas y cubiertos, pues ya conocía la metida de patas de cierta teutona, vanidosa y solemne como una trucha renana y que no estaba nada mal, salvo su barraganería con un negro con el que ejecutaba quién sabe qué cochinadas, que servía el cognac en copas de champagne y supongo que viceversa, qué horror. Alcanzó a salir airosa de la operación, pues no en vano las monjitas la trabajaron mucho en este sentido y, además, un logro de carácter regio presidía su espíritu. ¿Acaso no había sido su tocaya medicea quien —antes que Diana de Poitiers le hiciera morder el polvo— hizo todo lo que pudo, hasta conseguirlo, para que los caballeros se dejaran de prejuicios y permitieran sentar en su misma mesa a las mujeres? Años atrás, cuando apenas tenía veintipico, el Bagre ya era lo que en el argot de sus amigos se llama un caso, y si bien le perdonaban el que fuera sensual y hermosa, y aún desvergonzadamente elegante, no toleraban en cambio, sucia envidia, su creciente fama de gourmande, pues nadie como ella, cordon bleu hasta la sonrisa, para elegir un pescado, un queso y, por supuesto, el vino que les hiciera juego. A continuación encendió las velas, apagó la luz y fue entonces cuando se percató de los violines, qué cursi se ha vuelto mi marido, violines que, a pesar de todo, y casi al unísono del corcho hacia arriba, embargaron de frenesí el alma de la señora, de burbujas su copa y de abandono total su mirada crepuscular frente a la bonhomía de su Mayor amado. Aunque no sea ortodoxo y mientras llega el apetito bebamos a nuestra salud, dijo él al tiempo que repetía un tic que le quedó de la época en que se atusaba el bigote, y todo lo demás fue júbilo en la libación de honor. Un florerito con rosas entre las velas había quedado de los más íntimo y en tal escenario los dos comensales se cruzaron tantos brindis como otros, dadas las circunstancias, hubieran preferido cruzarse un par de bofetadas terribles. Qué maravilla, se le trababa ya la lengua al Bagre, hacía tantos años que no la pasábamos así de bien. ¿Así de bien? En la intimidad la mujer estuvo varias veces a punto de verter el contenido de su copa, qué tonta soy, de lo nerviosa que se había puesto, lo veo y no lo creo y se miraba las uñas felizmente cuidadas y ni siquiera se preocupaba del resto, pues de todo respondía esa clase suya, esa venusta pulcritud y esos gestos que ni siquiera la vida con un militar habían echado a perder —un beau corps triomphera toujours des résolutions les plus martiales—, hay que ver nada más cómo le luce ahora mismo esa especie de distinguida timidez ante lo solemne e inesperado del banquete, y esas manos tan finas y esos dedos largos y certeros, ágiles como aleteos de pájaros. Pues sí, definitivamente el Bagre, si se lo proponía, podía mantenerse en su punto y hora ya que se necesitaba ser un chambón de la peor laya para subvalorar su adulta belleza, casi tan perfecta como cuando estaba en edad de merecer y que incluso, como ya se ha dicho, aparecía consagrada en la tela de un anónimo maestro, belleza imposible de ignorar o menoscabar así fuera a través de los peores epítetos que le obsequiara su hombre. El castrense, que en el camino se nos quedó en las manos, alcanzó a atrapar la puntita de los dedos y, con ojos de Capitán de zarzuela, húmedos y entornados a causa de una emoción innenarrable, se los llevó a los labios mientras que el Bagre —¿Qué le pasará hoy a este fulano?— sentía cómo algo muy suyo se le conmovía por dentro a punto de quebrársele y anegarla en gritos de felicidad —¿Pero qué es lo que te propones, Augusto Jota?— y agradecida retiraba con suavidad su mano. Las velas creaban una aureola iridiscente entre los extraños amantes, así como las rosas rojas y coral, los servicios dispuestos como Dios manda y las burbujitas ascendentes del champagne. Algo en todo este ambiente y descontado el atrabiliario lugar de la mise en scène remitía al Bagre a los banquetes con pedigree que organizaba para sus íntimos la galga Henríquez —ente fino, impasible, el junco pensante de Pascal— y en los que no faltaba nada, ni apetito ni ocurrencias de alta talla ni una buena ración de savoir dire. La primera botella fue prácticamente agotada en el tiempo que necesitaron los violines de Bohemia para cumplir su función por lado y lado del disco y los ojitos del Mayor y su dama, deliciosamente ruborizada por las copas antes que por los reiterados cumplidos de su compañero de parranda, bailaban un poco inquietos, al borde del colapso o del frenesí que, para lo que sigue, es casi lo mismo. A punto, pues, de perder la compostura, el Bagre descubrió las fuentes y es mejor comer antes que (la respuesta cariño, es tan obvia como improcedente). El castrense había tenido la audacia de pedir a Delmonico's una doble ración de ostras —¿Qué se traerá entre manos? De todas formas este mes es de los que tienen ere— y ahora, a punto de dar rienda suelta al apetito, escancia vino blanco y luego manipula entre el hielo picado en busca de los trozos de limón mientras la señora, siempre tan servicial, espolvorea la pimienta molida porque así las ostras dizque cumplen mejor su cometido. ¿De qué hablaban mientras tanto? Ni idea, los ojos iban y venían, los violines de nuevo a la carga los transformaba y ellos, en honor al buen gusto, se encontraban ya en las escalas intermedias del heterogéneo menú. En el momento indicado y como si se lo hubiera aprendido de memoria, el Mayor sacó a bailar al rey de la fiesta, el Marcobrunner, y vertió en su vaso el vino del catador, noble y precursor, aunque inocultablemente cómplice, y diestro apuró el primer trago con una elegancia tal que habría sido capaz de fulminar de envidia a la más sofisticada de las modelos de otoño. Satisfecho, sirvió en el vaso del Bagre y luego en el suyo una discreta cuota —Para comenzar, susurró como si temiera lo fueran a acusar de tacaño— y, a continuación, con un tácito acuerdo de miradas, los dos extendieron sus brazos hasta reconciliarlos en el centro de la mesa en un entrechocar de cristales, salud, mientras el Bagre comenta como quien no quiere la cosa Ay, Augusto Jota, si nos vieran los amigos en éstas creo que, como dicen los hidalgos de solar conocido de esta capital, nos estamos volviendo un poco lobos. A punto de entrechocar los tacones, en rigurosa posición de firmes, el Mayor se alteró por primera vez en aquel día: qué mujer tan imbécil y malagradecida, dijo para sí mientras se le hinchaba la vena de la frente, no se puede tomar un trago porque ya empieza a decir estupideces. Imagínense ustedes, tanta delicadeza de mi parte ¿y todo para qué?, y la ira se le fue con el brazo tropezando en el camino con una de las copas, la de su mujer, precisamente, que culminó su salto al derramar su contenido en la fuente más próxima. Por algo menos grave el gran Vatel se quitó la vida, dijo el Bagre, y el Mayor, alcanzado en el nervio del protocolo, decide comportarse como es debido, así que se contiene un poco y, repuesto tras un segundo trago, invita a su señora a enfrentarse a otro de los platos de la amable noche —Truites à la Chambord, haré que me copien la receta— y del cual el Bagre, añorando los buenos y no tan lejanos tiempos, pronto dio cuenta mientras intercambiaba con su marido bocaditos como si de un par de zuros se tratara. En cierto momento el recipiente llama la atención de Augusto Jota que, avisado, mira a su mujer y, cabizbajo por primera vez en la jornada, se lo indica. Es un plato amplio, no muy hondo, scutella lata et aliquantulum profunda, sin mayores virtudes a no ser la generosa inercia del pescado, o de lo que de él han dejado los golosos. Con acento extraño, recitativo casi, el Mayor se lamenta porque el plato en cuestión contiene algo que no es propiamente un salmón ni un lucio ni una lamprea. ¿Qué diablos quiere? ¿Acaso no fue él mismo quien encargó la cena? A mí me vuelve loca la langosta à la Thermidor y sin embargo no he protestado, se dice el Bagre que, por escuchar las divagaciones del castrense y entretenerse con las suyas propias, está a punto de ahogarse con una de las espinas —y no es ninguna paradoja: el pez grande se traga al pez pequeño, ahora y siempre—, pero se salva a tiempo con un buen trago que le rejuvenece el alma y se apresta a blindarle la garganta contra nuevos agravios. Augusto Jota advierte el curioso efecto de su interpelación y, solícito, aquí no ha pasado nada, querida, invita a su fémina a volver a filas Bebamos y comamos —se nos vuelve cartujo el Mayor— que de morir tenemos. Pero el mal ya estaba hecho. El vino se le subió a la cabeza al Bagre y ahí está ahora desvariando sobre las virtudes del Château Margaux, del Château Lafite —Fuí General de airon y charretera/tizón de amores y trueno de alarmas/lancé, estentóreo por la carretera/frente a Château Lafite/ ¡Presenten armas...!, así, avec tambour et trompete, el castrense glosa con la convicción de reyes las pedanterías etílicas de su dama—, me gusta el Dom Perignon y todo lo que me pongan por delante, pues si algo conservo de la casta es el gusto por un buen bouquet y lo que en esa línea venga. Y aunque el Mayor se burle ahí están, como una bofetada en público, sus papeles y tarjetas con las armas de su familia: en cuádruple campo de sinople dos brazos portan ramas de algo [al fin y al cabo fijos dalgo], cuatro torres puestas en sotuer con bordura de gules [efímera arquitectura de arena] y un recio y magnífico árbol [toco madera] domina el conjunto mientras que a nosotros, terrenal plebe irredenta, se nos cae la baba en trance de aullido, lobo sobre un campo de azur. Sonríe la titular de tan añejo linaje y pasa a garlar de Carpes de la Creuse, Faisans flanqués y otras maravillas, pues por algo soy lo que soy. La mirada de reproche del Mayor la hace volver al orden pero antes, para demostrar que tampoco es una snob y que en cosas de la mesa no hay como las diversidades más o menos democráticas, abre las esclusas de la gastronomía de su tierra Oh, Augusto Jota, si probaras los jamones de Villamanin, las salchichas de Trobajo, las alubias de Veguellina, los nicanores de Boñar, las guisadillas de monja y, sobre todo, la menestra de cordero lechal a la Riaño —Qué cara puso el Riaño criollo cuando le jodiste el diorama— rociada con un buen Bembibre, si los probaras, te digo, comprenderías por qué tengo tanta morriña por las, pero el Mayor corta el torrente ya que la simple mención de Bembibre lo transporta al Bierzo, en la patria de su mujer, donde evoca unas hazañas de banderías y pugnas con la extinción de la Orden del Temple como fondo. El discurso del Bagre remite a Augusto Jota a la nostalgia, ay, de la Academia, pero como hoy no es un día de pena sino de gozosa celebración, ambos vuelven comedidos a integrarse a este mundo feliz. Los violines insisten en las andadas y la nueva tanda empezó ahora sí a embargarlos de sentimientos altivos unas veces, íntimos y conciliadores otras, perturbadores siempre. Supera-

das las incidencias de las amables truchas —tan exce-
lentes que incluso los amantes añoran los viudos de
pescado que tanto honran la cocina de Flandes—, le
toca el turno a un postrecito de pobre, manzanas al
cognac con almíbar y cerezas, muy rico todo, aunque
un feo comentario se le escapó al Mayor harto en medio de un eructo tan expresivo que la mujer, aterrada,
estuvo a punto de decir no más, y el cafecito helado
con Bénédictine ni siquiera fue servido ya que las cabezas iban de aquí para allá como si fuesen badajos
arrastrados por el vaho del vino aunque no hay nada
como un Bordeaux o un buen Bourgogne, vuelve a joder esta mujer que olvida que a la mañana siguiente
de una borrachera fina siempre pide a gritos la muerte por decapitación, si es posible, a causa de los estragos de la resaca, vocablo que ni mandado hacer para
recoger lo que queda de uno tras la libación báquica,
botellas vacías, cáscaras, porquerías flotantes, caraco-
las y grumos que sin piedad atosigan la cabeza con sus
vaivenes y rumores sin fin, restos de un velamen que
ha arriado y abandonado sobre la playa jirones de
alma cuando la marea se retira. Olvidándose de todo
esto, y con razón —ni siquiera un litro de Bretaña apa-
ciguará mañana el malestar—, los alegres festejantes
hace rato han superado la copa de la sensatez y ahora
mismo se dejan llevar por ese solo magistral de violín
bien temperado que ya se dispone a izar al castrense y
lanzarlo por encima de las conveniencias en una extraña actitud ante su dama. ¿Qué es lo que quieres, Augusto Jota? y ella —Yo sí lo sé— se ríe, maliciosa, a
punto de ponerse caliente mientras el Mayor mete las
piernas en la cama en actitud de súplica y entrega. El
Bagre se levanta, retira el taburete y, como el padrecito del banquete anual, da gracias a Dios por el día que
termina y por la noche que llega. Caramba, dice, ni si-

quiera me he quitado el delantal, sonríe medio borracha, zapatitos fuera y ¡zas! procede a calentarle el ánima al cónyuge que espera, pues si en algo está asentado el matrimonio es en la unitas carnis y a mí esta oportunidad no me la roba nadie. Los resortes a punto de saltar por el baile de esos dos allá arriba chillan peor que gatos en trance y cuando ya promedia la hora de las brujas están a punto de despertar al vecindario entero. ¿Pero qué es lo que hace esta mujer? Seria e inalterable y al contrario de lo que ha hecho en otras ocasiones, ignora ahora la prisa del hombre y decide no entregarse sin antes hacer una que otra estimulante pirouette. En consecuencia, observa, escruta, disecciona al Mayor como si fuera un fiscal, extiende la pierna derecha y poco a poco, a medida que se llena de guiños y sonrisas, va deslizando la media, l'style c'est la femme, así es que me gusta a mí y luego extiende la otra pierna —se dice que la mujer emplea más la parte izquierda del cerebro mientras que el hombre, bah—, hace maravillas con la media y ahí va también en dirección al prójimo como si fuera el brindis del diestro frente a los trofeos ganados en su gran faena. Las medias son recogidas por Augusto Jota —voz pasiva impecable—, que se arrodilla sobre el lecho, religiosamente, la frente apoyada sobre las cobijas pero el rabillo del ojo alerta y, en efecto, ahí viene el sostén —El soutien gorge de que hablaban mis primas— y es preciso erguirse para no perder detalle alguno de la fiesta que ahora empieza, sí señores, pues el Bagre no se pone ya con dilaciones ni reservas y danza unos instantes mientras sus magníficos pectorales cobran la atención del guerrero embelesado. El interludio no sólo es necesario sino refrescante, pues la verdad es que mi mujer tiene unas tetas muy bien educadas, firmes y obedientes y en su puesto siempre. Sin otra cosa que agregar al respecto la pausa se termina y la función prosigue: lo dedos trabajan con celeridad demente y ahí van por los aires los blumers, los diminutos calzones o, como dice ella con su duro acento patrio, las bragas, mientras que la mirada, ahora sin equívocos pudores, se dirige al mismo sitio a través de un doble y armonioso juego: clava ella sus ojos en los de él y él se multiplica para llegar a tiempo al espacio eminente de la cita. ¿Y qué es lo que descubres ahora, Augusto Jota? Inútil es decirlo, pero sea, ya que sin dilación se impone, crece, se revela el monte generoso, pubis tan grande como un poema de Propercio. ¿Desde cuándo comenzó ella a perfumarse el suave, negro, poblado vello del toisón con Balmain, esencia que lograba despertar los ardores de su hombre y que acrecentaba aún más, si ello es posible, su denso, perturbador, inconfundible odor di femina? Llegados a este punto, el terreno es todo suyo, Mayor, dedíquese a lo que sabemos, hágalo lo mejor que pueda, primero así, pónte sobre mí, luego asá, dáte la vuelta y hunde la cabeza un poco más allá, y ahora muévalo que para eso es suyo, pues lo cierto es que, violines aparte, esto corre el riesgo de convertirse en algo sencillamente memorable. Portavoces de antiguas cosmogonías informan que cuando un mortal hace el amor con la representación de una diosa la lluvia se desata acompañando en sordina la intrepidez de los amantes confundidos en el acto como también se confunde el agua con el agua. Como si se tratara de revivir los términos de un código de combate, el Mayor intentó apretar aún más el nudo de las fuerzas entreveradas y alcanzar una posición favorable en la retaguardia, donde pronto la punta de su lengua hizo memoria al grabar para siempre ese extraño y denso sabor, híbrido de cobre y greda seca que sus labios y aliento honraron con inequívoca vocación de triunfo. Cumplida su labor y tras la ávida salutación —u osculum de Flandes, como en sentido estricto se le llama— en el soleil noire camuflado ad majorem hominis gloriam entre los suntuosos tabalarios del Bagre, Augusto Jota aún tiene tiempo de comprobar cómo merced a un diestro movimiento los labios de la mujer desnudan su bálano al que ahora lubrica con saliva generosa mientras sus manos trabajan con sin igual industria en su epidídimo, su escroto, su perineo, ya no resisto más, se deja escuchar él en los preámbulos de la exultación final. Su tenaz voluntad, empero, se niega a asperjar en campo abierto y dilata, escamotea, aplaza el instante de la conjunción hasta que merced a un ágil movimiento busca el yoni de su dama subsumiéndose en un piélago odorante de palpitaciones extrañas, ávido homo viator que recorre los pliegues superiores de las húmedas ninfas, atalaya desde la cual el gallo se ofrece a la voracidad labial del Mayor que se apresta a celebrar su mudo canto. Al igual que un grueso tronco que poco a poco se desgaja ella opta por la mediavuelta gracias a un giro impresionante, mientras que él amablemente cae con un clamor de huesos desentumecidos sobre la abierta súplica de la mujer tendida. Un discreto sabor a sal se hizo presente en la continuación de este largo, extenso, inagotable primer saludo de los labios del castrense, perdidos en una sucesión de algas y seda mientras lame el profuso esmegma que como líquen se guarece entre los húmedos volantes que se entreabren para promover el encuentro de la lengua con el rosa profundo de esas albricias que esperan en la acogedora estancia. ¿De qué color es la anémona?, se pregunta el intruso y la respuesta es un cálido movimiento prensil, una contracción de las íntimas fauces visitadas, bendita sea tu osadía. Las manos del Bagre, en tanto, vinieron inevitablmente a posarse sobre su cabeza, hundiendo sus dedos en lo que aún le quedaba de cabellos al pobre. Y el Mayor se conmueve marcialmente al contacto del aliento cálido y la fusión de su saliva con la densa emulsión, con los secretos jugos que poco a poco y a punto de anegarla embargaban a la hembra casi hasta el rebalce total, casi hasta la transferida emoción, casi hasta el extraño gemido que, también, muy dentro de sí empezaba a crecer sin dilación ni pausa. Cerrados ya los párpados ante los convulsivos malabares de este primer tiempo, las manos de la mujer, crispadas en el último rictus de la sesión oral, se aferraron con desesperación a su hombre y, mientras su boca se abría en un ruego agudo y poderoso, con fuerza de catapulta arrancó al castrense de su posición inicial lanzándolo como una bendición rabiosa sobre esa voracidad que, allá arriba, ya se anudaba al recién llegado al tiempo que, abra cadabra, ambos sentían cómo en una fastuosa comunión ratificaban pactos. La diestra de la mujer tomó entonces la alerta testa de cobra y tiernamente la llevó al borde de lo que su hombre llamaba húmedo radical dejándola allí a su suerte como cuando papá condujo a la novia hasta la puerta de la iglesia y fue este el momento en que el Mayor, con una enérgica voz de avanti popolo, se encargó de cumplir su parte. Y así, furiosamente trenzado en el abrazo, mecido por un nítido y acompasado acuerdo de gestos, lamentos contenidos y esfuerzos, animado por aquellos endemoniados resortes al tenor de los olvidados violines de Bohemia, Augusto Jota advirtió no ya el abrirse anhelante y cálido de esas apretadas orillas por las que, sabio y seguro, enfiló su ariete, sino un balcón pletórico de sol, de hortensias y geranios y de alianzas de amor que, ahí, frente a él, debajo casi de su propia impaciencia, se abría con un ruido de puertas y persianas para dejar sitio a la mujer que, frente al doble juego de las cuerdas de alambre, lo cubría de saludos, de urgencias y solicitudes a la vez que le hacía señales para que la siguiera, sí, para que entrara con ella al vedado aposento, para que la visitara, y él iba, cómo no, él la seguía por fín y se agotaba en ese esfuerzo por alcanzarla pronto. A punto de claudicar, cuando creía que alguien gemía tal vez clamando por la inutilidad de su empeño, el Mayor, a riesgo de perderse y de perderla y entregando su voluntad, sus armas, sus anhelos, sin poder contenerse más, sintió que algo muy íntimo lo abandonaba al tiempo que, perdiendo de vista a la mujer de la súplica, exclamaba en medio de un sordo, extraño, inexplicable borborigmo que se consumía con él Oh, Diana... El Bagre, con los dedos aún crispados sobre la nuca y espalda del castrense, animada todavía por el generoso entusiasmo que su marido cumplidamente y casi sin solución de continuidad había volcado sobre ella y a punto de dejarse llevar por un espasmódico llanto de reconocimiento, reclinó poco a poco el cuerpo del guerrero vencido sobre su costado derecho mientras, como si fuera una pietà, lo observaba en los límites de la incredulidad, quod omne animal post coitum est triste, confrontando el pretérito rostro de aquel hombre con el de quien ahora a su lado se ausentaba en sueños. Al besar conmovida sus párpados, recordó de pronto las extrañas, lacónicas, postreras palabras del Mayor en el instante en que éste consiguió por fin lefar anegándola con su sedimento más ancestral y amable y, sin captar del todo su cabal sentido, divertida antes que preocupada, juguetona como un pequeño siux se dijo ¿Diana? Mí no comprender, y se echó a reír. Más tarde lo miró de nuevo y luego, al comprobar que por fín cesaba de llover, se anudó a la espalda del durmiente mientras concluía casi con dulzura ¿Diana? ¿Lo diría acaso... porque al fín dio en el blanco? Y con la jocunda convicción de su aserto el Bagre satisfecho se durmió también.

—Cómo me gustaría sacarlo de la cama a patadas, morderle la cara, destrozarle el hígado. Además, últimamente salió con la manía de no comer nada si antes no le ocurría una aventura. Imagínate, como si fuera un Caballero en las fiestas de Pentecostés.

—Tendrá úlcera, o algo así.

—¿Y cómo va uno a saberlo? Detesta a los galenos y sus medicamentos. Un día dijo que a esos tipos había que defenestrarlos. Qué vergüenza con los vecinos.

—¿Y qué te importan a tí los vecinos?

—¿Importarme? Poco, la verdad sea dicha, pero él grita, patalea y dice que hay que pasar a cuchillo a todos esos incircuncisos.

—Pero debe padecer de algo, ¿no? Al menos al comienzo tuvo que sufrir de alguna cosa, es lo normal.

—Siempre gozó de una salud irreprochable, espartana casi, y lo único digno de mención fue un pequeño accidente que tuvo hace años, poco después de habernos casado. Apareció medio borracho una mañana con la cadera un poco averiada y dijo que había estado luchando con un ángel hasta la llegada de la aurora. Me dio mucha risa y lo acosté pero cuando despertó, en perfectas condiciones, por lo demás, me dijo que por lo que más quisiera no le volviera a preparar su ración de nervio ciático en la comida. Me sorprendió mucho porque a él siempre le encantó este plato, sobre todo con un poco de salsa y berenjenas a la plancha.

—Raro y divertido a la vez, ¿no crees?

—No sé quien pueda entender a ese especimen.

Unas veces dice que se lesionó el huesito innominado, otras que sufre de ictericia y, finalmente, que está a punto de estirar la pata a causa de un mal de pronóstico grave. Pero yo lo que creo es que el desdichado se está pudriendo entre la tirria, el odio y lo que en mi país llamamos mala leche*.

—Supongo que te habrá dicho algo. Al menos un reproche, una sugerencia...

—Claro que hace sugerencias, pero es tan cómodo que quiere que sea yo quien tome las decisiones. Me dijo un día que en las encrucijadas los jinetes suelen dejar a la elección de sus jumentos el camino a seguir.

—Cierto. El hombre propone y la mujer dispone.

—A veces me dan ganas de abofetearte, Juvenal.

—Pese a sus dolencias creo que pronto sanará.

—Qué va. También le ha dado por quejarse de un presunto mal de piedra, aunque a menudo, en el colmo de la desesperación, me asalta la sospecha de que el muy bellaco ha agarrado una enfermedad galante.

—Pero eso es fácil de comprobar, ¿no?

—Facilísimo, si él colaborara. Pero aún en esto su comportamiento ha cambiado mucho. Figúrate que de una fecha a esta parte salió con prohibiciones un poco enrevesadas: por ejemplo, nada de hembra bajo su cuerpo en luna menguante, sea quien sea, pues ha llegado a creer más en ciertos prejuicios que en la excitación y lo que viene luego.

* *Toda esa lógica argumentación que Catalina supo forjarse, mientras yacía en el lecho, se resolvía en definitiva en la creencia de su triunfo. Fuerza es reconocer, sin embargo, que nada estaba tan bien justificado como la idea que Catalina se había formado de la vileza y bribonería de su esposo. Estaba dotada de un espíritu perspicaz y observador, y bastábale, para convencerse de la justicia de sus apreciaciones, con tender la vista alrededor...*

—Ahora sí entiendo el por qué de tu apetito desordenado cada vez que vienes a verme.

—Todo eso es francamente raro, pues si había algo que a él en realidad le entusiasmaba era, como dicen los franceses finos, emmener le petit au cirque...

—Aforer le tonel.

—¿Cuándo dejarás de ser tan vulgar? Nunca, ya lo sé. Cada vez que me pregunto por qué te portas como un

—Corta la jaculatoria y vuelve con el vago de tu marido.

—Lo más raro es que ese zángano se la pasa refunfuñando días enteros, como si tramara algo.

—No olvides que la movilización no es la guerra.

—De todas formas, lo más insoportable de la bestia ésa es su falta de respeto, su

—¿Qué te ha hecho?

—Es un desventurado. Siempre que tenemos visitas, o algo así, sale con el cuento de que desea escuchar zarzuelas: tú sabes cómo, pese al relativo buen gusto, músicas así te abren un hueco en la nostalgia por tu tierra. De todas formas, cuando la cosa está al rojo vivo, se pone de fie, furiosísimo, y me ordena que apague esa vagabundería, pues asegura que el género lírico sólo le sirve de laxante. Y lo cierto es que (aquí entre nos) él es muy delicado de estómago.

—¿Y qué hace? También el pequeño Bonaparte detestaba la música.

—Pues qué va a hacer: se pone solemne, frunce el ceño y con una venia rebuscadísima se va a las necesarias, primera puerta a la izquierda yendo por el pasillo, tú ya sabes.

—A lo mejor es una alergia. Hay gente muy rara.

—Una tarde, hace un par de años, llegó a casa furioso porque creyó que alguien que en un bar tarareaba el Tambor de Granaderos se metía con él. Pienso que esa es una prueba de que se ha vuelto paranoico.

—No exageres, leona. Y por favor, no formes tanta alharaca.

—¿Alharaca? No dirías eso si pudieras comprender al menos toda la bajeza que he estado obligada a soportar. Ah, aunque tampoco hay que olvidar a la arpía de su madre.

—¿Su madre?

—Vieja infeliz. Sabe que su hijo está como está y sólo por no verme deja todo el lío a mi cargo. Me odia desde el día de la boda y casi nunca nos visita. Que a mí me conste, sólo viene cuando estoy de parto o por alguna otra razón excepcional. Y además se aloja en hoteles, como si nuestra casa fuera una pocilga.

—Bueno, mujer, tén paciencia. Al menos no tienes a la suegra metida todo el día en tus asuntos.

—Pero es una desconsiderada. Podría venir y hacerse cargo de ese vástago habido en buena guerra, ¿no?

—¿Pero por qué tanta bronca? Algo debiste hacerle a la anciana dama.

—Yo no le he hecho nada, te lo puedo jurar. Simplemente le caí gordísima porque soy hispana (chapetona, me dice) y no puede perdonarme las inflexiones de mi acento al pronunciar la c, la s y la z, cuando muevo la lengua. Además, ella y su hijo son unos mierdas: fíjate que hasta me recomendaron cambiar de crema dental.

—¿Qué?

—Como lo oyes. Me dijeron que usara colgate que el mal acento combate. La verdad es que en estos países detestan más a mis compatriotas que el mal olor de los pies. Deudas antiguas, me parece.

—Bueno, no generalices, leona. Y a propósito de tu equipaje, cerca de San Diego hay una agencia que al-

quila apartamentos. Vé y avísame cuando hayas resuelto tu problema.

— ¡Juvenal! Te digo que no estoy para bromas.

— ¿Y dónde quieres que te aloje? Sólo tengo libre
una pequeña suite en el ala oeste de la casa.

—No te hagas el chistoso. Dije que me instalaba
aquí y aquí me instalo, ¿entiendes? Más claro no canta un gallo.

Sobre la mesita de noche, encendida incluso de día y
con un semicono de falso pergamino, la lámpara le da
a ese rincón del cuarto, al lado derecho del yacente,
la cuota de amarilla penumbra que sus cansados sueños tratan de configurar del todo. Y así, bajo esta
mortecina perspectiva, se encierra el soldado en sus
recuerdos y los asume no como un pasado resuelto
en estos siete meses sino como una fecunda coartada
futura. Todo le había salido por la culata, es cierto,
pero él no estaba dispuesto a capitular y menos a dar
un paso atrás. Claro que había cosas que ya no tenían
remedio y cuando pensaba en ellas no podía sustraerse a colocar en primera fila a Eugenia, su hija mayor,
sacrificada como toda su vida al apetito abismal de los
ejércitos. Pobrecita, de niña había sido tan esmirriada
y escurridiza que parecía casi una cagarruta, así de
chiquita no más. ¿Sería por su nacimiento prematu-
ro? Mamá Inés decía que un alumbramiento de esa
clase era la mejor prueba de sus sospechas, sí, que el
Bagre cuando se apresuró a casarse conmigo ya venía
con su paquete por delante, como los canguros, ah,
mami, qué malintencionada eres. ¿Y si fuera cierto?
La verdad es que Eugenia nunca se pareció mucho a
mí, aunque eso tampoco quiere decir nada. Sea como
sea, los primeros catorce o quince años de la niña es-

110

tuvieron literalmente por los suelos: no lograba emprender el vuelo y, excepción hecha de la sana envidia que su estatura provocaba entre los jockeys cuando papá la llevaba al hipódromo o al box de sus purasangres, pronto se convirtió en el chiste diario de sus compañeros de estudio, de sus amigos, de la cabrona gente, ni que ser bajito fuera una aberración o un crimen. Personalmente creo que la hembra chiquita es más compacta, más pizpireta y, según las ganas, hasta más resuelta y lanzada que las otras, como lo confirman las autoridades en la materia y hasta el propio clero. En fin, mientras tan bien opinan los que saben, los vecinos cogieron a Eugenia por su cuenta, le hacían bromas, le ponían apodos, hoy Pulgadita, ayer Mediometro, mañana Caca de Ratón: lo dicho, son unos desalmados en toda regla, pues el Bagre y yo hicimos lo posible por verticalizar su estampa: médicos, reconstituyentes, nada surtía efecto y nuestros desvelos no tenían premio y eso que la niña, al igual que un buen champagne, fue fruto de una reposada crianza. De todas formas, menuda o no, Eugenia tuvo en su abuelo Asensi, al más obsecuente y casi fanático de sus partidarios, así fuera sólo durante los breves lapsos en que el viejo se arriesgó a asomar sus narices por casa antes de que se nos fuera víctima de una sucia jugada del miocardio. ¿Qué había ocurrido entre el soldado y el anciano bínubo? Tras las primeras sorpresas que depara eso que llaman matrimonio, Augusto Jota asumió una actitud evidentemente fría con Asensi aunque no por ello menos cortés que la que siempre le manifestó. Las razones eran simples y muchas veces salieron a relucir en las rencillas conyugales: Augusto Jota le reprochaba al suegro el haberle ocultado hasta la hora de la boda lo que con propiedad mamá Inés llamaba los vicios redhibitorios de la novia —en el resto del ganado tales vicios suelen ser la garrapata y el carbunclo—, de manera que, entre gente de honor, el contrato podía venirse abajo. De todas formas el castrense persistió en su aventura y, pese a todas las presiones en contra, mamá a la cabeza, no dejaba de felicitarse en secreto cada vez que le echaba una mirada a su mujer, inmensa y exhuberante como una hembra maltesa. La pequeña, pues, era el único vínculo que unía los dos trozos de la familia y el Mayor, pese a sus reservas contractuales, se hacía el de la vista gorda cada vez que el viejo, como le decía, se dejaba caer por casa, aunque eran muchas las razones por las que no envidiaba su suerte. En España, Asensi había puesto sus más altos ideales al servicio de la República y en su nueva patria tuvo que poner su pluma al servicio de la República —el más ultraconservador de los rotativos del continente— para mantener su tren de vida y poder enviar a su hija a uno de los mejores colegios de la capital. Triste destino, ciertamente, ya que mientras el grueso de la diáspora eligió países decentes él vino a parar a este cafetal sin identidad ni nada, aureolado por una sarta de mentiras magnas en las que su hija terminó —oh, gajes de la mímesis— siendo tan diestra como el más intransigente y afiligranado de los patricios. En cuanto a Eugenia, le seguían haciendo bromas y la gente dále que dále con su jodedera, pero un día, cuando ya no cabía ninguna esperanza, la muchacha se dio a trepar en tal forma que pronto dejó atrás a sus progenitores y al vecindario entero —había que ver la cara que pusieron los malditos cuando ese Cagajón de parda leche, como le decían, decidió por fin despercudirse— convirtiéndose en una hembra feliz de altivas proporciones. ¿Cuál fue la causa del milagro? ¿El tratamiento de hormonas, la equitación, el accidente? Una mañana, en el curso de una disputadísima steeple-chase, Eugenia se cayó de Aldonza, su magnífica yegua, al intentar saltar un obstáculo doble superior a sus posibilidades. Perdió el conocimiento y al volver en sí se puso a crecer de forma tal que daba miedo. Y una vez más volvió Augusto Jota a sufrir a causa del tamaño de su hija, aunque tampoco es para tanto, vino en su socorro el Bagre, ya tendremos tiempos menos desapacibles. En efecto, el otro vástago, que había nacido por la época en que el castrense regresó de West Point después de uno de esos obligados cursos de puesta al día, a diferencia de su voluble y caprichosa hermana tuvo un desarrollo rápido y, como se dice, libre de altibajos. Mamá Inés, terca pero nobilissima femina, tampoco tomó muy en serio la participación de Augusto Jota en la manufacturación de esta criatura y, dispuesta a poner orden en casa, esgrimió el argumento de que el presunto padre había estado ausente casi ocho meses y que por lo tanto ese niño podría ser hijo de cualquiera. Estudió atentamente al sospechoso infante pero pronto sus dudas se desvanecieron al comprobar cómo dos de los dedos del pie izquierdo del bebé estaban unidos por una membrana, al igual de lo que le ocurría a ella misma, que tenía pies de pato. Mamá volvió a dejarse ver por casa cuando Orestes —el muchacho, lejos de connotaciones trágicas, en realidad se había ganado ese nombre en honor al autor de la música del Himno Nacional— cumplió su décimo aniversario y dijo Me lo llevo por un tiempo a Salamina, pero a Eugenia, que hacía por lo menos un lustro había empezado a trepar y que incluso ya tenía otro estado, ni la miró siquiera, qué intolerante ha sido siempre mamá con las mujeres, y qué avispada No hay pena, no hay mal, no hay tara que se prolongue más allá del primer mes, había dicho tiempo atrás en forma por demás enigmática y lo cierto es que chiquita fue Eugenia hasta el día de la caída en que, sin avisar, le vino por primera vez la cosa, pues cuando la amazona se puso en pie todos vieron en la entrepierna de los britches la delatora mancha carmesí. Curiosamente, siempre que entraba en acción el penetrante hedor de la feromona —tan penetrante, uf, que incluso precipitaba las pérdidas de algunas de sus congéneres que se aprestaban a padecer sus meses— no sólo se ponía de una palidez ártica, sino que uno de sus ojos se le volvía desobediente. De todas formas, a partir de esa primera cita con su rito mensual, practicamente no la volvieron a ver, pues se puso a crecer de tal manera que sus padres creyeron que eso les pasaba por quejarse tanto y casi prefirieron verla como antes, una migajita. ¿Por qué será que esta muchacha está llamando siempre la atención? El hecho es que las chanzas y los apodos no cesaron y, más bien, se incrementaron con su abrupto cambio: los más plebes la llamaban Obelisco, si te agachas te lo pellizco, y una tanda de barbaridades por el estilo. Pero todo, al igual que la despensa, tiene un límite, y Eugenia dijo basta y hasta ahí llegó: hay que ver cómo tragaba haciendo constante gala de un apetito bestial —a Esther Araújo le extirparon las trompas falopiales y otras de las cosas que tienen las señoras allá dentro porque comía como un hombre—, aunque valió la pena pues al cabo de un tiempo, cuando ya se acercaba a los quince, se convirtió en la sensación del barrio: caballo grande, ande o no ande, suspiraban en grupo los gentiles, pero ella estaba siempre muy bien puestecita en su sitio sin dar su brazo a torcer hasta la noche fatídica del baile en el casino de oficiales cuando selló su suerte para siempre. El asunto de los militares en la familia debe ser cuestión de herencia, o algo así, y no lo digo propiamente por mí sino por mi mujer, pues ahí está el feo lío de su tía Marfisa Holguín, después viene lo de su primogénita, a continuación el Bagre y, finalmente, claro, en el extremo del eslabón femenino de la estirpe, le toca el turno a mi querida Eugenia. Se volvió loca por el Alférez Duarte y hasta aquí todo habría marchado bien si en aquel malhadado baile no se hubiera tropezado con Peñafiel, camarada antiguo y solterón perdido. El Alférez empezó a pasarla muy mal como novio en tanto que a Peñafiel, pretendiente sagaz, no había quien lo sacara de casa al extremo de que, cuando el primero se asomaba se ponía en posición de firmes cuando el segundo entraba. Así, poco a poco mi residencia se fue volviendo un cuartel, y eso sin incluirme yo y menos, claro, sin contar con esa inmensa colección de recuerdos apuntados a favor de la inquieta tía del Bagre Asensi. Pero, ¿y de Eugenia, qué? Pese a sus inconcebibles cambios de estatura y mujer de atributos superiores a toda ponderación, aureolada además por una agresiva e inquietante elasticidad, algunas partes de su cuerpo despertaban opiniones y pareceres diversos. Sus pechos, por ejemplo, pequeñitos como peras tempranas, creaban la desazón del Mayor que —hombre antes que padre (y aún esto estaba por demostrar)—, sumido en hondas meditaciones, alcanzaba a recordar cómo en la época del desmesurado desarrollo del Bagre intentaba salvar los senos de su hija (en el caso de que realmente esos promontorios enanos respondieran a tal nombre) frotándolos con una rara mezcla de alcanfor e incienso para luego encomendarlos muy devotamente a santa Águeda, patrona universal de las tetas. Algo similar ocurría con el trasero de la muchacha, ponderado por muchos, objetivo de veloces manos anónimas, pieza codiciada por intrépidos salteadores, pero que, aún así al Mayor se le antojaba un culo bastante ensimismado, opinión que fue corroborada por una canción que los exiliados republicanos del barrio hicieron circular Oh, nalgas de Eugenia Aranda,/nalgas pobres, nalgas tristes,/tan tristes que tienen alma... Sea como sea, la verdad es que el juicio de Augusto Jota sobre los encantos de su hija no carecía de valor, máxime si se tienen en cuenta el firme tetamen y las magníficas grupas de la madre que la parió. Por otra parte, Eugenia había creado el caos en el ejército sin que ella pudiera hacer nada para impedir el conflicto de las jerarquías, aunque —¿para qué negarlo?— era ese muchacho tan templadito y bien puesto el que le quitaba el apetito a la hambrienta. Pero el Coronel no cedía ni un jeme hasta que, incapaz de apretar la tuerca por el lado de la presa y cansado ya de apretársela a su enemigo —¿no fue esa la táctica empleada por Tito y sus legiones ante la torre de las mujeres?—, decidió ponerme a mí como punta de lanza en su ofensiva final. De rango a rango en el escalafón la cosa parecía no ofrecer dificultades si no fuera porque Peñafiel galante había logrado colocarse como cuña en un sector bastante prepotente del Ministerio y con sólo un par de meses estaría aún más arriba —¿le concederían por fin la tan ansiada plaza en la División de Ingeniería Motorizada?— mientras el suscrito, siempre tan demorado, hacía muy poco tiempo había llegado a donde estaba tras su salida de la Academia y, francamente y dada su situación, ¿a quién podría ocurrírsele moverlo de su sitio? Se invocaron también asuntos de solidaridad (antaño Peñafiel fue mi conmilitón y anduvo conmigo en la facienda), viejos favores, precedentes ilustres —¿acaso Jefté no sacrificó a su hija para obtener una victoria sobre los amonitas?— y, en fin, razones de esas que ni el Bagre ni el Obelisco entendieron del todo, pues son antes que nada auténticas e intransferibles razones de hombre. No tuvo, pues, más remedio que tomar partido por la causa de su íntimo compañero de armas y así el pobre Alférez, advertido por conducto regular y similares, no volvió a cruzarse para nada en la puerta de su casa con su antiguo rival y, como siempre ocurre y tras haberle dado a elegir entre la expeditio, la equitatio y el stagium, eligió la guardia y cordialmente lo mandaron a ampliar su instrucción a Tolemaida, aunque nadie es capaz de imaginar el calor que allí hace. La mujer se encabritó, claro, ya que la gestión de su hombre no le gustó nada, y hasta estuvo a punto de disolver violentamente la fiesta en la que se iba a anunciar el compromiso, indómita como Catalina Sforza cuando irrumpió en el castillo de Sant'Angelo e impuso a gritos sus criterios al cónclave de purpurados. El Mayor respetó su ira y su resentimiento, pero no cedió, pues si uno es el padre tiene que imponerse en las decisiones de la casa, así que no me vengas a mí con quejas y no olvides que la resignación es un bolero. Furiosa, no hizo cargo de las razones y se largó a su tierra pero al cabo de dos semanas Augusto Jota se reunió con ella en la Villa y Corte donde se reconciliaron, se tomaron un obligado descanso e incluso estuvieron a punto de embarrarla haciendo otro niño pero por suerte la mujer —que como siempre lo tenía montado— se echó literalmente atrás en el último momento. Por las mañanas, y como si viviera en esa urbe desde su infancia, el castrense daba un largo paseo que culminaba en la Casa del Buen Retiro —lo que, frente a su situación actual, no dejaba de ser ya una cruel indirecta— y mientras su mujer se iba de compras él se extasiaba ante esa escena recogida por Fortuny en la que María Cristina pasa revista a las tropas. Al fondo se de-

sarrollan las maniobras y, por supuesto, hay mucho tiro, humo, cañones, lo que se dice un excelente teatro
de guerra. Al centro, aparece la vieja con los altos
mandos y un jinete está a punto de salirse del inmenso y cursi óvalo del cuadro. Mientras la regente observa el despliegue los carlistas atacan por sorpresa pero
la incursión fracasa y la escena queda grabada en magnífico technicolor. En esta línea, el Mayor se apoya
en la plástica para explicar mejor a sus alumnos dos
hechos bélicos de capital importancia, dice, pues algo
va de la Rendición de Breda a la Rendición de Bailén,
alto testimonio del triunfo del Imperio, el primer
cuadro, discutible exaltación nacionalista de los españoles, el segundo. Las diapositivas aproximan a los
cadetes a lo que constituyó un profundo motivo de
reflexión del castrense en el Prado y el Buen Retiro,
fíjense, por ejemplo, cómo las lanzas privan siempre
a la derecha en las dos telas, erguidos testigos de esa
doble secuencia en que los vencedores aceptan la rendición de los vencidos. En Breda es Ambrosio Spínola
quien a nombre de los españoles recibe las llaves de
manos de Justino de Nasau, jefe de los derrotados en
Flandes, mientras que en Bailén es el General Castaño
el llamado a sancionar la rendición de los franceses
del General Dupont. La única diferencia de las dos escenas es que los vencidos de Bailén están a la derecha,
lugar que ocupan los vencedores de Breda. Y aquí sur-
ge la duda que plantea Augusto Jota, pues los militares de la izquierda en el cuadro de Casado del Alisal
saludan con la cabeza descubierta a los de la derecha,
como ocurre en el cuadro de Velázquez. ¿Qué pasa?
¿Quiso el pintor de Bailén testimoniar pírricamente
los horrores de la guerra —muertos, heridos, aporrea-
dos— en el bando de los vencedores? El Mayor no
acierta a saber de qué lado están los unos y los otros,

y eso le divierte. Con Velázquez no hay problema, claro, pues al fin y al cabo su obra es el modelo que inspiró a la otra. Un Cadete de Caldas arriesga la hipótesis según la cual los vencedores, a la izquierda, al contrario de lo que ocurrió en Breda, en un digno gesto de caballerosidad hispana se descubren con hidalguía ante los miserables galos. A este doble juego de lanzas el Mayor añadía casi siempre otro, de contexto histórico y geográfico diferente, al que llamaba Ucello en tres tiempos y gracias al cual pretendía ilustrar las tres secuencias de la batalla de San Romano. En la primera tabla, pueden ver cómo Niccolo da Tolentino, a la cabeza de los florentinos, ataca al invasor sienés. Los caballos negros, en pleno movimiento, alternan con los blancos y las lanzas están alzadas mientras al fondo se captan incidentes de la lucha cuerpo a cuerpo. Los sioneses ganan este primer encuentro y el Mayor, mientras cambia de imagen, dice que todo fue fruto del factor sorpresa. El segundo tiempo se inicia con un giro de los acontecimientos, pues un soldado florentino, como pueden apreciar ustedes en la pantalla, derriba al General invasor Bernardino della Ciarda, que cae estrepitosamente de su caballo. De nuevo son los caballos y las lanzas los protagonistas de la tabla, algo así como la geometría al servicio de la violencia. Por último, podemos observar la oportunísima intervención de Micheletto de Cotignola que, una vez más, en medio de lanzas y estandartes izados irrumpe gallardamente al frente de sus florentinos contra las tropas sienesas, consiguiendo de esta forma un triunfo que parecía imposible. Animado por un amigo, el Mayor reunió sus notas de clase y apoyándose en el fondo plástico de las tres batallas —San Romano, Breda y Bailén— y en el motivo de la lanza como elemento común, escribió un denso ar-

tículo sobre el papel táctico en estos tres eventos y lo
envió a Campo de Sinople, la revista del Ejército, cuya redacción lo rechazó por unanimidad so pretexto
de un desmesurado abuso de la metonimia y un total
desprecio por la frase subordinada, la preferida de la
sintaxis castrense, conminándolo a abandonar la pluma y dedicarse por completo a la cátedra. Con el apetito abierto después de tan sesudas aunque probablemente pedantes meditaciones, Augusto Jota decidía
desquitarse con un buen almuerzo y se iba al Jockey
—las asociaciones del nombre en su memoria jamás lo
defraudaron— y allí se atiborraba con las mejores re-
cetas de la cocina europea, y ni hablar de esos tesoros
a los que rendía culto en la bodega. El Bagre, en cambio, prefería dejarse ver por el Horcher, frente al Retiro y en cuyos guestbooks asegura aparece la firma de
papá junto a la de los prohombres del Gotha madrile-
ño: soñar no cuesta nada, cariño, le decía el incrédulo
Augusto Jota y veinte días más tarde se tiraban los
platos a la cabeza en su casa de Los Trastamara frente
a lo que, pese a los paños de agua tibia, ya era un doloroso hecho consumado. Pobre Eugenia, tan alarga-
da, jodida y ojerosa estaba que parecía condenada a
penar por punta y punta —lloraba por el que se iba,
sufría por el que llegaba— y tras la férrea e inmodifi-
cable decisión de un padre al que jamás se atrevió a
contradecir en nada qué otro recurso le quedaba sino
el de esperar sumisa y bien dispuesta la fecha del sacrificio establecida por el Coronel dichoso. Pero bien
miradas, las cosas tampoco se presentaban tan mal como para llevarlas a semejante nivel de patetismo, pues
el olvido está al alcance de todos y sólo hay que pro-
ponérselo y dar limpiamente el carpetazo. En una película la viuda de un militar dijo algo que el Mayor
siempre evocaba al punto de convertirlo casi en su le-

ma personal Los desengaños de amor son como los regimientos: pasan... Y fue eso precisamente lo que le propuso a Eugenia, que olvidara al Alférez y entre más pronto mejor, hijita. Muy simpático se volvió de pronto Peñafiel y una tarde —cumplidos los mismos dieciocho años que contaba mi mujer cuando me dio su apresurado sí— hubo intercambio de anillos, brindis y muchas gracias en Áulide, el restaurante escogido para el banquete nupcial y al cual, y sólo para completar el quorum de rigor, concurrió a regañadientes nuestra Eugenia que, ni que tuviera lombrices, aparecía más pálida que la momia azteca. El Bagre protestó siempre porque, insistía pese al viaje de compensación, a ella nadie le pidió su consentimiento, aunque a la postre aceptó la alianza ya que como madre no tenía más remedio que darse por enterada de la ofrenda que ante nuestro Obelisco brindaba un Coronel. Ni hablar, pues, de este día de boda que bien pudo ser el de los funerales de la que, de bien nacida, pasaba por culpa de su inaudito crecimiento —extraña pubescencia entre dos polos extremos— a mal casada. La nueva señora se arrugó en menos de dos años como el pañuelito de un acatarrado crónico y, con la imagen del Alférez en el alma, marchita y lamentable, sin poder darle posteridad legítima al guerrero, parecía haber sido pasada sumariamente por las armas antes que gozar de los deleites de su flamante estado. Pero no sólo por esto pagó el pato el Mayor, ya que el Coronel y yerno hasta le suprimió el saludo y de ayudas y recomendaciones ni hablar, como si Augusto Jota fuera el culpable de los curiosos desarreglos de la sufrida infanta. También, en el colmo de la generosidad, Peñafiel quiso compartir con él parte de las responsabilidades que, cuando lo del peculado, se le vinieron encima, arrastrándolo consigo en una suerte tal de la que el único perjudicado fue el propio suegro. Después de las primeras decisiones del Consejo del Siglo —llamado así porque todavía delibera— y una vez dilucidadas las cuotas de participación en el asunto, los dos castrenses, junto con muchos otros, fueron declarados al margen de las investigaciones, pues aparentemente nada tuvieron que ver con la serie ininterrumpida de chanchullos. De todas formas, algo debió oler Augusto Jota y algo debió decir en las sesiones preliminares, ya que fue un par de meses más tarde cuando le propusieron nada menos que la pacificación del Carare. Que se largara, sí, y cuidado con esa lengua, Mayor. Y ahí está ahora, zarandeado día y noche por el Bagre que, furiosa, lo increpa para que se despabile, desconsiderado y tal, qué esperas, levántate y anda.

—¿Arango? De él y su gente no sé nada, aunque a menudo he oído exaltar la memoria de sus respectivas madres en las tertulias de la Olavide. De la prognata jeta de mi compatriota han salido denuestos más corrosivos que el ácido y yo, la verdad sea dicha, no me imagino a qué obedece tanta tirria. Otra de las que se apunta siempre con una buena dosis de rencor y chismes es Pentateuco.

—¿Quién?

—Pentateuco, hombre. Me refiero a uno de los motes con que en ciertos medios conocen también a la Negra Sablazos.

—Me parece el colmo del rebuscamiento.

—Qué va. A la Negra le dicen Pentateuco porque como plumífera se dio a conocer con la publicación de cinco libros a la vez. Y todos sobre los primeros años de su vida. ¿Te imaginas una petimetra más presuntuosa?

—Me dijeron que se había casado.

—Se casó por fin pero aún así nadie ha podido quitársela de encima. Y si en cosas del estro es tenebrosamente prolífica en el otro tipo de procreación no se queda atrás: hace unos meses dio a luz una criatura y ahora se ha embarcado en la siguiente.

—Debe haberle gustado. Hay gente así.

—Es posible, aunque un parto de los suyos le quita el hipo a cualquiera, pues siendo ella un poco achocolatada y su hombre un rico carapálida de Ambalema el primer engendro les resultó tirando a mameluco. No comprendo por qué las sucesivas crías van a ser diferentes.

—¿Y eso a tí qué te importa? Lo único que te falta es que te declares racista.

—No te exasperes que tampoco es para tanto. Lo que pasa es que la individua esa me cae gordísima y razones no me faltan. Figúrate que ahora le ha dado por allanar mi tienda cuando le da la gana haciéndome perder el tiempo mientras le da al tauteo.

—Al tuteo, querrás decir.

—No, qué va. Al tauteo, o sea como se dan a entender las zorras.

—Eres un bicho de cuidado, ¿sabes?

—Me somete a su maldita charla sin querer darse cuenta de que con su simple presencia me espanta la clientela.

—No me parece que sea tan horrorosa como la pintas.

—¿No? Mientras garla sin cesar de lo que sus coterráneos dicen acerca de sus libros acaricia el lomo de una perra deprimente que siempre la acompaña y que exhibe unas tetas colgantes color púrpura. Es el espectáculo más bochornoso que he visto en mi vida, te lo juro.

—No niego que lo que dices pueda ser cierto, aunque en el arte del sablazo a tí no te gana nadie. Espero que de aquí a las diez encuentres la solución y un nuevo domicilio. ¿Por qué vendrías a dar precisamente a esta calle?*

—No sólo eres un avaro sino un miserable: sabes muy bien que no te pido más de lo que me corresponde.

—Sea como sea tu propuesta me parece inaceptable. Además tienes tu boutique.

—A propósito de la boutique, préstame tu teléfono pues tengo que llamar a Lidia Ballesteros y a la enana.

—¿De qué sirve hablar si ni siquiera me prestas la menor atención? Y mientras tanto quién sabe a cuánto asciende el monto de tu cuenta de ahorros.

—Escrito está que la riqueza es una mujer que ahorra, dijo él. Y ella contestó El ahorro es necesario sobre todo si se es la mujer de un militar.

—Y ahora, ¿de qué demonios hablas?

—Nada. Cosas que leí una vez ya no recuerdo donde.

—Me restregas a gusto tu pedantería y mientras tu solemne Mariscal de Campo se da la gran vida yo pago la cuenta, ¿no?

—Cuando lo veo dando vueltas por su cuarto me hace pensar en sus caballos deambulando en el paddock antes de la carrera. Qué tiempos.

—No cabe duda de que le dieron donde había que darle.

* *Esperemos a mañana por la mañana para saber si Catalina todavía necesita compasión. ¿Qué debe hacer una dama —propongo el tema para un concurso de ensayos— que se encuentra sin cartas de presentación y sin ningún motivo, grande ni pequeño, para preferir una calle a otra, con excepción de ciertas calles que tiene buenas razones para evitar...?*

—Creí que era algo pasajero y ya ves. Se quedó así, entre la vigilia y el éxtasis, como un bonzo.

—Supongo que la pelea fue grave, pues de otra forma no entiendo su actitud.

—Qué va. Pese a lo de la baja nosotros estábamos bien y eso te consta: casi en tacto de codos, como dicen los soldados. Lo único que lamento es que mi hija no haya estado conmigo en este trance.

—A propósito, tu hija me ha servido para elaborar una brillante teoría.

—Eso es lo tuyo, profe. Por mí no te detengas y adelante.

—Se trata de un distinguido uniformado, como se dice ahora, que a instancias del augur de los ejércitos sacrificó a su hija para satisfacer los extraños caprichos de una mujer que relinchaba de la pura rabia.

—¿Estás hablando de Eugenia y de lo que le hizo el césar?

—Una vez cumplido el desagravio (pues comprenderás que de una horrible ofensa se trataba) la agradecida fémina acudió al toldo del soldado, a quien ya desde el momento de la ofrenda le había echado devotamente el ojo.

—Aunque lo digas tú, que tan diestro eres en cosas de la reflexa, no creo que todo eso tengo algo que ver con mi caso. Y no sólo es absurdo, sino que me huele a fábula, se me antoja un cuento.

—Y sin embargo es tan real como tu nalga izquierda. ¿Me pasas el cenicero? Sospecho que tendremos que abrir las ventanas, pues esto ya parece un horno.

—Creo que desvarías, Juvenal.

—No te quepa de eso la menor duda. Pero díme, ¿de verdad te parece raro o injusto que tu sufrido varón se haya conseguido a alguien por ahí para emular a su manera algunos de nuestros jueguitos?

—A lo mejor no son más que amours de recontre, aunque por mí puede divertirse todo lo que quiera.

—Con tal de disimular tu envidia eres capaz de tragar vidrio molido.

—Las estupideces que dices dejan en calzoncillos a las del eunuco Catalani, encanto.

—Digas lo que digas, lo único cierto es que la consecuencia de los retozos de tu bravo (esos amours de recontre de los que te ríes) tienes que sufrirlos en carne propia, pues se trata de mellizos. Y no creo que sea como para que se te vuelva agua la boca.

—Por mí él y su hembra pueden meterse sus mellizos por donde mejor les quepa. Tú me enredaste en esto y no me vas a abandonar a la vera del camino, recuérdalo. Y no se te ocurra pensar siquiera que me voy a dejar tomar el pelo así de fácil, pues no ha nacido aún el que ha de engañarme, ¿vale?

—Vale. Oye, leona, mientras te calmas un

—¡Y deja ya de llamarme leona! No sé qué tengo yo pero al otro también le dió por ponerme apodos. Un día era pescado, otro espiroqueta pálida, ya no sabía qué cosas decirme.

—Lo siento de veras, pero déjame terminar al menos.

—Te advierto, pequeño comemierda, que no estoy dispuesta a tolerar chanzas de mal gusto.

—Mis indicaciones, si lo permites, son las siguientes: primero, sal de mi cama y ve a cambiarte al baño; segundo, no vuelvas a provocarme con tus insinuaciones y maromas; tercero, deja de mirarme así; y cuarto, arregla de una maldita vez el lío de estas asquerosas sábanas. ¿Alguna pregunta?

—Estás poco menos que podrido. ¿No quieres otra cosita?

—No, aunque un tinto no me vendría mal después de tanta saliva en balde.

—Si con eso controlas tus ímpetus...

Dos de sus cuatro primas peninsulares —retazos dispersos de la conflictiva estirpe de los Arévalo, aunque éstas nada tenían que ver con las Holguín—, radicadas una en Astorga y la otra en Ponferrada, habían sido las encargadas de llenarle la mollera a la mujer del Mayor con toda clase de chismes y comadreos. A falta de algo mejor, y tras la última visita del Bagre a León, optaron por matizar sus cartas con las incidencias del más sonado escándalo de la familia, ocurrido muchos años atrás. ¿Pero qué era lo que había pasado? Las dos corresponsales pusieron de nuevo a la orden del día las andanzas de la tía Marfisa Holguín, de soltera Arévalo, como las demás, al tiempo que aseguraban que ésta había vuelto de nuevo a las andadas pero con una devoción tal que sus hazañas muy pronto se convirtieron en leyendas vivas y ambulantes. Lo que el Bagre no alcanzaba a precisar en la lectura de las cartas era por qué, a pesar de la brutal precisión del escándalo, las versiones de las dos primas diferían sustancialmente en algunos aspectos, ya que mientras la de Astorga disfrutaba en relatar las secuencias más escabrosas de la cuasi emasculación apoyándose en un punto de vista bastante discutible como lo era la versión difundida por los empleados del servicio auxiliar de carreteras, la de Ponferrada, en cambio, basaba sus consultas en fuentes más directas como lo eran las propias palabras de Inmaculada, la hija menor de Marfisa Holguín, niña ésta harto precoz y a quién también en forma por demás extraña apodaban Cuando Toca Toca. ¿Pero qué es lo que ha ocurrido, mujer? Tranquilo, Augusto Jota, no me atosigues con tus preguntas que más vale despacio y poquito que nada por lo apresurado. Tía Marfisa llevó siempre una vida muy, pero muy independiente como decía mamá (que en paz descanse), y el Bagre, invadida de pronto por innumerables prevenciones, se llevaba las yemas de los dedos a la boca, despacito. Tan independiente era su vida que su marido, cansado de ponerle el cabestro una y otra vez, la abandonó muy pronto dejándole un par de criaturas, aunque más tarde le otorgó el salvoconducto definitivo al derrumbarse víctima de una trombosis de efectos casi fulminantes. ¿Y ahora, qué? Ni modos de ir a quejarse al mono de la pila, pues liberada por fin de rienda fija y de cualquier control, Marfisa Holguín —que afirmaba haber conservado el apellido del de cujus sólo para efectos de la declaración fiscal—, se pegó una desatada del carajo que, no obstante, no debe sorprender a nadie, ya que la sabiduría popular lo anticipa cuando con generosidad advierte al peregrino Cuídate por Dios de trasero de mula y delantera de viuda... Qué vergüenza, Augusto Jota. Yo creo que mamá murió de pena moral por los extravíos de su hermana: furor uterino o algo así, decían como para justificar la fiesta, pero todos sabían que la descarada enloquecía por la cópula bien movida, con recia cubrición y todo ya que entre más agitada y convincente fuera la brama, mejor. Y como el Señor no castiga ni con palo ni con rejo dio la casualidad de que en el pueblo se establecieron dos de las más grandes plagas de la era moderna: el célebre Décimo Quinto Regimiento y —gentileza de una conocida multinacional del automóvil— la filial de una red auxiliar de carreteras con su correspondiente línea de chismosos conductores, como si con los del servicio postal no bastara. Frente a esto, el Mayor permanece impávido, pues nada de lo que su mujer le cuente en este sentido le parece extraño: tierra de caballeros y bastión de nobles causas y cruzadas, todo aquel que quiso honrar siempre un poco su uniforme se dio una vueltecita por el solar del Bagre y no lo dice sólo por las huestes de várdulos y alanos, de caristios y suevos, de godos y almohades que retozaron a su albedrío sobre la piel de toro, sino por la insufrible y casi siempre inesperada visita de los vecinos galos. No piensa Augusto Jota en el Corso únicamente: invoca empresas más osadas y sin necesidad de escarbar demasiado su memoria le ofrece el caso bastante sonado, por cierto, de René cuando decidió atravesar la cordillera con una inmensa pandilla bajo el mando del de Angulema, gallardo campeón que siempre mereció sus simpatías. Un nuevo cigarrillo y un carraspeo en mí bemol le indican al Bagre el fin de la ilustrativa pausa, sí, que prosiguiera una vez más con la historia de la tía en cuestión. ¿Dónde habíamos quedado? La mujer dice que en lo de la instalación del Regimiento y la red auxiliar y que si no la interrumpe más le pone finis al asunto ya que fue precisamente ahí, con el asentamiento de soldados y choferes, cuando Marfisa Holguín dio irrefutables pruebas de abnegación y entrega. Sus dos criaturas —Pilar e Inmaculada— todavía chupaban biberón por la época en que papá, para cambiar de aire luego de la muerte de mamá, se mudó a estos contornos aunque siempre sospeché que el viejo, atortolado a cual más no poder por la conducta de su cuñada y entusiasmado con las maravillas que de este país le había contado el curtido Santa Ana en el Ebro, lo único que quería era sacarle el bulto al qué dirán. Fueron entonces mis primas —a quienes el Bagre llamó las respetables para que su marido no las confundiera con el otro par de casquivanas, advertencia algo ociosa ya que el Mayor, con tantas parientas inquietas y apellidos ilustres, se volvía un completo lío— las que, con el correr del tiempo y capeando un poco la creciente ignominia, me tenían al tanto de lo que ocurría en León. Así fue como ella se enteró de que, apenas superada la pubertad y esquivando a medias la atención de las monjas, las encantadoras señoritas abandonaron de una vez por todas el amor digital y empezaron a trabajar en llave declarándose tanto o más voraces que su señora madre y no era para menos, pues gracias a un innato sentido de la competencia, pronto dejaron a su progenitora sin los consuelos que otorga toda grata compañía viril y, como se dice, en la mísera calle. ¿Qué opinas tú de este par de desconsideradas? Nada, claro, se contestó el Bagre, si a tí mismo con la simple mención de esta historia se te caen las babas. Pilar, la bien equipada primogénita, siguiendo las apetencias de su madre no tardó en revelar sus inclinaciones por el género castrense y, con un fondo de promociones enteras de reclutas, entre oficiales y sables, desfiles y simulacros de acción francamente decisivos obtuvo su galón y, lo que es lo mismo, entre el guante recogido y la paz con honor, la muchacha pasó a ser mejor conocida sabrá Dios por qué razón como La Belle Epoque (¿Sería acaso por su rostro crepuscular, su aire noctívago y esos ojitos de jamás, jamás te olvidaré?, se atrevió a pensar aunque no a sugerir el galante Mayor). Inmaculada, en cambio, resultó con aficiones mecánico-motrices ya que, según afirmaba la maledicente comunidad, por sus venas parecía circular gasolina en vez de sangre, pues sus flirteos con los conductores del servicio auxiliar batían a diario todos los límites de velocidad (No es improbable que, precisamente a causa de estos desafueros, obtuviera de inmediato el nombre de Cuando Toca Toca, esta vez tampoco se hizo voz la suposición de Augusto Jota, pues sabía muy bien cómo admiraba el Bagre el silencio fluvial de quien con tanta devoción la escuchaba). En cuanto a Marfisa Holguín sólo se puede ratificar que era el despelote. No necesito preguntarte cómo son los militares y no es por traerte comprometedores recuerdos pero parece que cada vez que lo hacen es la última oportunidad que tienen para demostrar los alcances de su varonil empuje. Y así las cosas, hay que decir que Marfisa, modestia aparte por lo que le toque a la familia, había llegado a ser algo así como la prueba de fuego, el rito que había que superar para que alguien pudiera ser investido Caballero, y cualquiera puede imaginar la fórmula. Cuando la prima de Astorga difundió la terrible noticia —Recuerdo que por esa época la nodriza ya no le daba de mamar a Orestes— decidió ponerle bastante condimento a la tragedia y ésta, más que la versión de la de Ponferrada, fue la que empezó a repetirse en todas las guarniciones, transmitida en sordina durante los cambios de guardia, en las veladas del casino y hasta en los más arriesgados simulacros de combate. Más tarde, la saga conquistó mayores audiencias entre las romerías de feligreses que iban de pueblo en pueblo, lo mismo que entre los transeúntes y viajeros de cruces y paradas, propalándose a través de la matizada versión de los de la red auxiliar que, prevenidos ya con lo que podía sucederles con Cuando Toca Toca, echaban a rodar el alma del acontecimiento a través del más pulcro ejemplo de tradición oral que se conozca. Porque todo fue a causa, precisamente, del mayor énfasis puesto en la maniobra oral de aquella tía. El asunto gordo, deformado a cual más en la propia península —Imagínate en qué estado habría de llegar a este altiplano—, era sin embargo muy sencillo. Marfisa se las traía con el Comandante del famoso Décimo Quinto Regimiento acantonado en la antigua villa, a orillas del río Tuerto, donde, por lo visto, se dedicaban ambos con pleno derecho y a espaldas del qué dirán a malabares amatorios de facturas poco originales aunque, eso sí, rodeándolos de contagiosas variantes porque nosotras, en el amor, siempre hemos sido partidarias de las posturas audaces. En el curso de la más democrática, equitativa y tácita de las posiciones —democrática, ya que está al alcance de todos y no admite discriminación de clases o rangos; equitativa, porque aquí nadie engaña a nadie y cada boca tiene la ración que quiere; y tácita, porque la misma lengua enmudece ante aquello que desborda de plácemes los labios— la mujer sufrió una terrible conmoción rayana en la epilepsia y ni siquiera se dio cuenta cuando los alaridos del Comandante despertaron al resto de la familia, al ordenanza y a la viva imaginación del pueblo. El caso es que ella, ostensiblemente enajenada, se quedó con buena parte de la fláccida virilidad entre los dientes mientras los otros trasladaban al desdichado castrense al dispensario más próximo. Al volver en sí el otrora atildado jefe de la unidad orgánica fue informado de su —como se dice— sensible pérdida y, consecuente con la dolorosa verdad de que esa flor ya no retoña, no tuvo más remedio que pegarse un tiro. Y eso fue lo mejor que pudo hacer el oficial, pues aparte de los agravios recibidos dejaba por fin atrás esa maliciosa letrilla del arcediano que de boca en boca circulaba por doquier como si fuera un reproche Con Marfisa en la estacada/entraste tan mal guarnido,/que su escudo, aunque hendido/no le rajó vuestra espada... Qué gente más bárbara la de ese pueblo, había dicho Augusto Jota cuando en su día el Bagre le contó la historia, aunque por estas tierras nuestras mujeres no son tampoco ningunas caídas del zarzo: acabo de leer en la prensa que una profesora de la Universidad se le comió la lengua a su mejor alumno. ¿Qué opinas tú de esto? Nada. El mayor oyó croar a su mujer y un extraño temor se apoderó de él cuando a sus oídos llegó el Discúlpame un momento, ya vuelvo, que le regurgitaba a su lado mientras procedía a levantarse rápidamente. ¿Qué vas a hacer?, preguntó alarmado Augusto Jota poniéndose en guardia, pues con el hembrerío de esta estirpe nunca se está completamente a salvo. Quédate tranquilo, le contestó la mujer, sólo voy a cambiarle de agua al colibrí, y antes de que el Mayor pudiera echar una ojeada al edificio de enfrente a través de la ventana volvió a tener al Bagre, todo alas a su lado. Lo que Marfisa le hizo a su amigo no tiene nombre —saca sus cuentas la señora—, pues una cosa de esas es más vergonzosa y cruel que si al infeliz lo hubieran reducido a la mayor indignidad posible, rasgándole su uniforme, pisoteándole las insignias y ajusticiándolo incluso con la técnica sumaria del garrote vil. Sea como sea, lo más granado de esos hechos pronto culminó en un bien configurado mito que circuló no sólo en los cuarteles, sino que trascendió las murallas y pasó a convertirse también en una obligada rapsodia que se escuchaba y repetía desde Astorga a Santiago y desde León al mismísimo pueblo perdido de Cabezas, senderos todos cubiertos de chanzas y pícaras sonrisas y que desembocaron por fín en esa especie de vértigo votivo que aún hoy circula a lo largo de la transhumante, consuetudinaria y piadosa ruta Jacobea. Muy rara era en efecto la terrible tía. Hasta la prensa habló del día en que organizó un baile para celebrar la llegada del equinoccio de la primavera y, dispuesta a transgredir de una vez por todas los límites de la comprensión humana, se disfrazó de Non Plus Ultra. ¿Puedes imaginarte a alguien más deschavetado? En el baile no pasó nada, claro, aunque la innovación que le dio fama la pagó en carne propia el susodicho Comandante. Lo que no entiendo mucho —la mujer se vuelve descaradamente provocadora mientras se cambia de blusa— es el asunto ese de los apodos. ¿No te parecen un poco rebuscados? En absoluto, intenta erguirse el Mayor, la imaginación del pueblo siempre es sabia y fecunda. Tén en cuenta que si antaño el Caballero del Pescado bautizó a sus dos hijas con los nombres de Stultitia y Humilitas, ¿por qué vamos a negarle el mismo derecho a la que en su día fuera ilustre capital de los várdulos frente a las hazañas de tus primas? Con la gente ocurre lo mismo, o si no fíjate en Catalina, no la madre de Recaredo sino esa otra que, animada quién sabe por qué inconmensurables impulsos, se vestía de garzón y se hacía apodar Ambrosio. ¿Para qué sorprenderse entonces? La Belle Epoque y Cuando Toca Toca, amén de la llamada Non Plus Ultra, no son mujeres, a mi juicio, sino la peste misma, sí, una verdadera epidemia desatada cuyo germen (aquí Augusto Jota baja el tono de la voz, no me vaya a oir el Bagre) ha llegado incluso hasta mi casa. ¿Sabes, por casualidad, a qué se han dedicado esas criaturas después de la jornada oral de su señora madre? La mayor merodeó un tiempo por los distintos destacamentos del ejército de tierra, en tanto que Inmaculada, que quería estudiar filología románica, continuó alternando con toda clase de conductores y, según la demanda, con uno que otro peatón. Pero no duró mucho todo eso ya que, con la mayoría de edad, las dos decidieron sentar cabeza y profesar decentemente como nosotras, así que cada cual por su lado y con desigual fortuna se buscaron un par de tipos y una tras otra se casaron. Lo curioso es que ninguno de los elegidos tenía nada que ver con sus antiguas inclinaciones, lo que quiere decir que, afortunadamente, no hubo ni militares ni choferes en casa de las Arévalo Holguín. Inmaculada pescó a un picasso que se la pasaba recreando el tema del ojo cósmico en todas sus variantes, en tanto que Pilar, tras superar una breve pero intensa crisis mística, se casó con un industrial bastante tartamudo que, tras cuatro intentos fallidos y como si pretendiera modular una frase más o menos correcta, logró por fín obsequiarla con una hijita. La última vez que estuve en León la niña ya iba al colegio y tenía un extraordinario parecido con mamá, aunque lo que más me llamó la atención en esa visita fue el estado tan desapacible en que encontré sumidas a las tres mujeres, temporalmente cesantes a causa de una simple rutina lunar que, no obstante, constituyó un divertido y poco frecuente ejemplo de regla de tres compuesta. De todas formas, las cosas no quedaron de ese tamaño entre las hermanas pues al cabo de un par de años Pilar le sedujo el pintamonas a su hermana y por eso es que Inmaculada no la puede ver —Y perdóname la figura— ni en pintura: mala puta, colchón de bellacos, furcia redomada, son algunas de las muestras de un repertorio de cumplidos entre clásicos y plebeyos con que la más joven obsequia a la mayor, sin regateo ni pausa. Y no me preguntes nada más, corona por fin su meta el Bagre cuando las campanas anuncian con toda nitidez la hora nona. Dios me libre de semejante familia, vuelve a alterarse Augusto Jota mientras su mujer hace un extraño asentimiento de mandíbulas como si se aprestara a mascar y —Precavido que soy— el hombre se desliza un poco hacia el otro lado de la cama no sea que a esta individua le dé por practicar ahora mismo alguna de las aberracioncitas de su tía caníbal, pues castrense soy.

Realmente son unos especímenes terribles, apacigua-
dora y tranquila viene en su apoyo el Bagre, pues la
verdad clara y concisa es que, como dice la gente,
Marfisa y sus dos hijas son capaces de no dejar títere
con cabeza...

—Cuando apenas era Cadete disimulaba su condición y se iba al Mogador o al Faenza a hacer porquerías como los soldados de permiso con las criadas.

—Eso es inevitable en los de su oficio. ¿Te acuerdas
del escándalo de Abrantes el día que se casó tu hija?

—Qué vergüenza. No me hables de semejante de-
pravado.

—Después de la ceremonia se formaron grupitos de
oficiales marchándose por ahí, como siempre, aunque
al final fue el Capi· Abrantes quien mejor dio el tono.
En un antro de los alrededores de Las Nieves organizó
una orgía tan tremenda que hasta la policía se dio
cuenta y no tuvo más remedio que allanar la casa sor-
prendiendo en cueros a Abrantes, dos Coroneles, una
muchacha y otros semovientes.

—Y el muy desgraciado nos echó la culpa. Dijo que
la bacanal había empezado en casa de los padres de
la novia donde, entre otras cosas, podían capturar al
resto del Estado Mayor. Un tipo así tuvo que terminar mal, ¿no?

—Qué va. Tras su retiro se enriqueció gracias a un
instituto de bachillerato, pues sostenía que un colegio
y un burdel eran los únicos negocios en los que no
quebraba nadie. Y hay que ver que razón no le faltó
jamás. Tu marido también debería emprender algún
tipo· de actividad antes de que se le caigan las muelas
en su trono.

—¿Mi marido? El desdichado está más ausente del
mundo que un yogui.

—¿De manera que ya no le interesa nada? ¿Qué pasó con su afición a la política?

—De eso mejor ni hablar. La política ahora le produce escalofríos.

—Alguien me dijo hace poco que había varias razones de peso para hacerle la vida incómoda en el ejército y que lo raro es que el conflicto no se hubiera desatado antes.

—Todos esos son chismes, puros embustes, pues el único pretexto que tuvieron fue su comparecencia en el Consejo. Por otra parte, todo el Ministerio fue empapelado, ¿no?

—No te olvides sin embargo de dos cuestiones muy gordas, leona. Una, su férrea solidaridad con los sectores que reclamaban aún mediante el empleo de la fuerza la defensa de Los Monjes frente a las pretensiones de los países vecinos, aunque el segundo asunto fue más delicado.

—Pero si él sólo se limitó a firmar algunos manifiestos...

—Por cosas así en otra parte fusilan a un regimiento entero. Recuerda que la más grave fricción tuvo lugar cuando circularon rumores de que tu hombre declaraba su abierta simpatía con los grupos que pedían el estatuto autonómico de Antioquia y que, en el colmo de su furor separatista, llegaron a considerar al ejército (del que paradójicamente tu marido formaba parte) como una fuerza de ocupación. De ahí a pedir la inmediata descolonización del territorio no había sino un paso y fue así como tu consorte se encontró de pronto en la mitad del baile, y además sin pareja.

—Si las cosas son como dices, ¿a qué se debe entonces que jamás lo llamaran a rendir cuentas?

—¿Te imaginas el escándalo? Tu hombre como un

peligroso quintacolumnista era lo último que las Fuerzas Armadas estaban dispuestas a reconocer.

—O sea que estuvo a punto de ser un héroe.

—De ser un idiota, querrás decir, pues sólo a él se le ocurre dárselas de demócrata en un cuartel. Apuesto que ni siquiera sospecha de la que se salvó. ¿Nunca habla de eso?

—Jamás. En ese sentido y desde la fecha en que pidió la baja hasta esta mañana anduvo lo que se dice diminuto.

—¿Y de la subversión, qué?

—Nada. Siempre se consideró un intelectual, lo sabes muy bien.

—Eso es como para morirse de vergüenza, pues ahora todos los milicos se las dan de letrados y olvidan que no están lejanos los tiempos en los que el Capitán debía hacerse acompañar de un Sargento que supiese leer y escribir para que, si llegaba el momento, ayudase a su superior en todo lo que hubiere menester.

—Pero todos pasan ahora por la Escuela General de Cadetes, por la Academia.

—Pasan, tú lo has dicho. Y si lo hacen es sólo para trepar y ganar más sueldo.

—No te las vengas a dar ahora de elitista conmigo, ya que fue sólo gracias a que te refugiaste en la Universidad como te salvaste de la conscripción militar o, como dicen por aquí, de prestar servicio. Además, en la actualidad muchos cuadros del ejército van a la Universidad.

—¿A la Universidad? No sabes como me haces recordar a esos oficiales que, por no conocer el campus, se declararon incapacitados para dirigir el comando que habría de liberar al chiquito Lleras la tarde en que los futuros jurisconsultos lo secuestraron en el Aula Magna.

—Lleras, me parece que

—El mismo, aquel enano que gracias a montajes de segunda clase, incluído el consiguiente desagravio nacional, se ganó primero la voluntad del Directorio, desbancó a sus compañeros a codazos luego, y por último se hizo con el Ejecutivo, un poco a la usanza del antiguo régimen. Y por si un solo Lleras no te basta ahí tienes a una familia entera monopolizando el cargo.

—Conozco muy bien al tal chiquito. En realidad yo estaba pensando en la manera como cambian las cosas de un país a otro: Lleras, por ejemplo, es toda una eminencia aquí mientras que en León no es más que un plato combinado a base de solomillo, alcachofas y una buena ración de champiñones*.

—Esa es una comparación pedestre y hasta vulgar.

—Y sin embargo no miento. ¿Decías algo acerca de un secuestro?

—Fue toda una hazaña. Como los militares no conocían los vericuetos del Alma Mater por aquello de la inviolabilidad de los claustros tuvo que ser el propio Ministro Valderrama, que ahora suena para Rector Magnífico, el que guió al comando hasta el lugar donde los revoltosos mantenían cautivo al prócer.

—Con razón mi marido decía que esto no es un país sino un bochornoso carnaval de simios o macacos resus. Detesta la política y cosas de esas aunque en el fondo creo que le pasa lo que a los zorros, que se mean sobre aquello a lo que no le pueden hincar el diente.

—Bueno, al menos tu paciente no ha perdido el sentido del humor.

* *Catalina está otra vez sobre la silla de montar, vuelve a ser un Caballero español...*

139

—¿Humor? Si vieras al fulano tendido en su cama, deshonrado y vejado como si fuera el Caballero de la Carreta, ese vehículo infame.

—¿Sufre? ¿Delira? ¿Tan jodido está?

—Maldice. Y a veces me pregunta quién es mi fin amans.

—¿Tu qué?

—Pues tú. Así llama él a quien cree es mi amante. Yo me divierto mucho, claro, pero ha estado a punto de costarme cara la risita.

—¿Te ha pegado?

—Que ni se atreva. Pero un día que yo me burlaba entre dientes de su triste estado empezó a gritar, loco furioso, que dónde estaba Escalibur.

—Eso ya es el colmo del rebuscamiento. ¿Qué pretendía con todo eso?

—Ni idea. La cuestión es que más tarde apareció con una automática Tocarev, del modelo siete coma y pico, una verdadera escultura que adquirió con licencia poco después de devolver la de dotación.

—¿Y eso te sorprende? Un hombre tan íntegro como él no se iba a quedar con lo que no es suyo.

—Decía que la pistola francesa que tenía antes quedó demodée tras la derrota gala en Argelia y que él no tenía ninguna confianza en un arma incapaz de sobrevivir a una guerra.

—Se ve que, pese a todo, sigue de cerca la carrera armamentista.

—Ha sembrado el pánico en la casa, pues últimamente usaba la Tocarev como si fuera un pisapapeles.

—¿Quieres decirme que tienes miedo?

—Miedo, culillo, llámalo como quieras, pues lo cierto es que no sé qué hacer frente a un hombre armado.

—Pregúntaselo a Mauricio, que sobre eso te puede hablar durante cinco horas y cuarto.

—Vivir con una persona así es un gran riesgo.

—No creo, sin embargo, que contigo llegue a mayores.

—¿Que no? Lo que pasa es que no ha tenido oportunidad. Un primo suyo estuvo a punto de matar a su mujer el día en que la encontró haciendo señores.

—¿Haciendo señores?

—¿Pero qué idioma hablas tú? Si todo esta claro, Juvenal: hacer señores es fornicar como hacer aguas es orinar, ¿comprendes?

—Así expuestas las cosas qué más remedio queda.

—Él mismo se salvó por los pelos de la vindicta de un colega hace ya algún tiempo, cuando nos encontrábamos de paso en Fort Barrancas, allá en Pensacola. Tú sabes, reuniones, puestas al día, cosas de soldados. Se las arreglaba no sé cómo con la mujer de un Brigadier y un día que éste llegó de improviso mi atrevido carajito tuvo que saltar por la ventana y escapar como el héroe de la Noche Septembrina. Lívido y con las botas en la mano me lo contó y mientras el oficial engañado juntaba campo nosotros tuvimos que regresar al día siguiente, casi a escondidas.

—Brava verga, ciertamente, aunque es de agradecer que con tus asuntos no se muestre tan egoísta.

—Sea como sea hay que tener cuidado, pues el hombre en el estado en que se encuentra es capaz de cometer cualquier burrada. ¿Sabes qué dijo cuando se planteó por enésima vez la cuestión de mi Cortejo?

—Ni idea.

—Dijo que a pesar de su tolerancia en este aspecto, y si se le antojaba, él podía ser la espada de Tristán entre los dos cuerpos desnudos.

—Bien está eso de ponerle poesía a la historia. ¿Crees de verdad que se traen algo entre manos?

—¿Quiénes?

—Pues tu senescal, leona, y la dama que te usurpa el sueño.

—No lo sé. Por eso, para curarme en salud y antes de que me desbancaran en serio decidí levantar el vuelo a tiempo. Hoy en día la gente se enloquece por cualquier cosa, ¿no es cierto?

—Pero algo ha debido decirte, insinuarte, recriminarte.

—Qué va. No hablar demasiado ni fuera de ocasión, tal es su lema.

Puestos a todo volumen, los sones neutros de Los Cadetes de la Reina —Esa otra obra maestra del género lírico, según la chabacana opinión de mi mujer— atosigaban los oídos de Augusto Jota con sus gorgoritos, sube y baja y demás oropeles y acentos de rigor. Sin embargo, parecía como si poco a poco la pieza hubiera terminado por atraparlo también a él, pese a que siempre sostuvo con tozudez inquebrantable que, salvo Catalina, la sin par composición de Gaztambide que tanto placer le producía y por la que incluso madrugaba para hacer cola ante las taquillas del Colón, la zarzuela como música —y la música misma— no valía siquiera ni la pólvora de un tiro de arcabuz. ¿Pero qué clase de soldado era él, le reprochaban dentro y fuera de la Academia, de uniforme o de civil, que tan tercamente se negaba a valorar las cosas del pentagrama? ¿No fueron acaso las trompetas las que con sus sonidos derrumbaron los siete órdenes de las murallas de Jericó, antes inexpugnables a los embates de las fuerzas armadas? Siempre tan apegado a lo latino, o sea a lo castrense, ¿cómo podía pasar por alto lo que bien sabía y que incluso había enseñado a sus alumnos? ¿No habían sido acaso los césares los que descubrieron que la música era divertimento de soldados? Ahí está la tuba para uso de la infantería, el lituo enroscado para la caballería y, para terminar de apabullar al enemigo, la buccina, esa diabólica, estridente, insoportable trompa en espiral que tanto hacía pensar en los reproches del Bagre. Además, frente a esa bronca tan empecinada a la música, ¿cómo explicar su actitud cuando matriculó a su hija en el conservatorio, si bien ésta dejó su cuarto año de piano y segundo de composición para enrolarse malgré elle en las filas del adusto Peñafiel? ¿Y, como si fuera poco, no había tocado el bombo con sin igual entusiasmo en la banda de guerra del colegio, durante el bachillerato? Misterio total, aunque en el caso de la pieza que ahora suena, es el septiminio, el aria cantada por Carlos, el Capitán de los cadetes, y coreado por todos, lo que hace que el Mayor se sienta casi en las últimas A una mujer cuando ama mucho/su amor debemos perdonar, clama el Capitán, y la mujer, recostada sobre el flanco izquierdo de Augusto Jota, insiste en recalcarle lo que con tanta propiedad dicen sus colegas y tararea para él el fragmento pues también es de hembras el gozar. Pese a las sugerencias de su dama, el soldado [Y con esto no pretendo llevarte la contraria, encanto] dice con una voz cargada de sospechosas inflexiones que prefiere el pasaje en que todos piden a la reina Herminia el cambio de la divisa de su bandera, pero es aquí cuando la mujer sale repentinamente de su trance segura de que su macho vuelve a jugársela Me cago en tus muertos, reza convencida de que el desgraciado no hace otra cosa que burlarse de ella y, como siempre, saca a bailar los siete meses de inaudita postración dispuesta ahora sí a lo que sea, al tiempo que vuelve a recitar su jaculatoria diaria Insensato, desconsiderado, vago y otras variantes menos amables de su repertorio como si estar acostado fuera un crimen. ¿De manera, Mayor, que una tiene que aguantarse las ganas de hacer lo que quiera sólo porque a Su Merced se le antoja echarse en la cama como antes cuando se largaba de maniobras? Nada de eso, Augusto Jota, tu crédito ya se acabó conmigo. Soy mayorcita y me puedo dar cuenta que, para mi suerte, han pasado esos tiempos en que los guerreros se iban durante años enteros a pelear dejando a sus mujeres con un Hasta la vista, querida, y una triple vuelta de llave entre las piernas y que, al igual de lo que ocurre con los agentes viajeros, sólo volvían a su casa cuando no había más remedio, llenos de mañas y enfermedades, con el genio avinagrado y exigentes como si ayer fuera la víspera. En lo que a mí respecta no hay otra alternativa: te despabilas o me largo, pues ya no te soporto más. Y el Bagre se pone de pie, levanta la aguja del tocadiscos, guarda el larga duración recibido de ultramar como regalo —Felicidades, prima— de las pasadas navidades y se pone a dar vueltas por el cuarto, a medio vestir, hermosa leonesa de tremolante andar. En circunstancias así el Mayor no le hace mucho caso, pues ese discursito se lo viene echando el Bagre desde el primer día y está ya tan gastado que ella misma se ruboriza cuando su marido interrumpe su juego y deja caer la escalera de naipes para sonreír a mitad de una cualquiera de las consabidas frases. La mujer no quiere darse por aludida y, antes bien, prosigue con sus No me sirves ni para un mandado y de gentil dama pasa a varona terrible y se coloca junto a la ventana, desplazamiento que Augusto Jota aprovecha para recorrer su espalda mientras suspira de profundis al recordar la extraña facultad de que goza la familia de su cónyugue para recibir todo tipo de cumplidos y apodos y pasa a regodearse a plenitud con el trote granizado de la muy hembra a quien a causa de sus maravillosas nalgas le decían en círculos post conciliares Cuadragésimo Anno (¿culo cuarenta?), aunque lo cierto es que con unos glúteos así cualquier mujer tiene siempre toda la razón del mundo. Que el asunto de la boutique no iba tan bien como él podía suponer, vuelve el Bagre a la carga, ¿de qué te imaginas que vamos a vivir de ahora en adelante? Pero Augusto Jota la conoce muy bien, pues por algo es lo que es, y le dice que se deje de sandeces y que lo mejor que puede hacer es repartir el dinero de los beneficios, miserable tacaña. La señora se sulfura como nunca, ¿sandeces, yo?, y a punto está de mandarle un zapatazo para que aprenda a respetar, degenerado, aunque se pone en guardia y contraataca por otro lado. ¿Crees acaso que con la imprecación malsana, el adjetivo altisonante y la coacción física vas a doblegarme?, pregunta furiosa pero sorprendentemente bien hablada —se ve que le ha sacado provecho a la Gramática que le regaló Alameda el día de las nuptiae, ya que, según afirman los antiguos, sus reglas ayudan a extirpar los solecismos de los niños y de las españolas— y el Mayor, como toda respuesta, le guiña uno de esos ojos zarcos que tantos estragos han hecho por ahí, última ratio de su ya confirmada supremacía. Estamos llenos de deudas, esquiva ella la trampa, y tú ahí tirado a muerto como dicen los porteños. ¿Qué es lo que pretendes conseguir con tu interminable sesión de cama? Supongo que no esperarás ganarte la lotería de los ciegos para salir del paso, ¿verdad? No digas más boberías, mi amor, se pone de terciopelo el Mayor a ver si así, con un audaz cambio de métrica y de tono se tranquiliza esta mujer, pero no, qué va, ella sigue dándole al cloqueo y más terca que un burro en reversa aumenta el ritmo de su cantaleta. La cara de Augusto Jota pasa de la ceniza al bermellón Ya no te aguanto más y puedes estar segura que no me levanto ni aunque me traigas un par de esas bestias de la pe eme, ¿entiendes?, y lo dijo de forma tal que al Bagre no le cupo duda alguna aunque su pasmo fue en aumento cuando a continuación el castrense inició una serie de extrañas mutaciones en virtud de las cuales y en orden sucesivo se desplomó sobre la cama, hizo un curioso cruce de ojos, movió peligrosamente las mandíbulas y, al tenor de lo que a ella le pareció un impecable corte de mangas, soltó una sarta de barbaridades musitando al final algo sin sentido aparente y que la mujer no entendió en absoluto pero que otros, en una situación menos comprometida, podrían transcribir de forma aproximada a Cómo me gustaría dejar de sobrellevar este asco de vida en subjuntivo. De todas maneras el Bagre no se deja hacer teatro pánico ni muecas de aficionado y ahí está una vez más, lamentándose primero para sí, como Catalina la Otomana —otra española que hace de las suyas en el extranjero, doblegando a todo aquél que se le pone por delante— Mártir soy de mi deseo/y aunque por ahora él duerma,/la carne es frágil y enferma/en este maldito empleo..., pero a continuación dirige sus baterías contra el Mayor Yo sola no puedo asumir la responsabilidad de todo, si al menos llamaras a tu madre para que te cuide la cosa sería diferente, pero ya ves, no es más que una vieja aprovechada que a mí ni me determina y a tí ni siquiera te enseñó a ser hombre. Ojalá me devuelva pronto a Orestes, pues si permanece un poco más a su lado seguro que lo enteca, sin contar con el mal ejemplo que le da al convivir como dama de punto con Ventura Ahumada. No hay duda de que saliste idéntico a ella, basta sólo con verte echado ahí como un tronco mientras la vieja vegeta bien cómoda entre sus pingües rentas y sus reses de Salamina y

146

oyendo tangos, con un Montecristo entre los dedos y a su lado un buen aguardiente con limón. ¿Por qué será que el tango enloquece hasta la beatitud a todos los vejestorios de este país? Nunca me imaginé gente más enrevesada, y sigue el Bagre moviendo la lengua pero en vano, pues el Mayor, que se las sabe todas, ha logrado evadir la cháchara de su mujer desde hace por lo menos diez minutos, ya que si hemos de creerle al viejo reloj de péndulo acaban de sonar las tres. Se da vuelta, ve el espejo al frente y es entonces cuando, a través de la luna, atrapa toda la dimensión del cuadro. Empezó a limarse las uñas con el papel de lija del borde de la cajita de fósforos al tiempo que trata de conciliar sus propias ideas con las figuras diseminadas en el apretado espacio del grabado. Cree ver en el extremo izquierdo a algunas mujeres llorosas que se lamentan sin detener el paso, uniformes y solemnes como si se prepararan para un rito, mientras que al centro, junto a algo parecido a un túmulo, la mujer de vientre generoso trata de inclinarse reverente y sumisa. El Mayor se muerde los nudillos y se queda mirando con atención la imagen que proyecta el espejo. ¿Para qué mover la cabeza si así me encuentro bien? Con esfuerzo intenta articular algunas figuras a fin de buscarle un mayor sentido al conjunto, aunque no logra comprender por qué razón cierto inédito elemento del grabado, algún detalle impreciso y sutil le impone a su memoria la presencia del hijo, secuestrado durante todo un año lectivo por mamá Inés, que lo ha entronizado como joven señor de sus dominios en provincia. El largo asueto del hijo obliga a Augusto Jota a bucear en su ya remota niñez, cuando iba con los primos a Manuel, que por aquel entonces sólo era una planicie de doce casas y tres cuadras, se bañaban al final de la vía mayor —la profundidad ya empezaba en las orillas— y luego se enfrentaban a los fiambres y al queso y al final, para matar la gana, se iban a jugar por las colinas a la taba o a la pajita en boca, entre los eucaliptus y las zarzas, y ya entrada la tarde regresaban a Flandes con los bolsillos llenos de fresas y las rodillas lastimadas como penitentes del gozo. Unas veces iban a Girardot, otras a Betulia, que quiere decir vírgen, hasta que abruptamente los mayores suspendieron las excursiones a causa de las vilezas que un día un mal sujeto de la región a quien llamaban el Sádico cometió contra el pequeño David, el primo preferido de Augusto Jota. Pese al escándalo del vecindario, a los gritos histéricos de la abuela Paula y a la borrachera brutal de todos los adultos de la casa, no logró saber entonces qué era lo que había ocurrido, aunque treinta años después se acordó de pronto de todo esto, y lo comprendió por fin, cuando se hizo público el caso de un alto oficial de la Segunda Jurisdicción Central de la Armada que fue sorprendido, voluptas voluptatis, oficiando de sodomita el mismo día en que los demás celebraban la Pascua Militar. El Mayor sacude la cabeza y borra el enojoso doble recuerdo y vuelve al asunto del cuadro. ¿Qué tendrá que ver Orestes con todo esto? En cuanto al grabado en sí no es más que otro de los caprichos del Bagre; son ganas, en fin, de tirar el dinero en reproducciones sin gracia y tonterías. Qué grandes son en cambio esos magníficos despliegues de fuerza sobre el campo multiplicados por los diestros trazos de Vernet en las jornadas memorables de Hanau, Montmirail, Valmy. El hostigante retumbar de la metralla, la trepidación sin intervalo ni reposo, el implacable fustigar de la artillería contra el débil flanco de la hueste enemiga dibujan pronto sobre la morne plaine la suerte de aquellos que en la urdimbre siniestra del día han extravia-

do sus identidades y sólo al final alcanzan a recuperar-
las gracias a la cruda reconciliación de la masacre común. Y al tenor de esta evocación, el mílite se regodea a sus anchas con el repentino y penetrante olor
—su olfato de sabueso rescata el entrañable aroma de
la pólvora— que atempera en parte la violenta, a veces
incomprensible y ahora casi olvidada muerte del Mayor Peirson: las mujeres y los niños huyen mientras
varios oficiales sostienen el cuerpo del Mayor; un negro cubre la desbandada con sus disparos y el tambor
se desangra en el suelo, entre cadáveres y sables sin
dueño. Lentamente saborea el café que, en medio de
los consabidos denuestos, le ha servido la mujer y
vuelve a recuperar el tono que la sesión exige. A esa
hora el vecindario acusa un agobiante silencio incre-
mentado por la modorra de la siesta pero el recuerdo
de Diana obsede al castrense hasta sumirlo en un difícilmente disimulado delirio. La gravidez de la mujer
es ya a estas alturas evidente y sus meses de fasto le
brindan un atractivo singular que Virbio se encarga de
recrear y degustar al máximo todos los días a la hora
del minucioso inventario. No cabe ninguna duda: Diana, el cuadro y su segundogénito guardan para él una
extraña relación que con los sucesos de los últimos
días se ha vuelto apremiante. Acarició por un momento los pliegues de la sábana y se prometió a sí mismo, juicioso, que dentro de un ratito, cuando amaine
el vendaval del Bagre, le recordará que ya es tiempo
de cambiar los tendidos de la cama, pues poco a poco
se van convirtiendo en un verdadero muladar. ¿Pero
cómo diablos quieres que cambie la sábana y el cubre-
lecho, si tú estás echado ahí, semana tras semana, como si fueras una marmota? Augusto Jota recorre con
avidez los montones de libros que poco a poco han
ido invadiendo la habitación —es uno de esos tipos a

quienes las bibliotecas terminan por expulsar de sus propias casas— y elige su ejemplar de siempre mientras le dice a la mujer que suspenda la gritería, pues ya lo tiene hasta aquí, y en cuanto a la cama puede dejarla como está, pues al fin y al cabo a él qué le importa. Lo cierto es que mientras iba llenando con sus tratados bélicos la alcoba erradicó del recinto los objetos y las pertenencias del Bagre, cremas y frasquitos, cosas de su tocador, potes y cepillos, y sobre todo sus revistas y libros ya que, pese al volumen de sus pectorales, se empeñaba en mantener una discreta aunque plausible liaison con la cultura, sin llegar, claro, a los extremos de esas pedantes que se dejaban caer por la boutique. Lo suyo, ciertamente, no era sólo Vogue o las Fashionable novels, lecturas obligadas dado el carácter de sus pretensiones, sino también otra clase de textos que, o bien sustraía de la excelente biblioteca de su hombre, o bien adquiría por su cuenta invitada por las ágiles reseñas de la prensa o por algunas encendidas conversaciones con sus amigas de siempre. La sorpresa del Mayor no tenía límites cuando, por ejemplo, al lado de los gordos volúmenes que narraban los retozos de las aburridas señoras de Rouen o Petersburgo —la légion lyrique de ces femmes adultères se mit à chanter dans sa mémoire avec des voix de soeurs qui la charmaient—, la encontraba manoseando ediciones de Justine o Les Onze Mille Verges, así como las golosas aventuras de El Hada Libertina o las divertidas insolencias de Juego de Damas, donde creía reconocer a algunas de sus amigas. Un día Augusto Jota la sorprendió cotejando un par de cosas tituladas El eunuco femenino y Pitié pour les femmes, aunque lo que en verdad hizo que el Mayor entrechocase las botas sin espuelas fue el hallazgo de la versión en latín de Bonjour Tristesse —sus dos lenguas preferidas en

150

un mismo libro—, abandonada en el baño sobre un montón de revistas Cromos como si la espera de rigor, piensa el soldado, hubiera sido más larga y fastidiosa que la misma escatología del trance. A propósito, prosigue Augusto Jota revolcándose festivo en la ocasión semántica, hay palabritas que valen todo un imperio, como la dicha escatología, en la que tan sabiamente se funden vida ultraterrena y caca. Los libros del Bagre y sus demás cosas iban, pues, de un lado para otro y el caos más que el orden ya estaba a punto de tornarse un agudo e inaplazable reclamo. El Mayor se da vuelta y, muy olímpico, se pone a leer de medio lado, como los solteros. Y así, posición y circunstancia señalados, Augusto Jota escampó media hora en la lectura y tras subrayar una frase más, cerró ruidosamente el libro. El Bagre lo miró con odio y él, como para mengüar la osadía de su feo gesto, volvió a abrir el volumen hojeándolo con celeridad y advirtiendo al vuelo los textos subrayados. Ganado por algo que no pudo precisar al comienzo se puso a releer las frases marcadas y a medida que avanzaba en su lectura su rostro se fue iluminando con la certeza de un descubrimiento: las pocas frases que había señalado adquirían un sentido diferente al sacarlas del contexto y ordenarlas en un espacio aparte. Esas frases, que en la lectura tuvieron su importancia al punto de ser subrayadas, se convertían de pronto en los elementos que, despojados previamente de las fastidiosas comillas y articulados a continuación sin excesiva maña, iban a configurar à discretion la imagen paralela que, al socaire de un buen pie de página, y como un cómplice avis au lecteur, habría de darle consistencia al personaje principal. El Mayor leyó los fragmentos varias veces seguidas y, seguro de su hallazgo, llegó al convencimiento de que constituían el mejor perfil del Bagre que ahora, y tras su larga perorata, miraba por la ventana tramando quién sabe qué artimaña para sacar a su hombre de la cama. No pudo menos que sonreír al recordar que quien narraba las aventuras de Catalina, la monja náutico-militar del libro, había llegado a la admirable y lúcida conclusión de que el asesinato también podía ser considerado como una de las bellas artes. Miró de soslayo a la mujer que, aún ante la ventana, pasaba de una a otra mano una manzana hasta que, al cabo de un rato, distraída, abandonó la fruta en el alféizar. Leyó que junto a unos libros mohosos, entre los que destacaba Setenta veces siete y el primero de la setenta y una serie, sobre la madera del borde de la ventana había varias rabiosas inscripciones hechas a punta de navaja y gracias a las cuales se apreciaba la evolución de una historia de amor a través del odio y la muerte: Catalina Earnshaw, Catalina Heathcliff, Catalina Linton. ¿Cuántas Catalinas se necesitan para llenar un cuarto, para amargar una vida, para sembrar el resentimiento y el caos? El Mayor se rasca la cabeza y descubre que allí todo huele a Catalina, entronizada como santa abogada de las mujeres por llevar siempre la contraria y luchar contra la guerra, y es entonces cuando se le ocurre llevar hasta el final la elaboración de un registro, un censo, un prontuario para su particular befa o jolgorio, desde Catalina, la del gato Ebenezer, hasta Catalina, la del espejo y el búho, sin olvidar a la bella y criminal Catalina del mesón La Trompeta, amante de militares y bandidos, pálido reflejo de la magna Catalina, Semíramis del norte para unos, buitre hembra para otros, que a punto estuvo de acabar con su propio ejército ya que no sólo se tiró a toda la oficialidad sino también, como mi esposa, a los nuevos filósofos de su tiempo. Con el firme propósito de sacar adelante su exhaustiva Catalineida —Catalina, oh altiva Catalina, /tú no tienes la culpa, yo nací para odiar—, el Mayor volvió a pensar en el cuadro y no tuvo más remedio que continuar alimentando ideas de defensa, qué mujer tan insoportable, pues ni siquiera dormida puede dejarme en paz. Si se diera cuenta de su forma de ladrar en sueños no le quedarían ganas de volver a dormir, qué espanto: roncas y al mismo tiempo silbas; Bagre, pareces una tempestad.

—Lo que pasa es que eres un egoísta de cuidado, aunque en esto no eres muy original. Al césar también le pateaba en las pelotas la libertad de los demás.

—Esa es sólo una opinión.

—No pretendo otra cosa. Díme, ¿te vas por fin a las diez?

—¿Me estás echando? No faltaría más. A veces me pregunto por qué diablos no aprovechas tu gran facilidad para las lenguas y te dedicas a

—Desde hace algún tiempo me encuentro muy aburrida en este país, ¿sabes? Lo que pasa es que tanto subdesarrollo no me va.

—¿Serías capaz de abandonar incluso tu boutique? Tengo entendido que es casi una corte de amor, pues según me han dicho allí se reúnen todas aquellas a quienes les gusta darle al fricarelle.

—Si vuelves a repetir eso te parto la jeta.

—Digo sólo lo que me han contado. ¿De verdad te vas?

—Jamás he hablado de irme. Qué más quisieras tú que yo desapareciera, ¿no? En cuanto a la boutique no está mal, aunque tampoco es una mina, no lo vayas a creer. Da lo necesario pero nada más. Lo interesante es la gente.

—¿La gente?

—Claro, ¿te sorprende? Lo más selecto y chic del mujerío de esta ciudad. Un día se encontraron por pura casualidad Amanda Serna y Cristina Arcila.

—¿Arcila? ¿La que organiza almuerzos culturales y todo eso?

—La misma. Si hubieras visto la cara del par de tríbadas cuando se encontraron en mi ring, frente a frente.

—¿Por qué te enfureciste entonces hace un rato cuando te mencioné las inclinaciones de esas individuas?

—Por el tono. Las dos parecían dispuestas a estrangularse y no era para menos, pues desde su separación se odian a muerte. Yo controlé la situación con guante de seda, naturalmente, a fin de evitar desmanes y arañazos, ya que si una está allí es para atender a la gente porque el cliente, como se dice, siempre tiene la razón.

—Debió ser un encuentro formidable.

—Histórico, más bien. Seso no le faltaba a mi paciente cuando decía que las mujeres y este país fácilmente se salen de madre y que a la hora de la verdad no las entiende ni el carajo. A mí, en cambio, si algo me apasiona es la moda*.

—Maldita sea, no tires las colillas sobre la alfombra. ¿Cuántas veces quieres que te lo repita?

—¿Te acuerdas del escándalo de Esquilache?

—Tienes un cenicero a tu izquierda. Sólo me faltaría que encima de todo resultaras pirómana.

—Pese a ser un Primer Ministro tuvo que salir como un tiro cuando el pueblo se rebeló contra sus medidas represivas en materia de ropa.

—Todo eso me parece una tontería, una espagnola-

---

* Y lo cierto es que Catalina mantenía relaciones hermafroditas con la moda, pues sobre los pantalones llevaba una especie de enagua...

de por el estilo de la que pregunta Qué escándalo ha precedido/a la invención del vestido...

—El único escándalo de ropa que conozco es el que provoqué con mi traje de novia el día que me casé.

—Ya me has contado eso no sé cuantas veces, aunque de verdad me hubiera gustado verte, pues sospecho que debiste ser una ilustración perfecta de La novia puesta al desnudo por sus solteros...

—¿Y eso qué es?

—Una obra maestra.

—Gracias, pero volviendo a lo otro pienso que si en mi país la gente se amotina sólo porque la ley ordena recortar las mangas de la capa o recoger las alas del chambergo ya me dirás de lo que somos capaces en otras cosas.

—Pues yo insisto en que medidas así, legales o no, son una perfecta estupidez.

—Como quieras. Pero es con la moda como nosotros solemos burlar la mala conciencia de la ley.

—Tu cháchara se me hace insoportable. Además, ¿no te dije que me recordaras que a las cinco tenía que llamar por teléfono? Son casi las siete y tú ahí dále que dále a la conversa.

—Lo siento de verdad. Perdóname, pero es que últimamente ando como transtornada.

—Idiotizada por completo diría yo si me dejaras meter la cucharada.

—¿Sabías que la moda no sólo precipitó el motín del populacho, mobile vulgus, tú me entiendes, sino que a veces sirve para comprobar la existencia de Dios?

—¿Has bebido?

—Eres ciertamente el cinismo personificado. ¿Cómo demonios voy a beber si en esta casa siempre ha imperado la más estricta ley seca? Tu tacañería clama al cielo, Juvenal.

—Déjate de bobadas y volvamos a lo de la boutique. ¿No has vuelto a saber nada de la francesita? Esa mujer sí es lo que se llama una real hembra.

—Tu real hembra alzó el vuelo sin pagarme un par de facturas, aunque se llevó por fin a su flamante parlamentario. Ah, ya lo decía yo, donde ella pone el ojo pone la..., qué tipa.

—De todas formas esas facturas no te van a arruinar, pues tu negocio, según me han informado, va palo arriba.

—Esos son chismes de la oposición, querido.

—Por favor, date vuelta un momento.

—¿Qué pasa?

—Debes tener un poco más de cuidado, pues por lo que veo estás a punto de convertirte en pasto de la celulitis.

—¿De qué hablas? Yo me siento muy bien.

—Ve al espejo y fíjate en los muslos. Y con lo hermosos que los tenías hace algún tiempo.

—Yo no veo nada. Además, hablas como si me salvaras la vida.

—Con una buena tanda de masajes todo se arregla.

—Razón de más para que me aumentes la asignación mensual.

—Pónte de nuevo la bata y contéstame una cosa. ¿Aún le quedan bienes a la madre de tu respectivo?

—El viejo murió ab intestato y sólo sé que hubo un lío largo por la sucesión, aunque tú sabes a donde va a parar el dinero cuando

—Te pregunto si todavía le queda algo de valor.

—Supongo que sí, aunque a simple vista todo se reduce a una gran fachada y unas cuantas vacas Holstein a las que, eso sí, les saca el jugo. La vieja, tras nuestra metida de patas financiera, empezó a rodar de culo hacia el estanco, como se dice, lo cual no impide que continúe dándoselas por sus nobles maneras y linaje pese al discutible monto de su hacienda.

—Pero ella al menos habrá testado, ¿no?

—Y no una, sino dos veces. Hace poco registró su última voluntad, con cláusulas radicalmente opuestas a las que figuraban en el antiguo testamento. ¿Por qué me preguntas estas cosas?

—Por la posible herencia y además porque estoy seguro que tú tienes más dinero que el Banco Emisor. Y hay que ver que aún así quieres arrancarme una pensión de retiro.

—No vuelvas más con ese asunto porque me cabreo.

—¿Pero es que, en serio, quieres instalarte aquí, en esta casa?

—No pensarás que voy a sembrar una tienda de campaña en tu jardín, ¿verdad?

—Pero ponte en mi lugar, leona. El lío que se va a formar no va a ser cualquier cosa. Te repito seriamente que no puedes quedarte aquí, entiéndelo.

—¿Me entiendes tú a mí?

—Es diferente, mujer. Podría hablar con

—Ese es tu problema. Agradéceme más bien que no haya venido antes, pues lo cierto es que mi marido se puso muy malo los últimos días y al verlo casi poseído por los dolores del parto tuve que deshacer maletas. No sé si era para reir o para llorar pero mi hombre en sus peores momentos parecía más preñado que el pobre Calandrino...

Había estirado ambos pies al máximo, casi hasta tocar la parte extrema de la cama, relajándose, dejándose ir en prórrogas, nuevas esperas, dilatados compases hasta que una especie de estéril apaciguamiento se apoderó de sus extremidades, primero, y luego de su cuerpo

157

entero. El miedo tornó a oprimirlo y los escalofríos fueron más intensos al tiempo que, sin saber por qué —las flores púrpura de las adelfas que coronaron su suelo inicial ahora se transmutaban en labios— empezó a palparse en diferentes partes como si intentara eliminar temores ostensibles, peligrosas evidencias, obscuros asedios. La fría mirada del hombre, gris como una babosa, había permanecido fija en su incertidumbre No me vengas con gimoteos ni te hagas la plañidera, pues esta es la segunda ocasión que te sorprendo robándome los cuentos. Él no dijo nada y se quedó ahí, de pie, tratando de buscar un pretexto, una justificación, pero el cerco del hombre no le ofrecía ninguna posibilidad de escape. ¿Qué era todo aquello? La historieta gráfica sobre la batalla de Farsalia —¿o se trataba tal vez del triunfo macedonio en Queronea?— con ilustraciones coloreadas a veces a toda página, casi siempre articuladas en una sucesión de cuadros, con los diálogos en la esquina de la imagen y el pensamiento de los personajes unido de la frente al texto a través de una creciente cadena de globitos. Qué idiota, y pensar que el martes pasado había logrado llevarse el de Leonidas y las Termópilas, tanto muerto que hubo ahí, sin que el tipo se diera cuenta siquiera. ¿Crees que soy un imbécil, o qué? Extiende su brazo grande y musculoso y toma el cuadernito, lo revisa con una circunspección, con una delectación tal que cualquiera diría que está a punto de sentarse y hundirse en la lectura pero no, lo observa de reojo, qué mirada, Dios mío, se acerca y una voz fría como un inmenso emplasto de hielo dice Esta es la segunda vez que te pesco y algo tenemos que hacer. ¿Para qué los quieres? ¿No te basta con leerlos a precios módicos? ¿Crees que soy un potentado para que vengas tú, cunita de oro, a robarme en mis propias narices? Vuel-

158

ve a hojear el cuento mientras siente cómo su cuerpo se empapa de un sudor entelerido y profuso, la espalda, la frente, las manos temblorosas y esas ganas inmensas de echarse a llorar que el hombre ya ha advertido. De nada te servirá, repite, y él de pie, entre el estante de las revistas y la puerta —Catalina conquista Crimea para su imperio, reza un sugestivo título al azar—, atrapado e inerme, incapaz de intentar un giro o un par de pasos siquiera. Por lo visto amas la guerra, dice el hombre con su voz tensa como un timbre, rígida y sostenida. A ver, ¿qué es lo que más te gusta de esta historia? y él abre, claro, la página central, entera y pulcramente coloreada, minuciosa, con los grandes detalles de la batalla que más adelante conduciría a la victoria. No está mal del todo, dice el otro pasándose los dedos por la frente, ¿y esto qué es?, señala con el índice una parte de la atiborrada imagen. Un hacha, responde. Y, en efecto, un hacha firmemente asida por una mano fuerte, extremo de un brazo vigoroso, se levanta sobre los cascos y está a punto de caer sobre el penacho de uno de los combatientes. Qué mortandad tan terrible. Tienes razón, confirma el hombre sin quitarle el ojo de encima, es un hacha. ¿Cómo se llama tu papá? Ante la inesperada pregunta vacila, pero la fría mirada, acompañada ahora de un inquietante movimiento de mandíbulas lo hace volver al buen juicio. Javier Alfonso, dice, mi padre se llama Javier Alfonso Aranda pero en casa mamá le dice Hipólito porque se la pasa día y noche entre los caballos. Muy bien, el hombre abandona la revista sobre otras de la misma clase que él, naturalmente, ya ha devorado con pasión: Lepanto, Los Siete Años, Pantano de Vargas, Borodino. Díle a Hipólito o como se llame que venga a verme mañana a primera hora y que, por lo que más quiera, no se olvide de traer un

159

hacha. ¿Un hacha?, está a punto de irse de espaldas, ¿y para qué va a traer un hacha mi papá? El hombre carraspea mientras le coloca su manaza sobre el hombro para que no aparte sus ojos de los suyos No me vayas a salir con cabronadas ni trampas, ¿entiendes?, lo digo por tu pescuezo. Díle a Hipólito que traiga su hacha y, si en algo estima su piel —el hombre habla como los personajes de los cuentos— lo mejor es que llegue a tiempo. Ni una palabra más. De espaldas se dirige hacia la puerta y un último fisgoneo cubre la más reciente serie en la que destacan las portadas de Sebastopol, Queseras del Medio, Verdún, qué mirada la que le regala el tipo aquél, quedas en libertad provisional, le dijo y él piensa Pobre papá, ya eres picadillo. Diestro en la doma y otros menesteres de los potros, en hacer callar a tiempo a mamá y en cosas por el estilo, algunas francamente raras como cuando decía No quiero ninguna discriminación entre Augusto Jota y mis bastardos, papá es lo que se llama un alma de Dios. Un día llegaron a casa unos forasteros y desde el comienzo él supo quiénes eran y a qué iban: por la entonación de ciertas frases, por algunos giros y por la forma de andar supo que eran gentes de Melgar. ¿Dónde conseguir un hacha a estas horas? Lo mejor es desaparecer, y pronto: hay que ver los líos tan tremendos en los que suele meterse este mocoso. Una vez, durante un aguinaldo, organizó un atentado terrible: camufló varios triquitraques entre el musgo, debajo del pesebre y cuando la carga explotó, el Niño Dios salió despedido por los aires ante el estupor y espanto de quienes rezaban la novena. Inolvidable fue la paliza que le dieron al precoz terrorista y confirmado ateo, como lo llamó la abuela Paula, que por entonces vivía, aunque no tardó mucho en ir a reunirse con su Angulo —Sinvergüenza y mujeriego, pero al

160

fin y al cabo mi hombre— en los Jardines del Recuerdo. Los párpados caían como si fueran aldabonazos de urgencia pero él, necio como siempre, se hacía el desentendido, el de no me toquen ese vals pero el sueño era más fuerte que su voluntad de vigilia y lo arrastraba consigo hacia las raudas espirales de una agonía interminable de bocas y mordiscos, hostigante evocación de agravios en la que Hipólito y su hacha respondían a la cita del hombre musculoso en un duelo superior a todo límite y clemencia. El que ama la guerra, guerra tendrá, había dicho el de las revistas con un tono persuasivo y a la vez soberbio, aunque no carecía de un cierto hálito piadoso. Comprenderás que tú y tus, ¿cuántos años tienes? Nueve. Esa edad no me sirve ni para el arranque, pues por encima de todo yo soy hombre de honor. Revolcándose en un rictus de defensa, entre labios rebosantes de espuma y baba, de ensangrentados dientes, de amputaciones y vergüenzas sin nombre para su condición y rango, sentía cómo la jeta voraz trataba de asirlo, de exprimirlo, pronta a la descomunal y artera dentellada. El sordo alarido que salía de no se sabe dónde, ronco y postrero, y ese desesperado tremolar de brazos, piernas y músculos a la deriva, acabaron con la relajada entrega del Bagre que, despertada por el sobresalto, no sabía qué hacer frente a la extraña y casi epiléptica gimnasia de Augusto Jota. De todas formas no lo consideró demasiadas veces y, al tiempo que tomaba aire, tramitó una veloz y firme mediavuelta regalándole de paso un bofetón mayúsculo al castrense que, reducido de esta inesperada forma a su mínima expresión terrena, abría poco a poco sus ojos de chivo liberado, asustado aún mientras oteaba el ambiente. Qué lejanas parecían las noches de antaño cuando, incapaz de conciliar el sueño, le pedía a su mujer que le hiciera tâ-

tonner, por favor, dáme masajes en las palmas de los
pies y así, tras una buena sesión de roces y caricias se
sumergía en lo suyo, hasta mañana, aunque algunas
veces era él el oficiante de la ceremonia. Tras deleitar-
se previamente con el hermoso galbo del Bagre procedía a lamer sus dedos, a besar sus pies lubricando
amorosamente los intersticios con su lengua, rocián-
dolos de saliva, reconfortante ungüento que ella, desde allá arriba, agradecía con los ojos entrecerrados y
una más intensa convulsión de su cuerpo, trance que
él comprobaba de inmediato al advertir merced a la
alianza del índice y el corazón las cada vez más cáli-
das y profusas secreciones del Ya estoy a punto, querido, ven aquí. Qué diferente todo eso al pardo panorama de las noches presentes, piensa ella mientras él,
con la mejilla ardiendo, saca cuentas, se restrega los
párpados, evoca la orfandad temprana y por esta vía
se encuentra de pronto con los dos bastardos de papá, Octavio y Gonzalito, a quienes nadie sabe por qué,
también llamaban con un cierto y mezquino acento
Tito y Garavito. Lo más raro de todo es que Tito
quiere decir bacinilla o vaso para depositar los excrementos y Garavito algo parecido, asiento para las ven-
dedoras de la plaza, ambos con el denominador común de ser un grato reposo para las posaderas. ¿En
qué pensaba el bellaco que les puso esos apodos?
¿Tan desgraciados e infelices eran como para que cualquiera vaciara sobre ellos sus intestinos o depositara
impunemente su mofletudo trasero? Bien vistas las
cosas no había sin embargo de qué extrañarse, pues la
elipsis que va del nombre al significado del apodo no
oculta una rotunda befa a su extracción social. Los
muchachos, un poco apagados, algunas veces aparecían por casa y eran ellos quienes llevaban muy lejos
las diferencias consignadas en los códigos, rehuían

cualquier contacto e incluso rechazaban las abiertas invitaciones de Augusto Jota. Se negaban a jugar, a contemporizar o siquiera a parlamentar, sobre todo Tito, bastante atento, parecido al vástago legítimo y, por descontado, idéntico a Hipólito, lo cual sacaba de quicio a mamá Inés, que era un tigre hembra para eso del análisis fisiognómico, aunque cuando se trataba de los rasgos de los bastardos se tornaba despiadadamente lombrosiana. Éste será gángster, decía señalando al más alto, y aquél tiene mirada de sátiro. Los muchachos sabían encajar los golpes en silencio pero papá se enfurecía y tras dar varios ruidosos puñetazos sobre la mesa disolvía el examen. Tito y Garavito resultaron ser buena gente al fin y al cabo, pese a los terroríficos pronósticos de mamá. Uno se hizo representante de una agencia de electrodomésticos mientras que el otro, el condenado a sátiro, no desmintió del todo el pronóstico de mamá ya que tras hacerle una jugarreta a su novia fue obligado a casarse en pleno bachillerato y ahora es dueño de una farmacia en La Soledad. Con el sueño expulsado a golpes de destral, el Mayor arropó a su mujer con una larga parrafada sobre sus años de formación en no sabía cuántos colegios o, como él decía, planteles educativos de la high. Y a propósito de desafíos —con o sin hacha—, no puede sustraerse a evocar con una mezcla de ira y venganza cumplida su breve pero agitado tránsito por las aulas de La Salle, teatro de algunas de sus más tempranas pero significativas experiencias. Al borde de los trece años se dejó engatusar por uno de segundo en lo de Punto de Combate, semanario que, como su título indica, constituía una clara invitación a la guerra y aunque algunos profesores se apresuraron a alabar las precoces inquietudes del educando Aranda, pronto se reunieron en claustro extraordinario para juzgar lo que consideraban un ejemplo mayor de bellaquería y mal uso de la libertad de expresión. Todo se desató cuando el redactor jefe, un muchacho más joven que Augusto Jota y hasta cierto punto genial que, a sus once años, hablaba de noticias provenientes de medios altamente confidenciales, top secret, y señalaba con frecuencia el carácter estrictamente fidedigno de sus fuentes, decidió dedicar uno de los números de Punto de Combate para fustigar las perrerías y meteduras de pata de Fajardo, también llamado Cucharita por razones obvias. Cucharita era un infeliz, chismoso y maligno como una mala mujer, que ya a su edad vestía traje completo, con chaleco incluído, zapatos de charol y corbatín de político, pelo engominado y un perturbador aroma de agua de pino, elegancia que se iba por los suelos ya que siempre estaba lleno de mocos y hasta parecía que el canal que iba de la nariz al labio superior se había convertido en una llaga viva. Además, el llamativo porte se veía a menudo entorpecido, sobre todo después del almuerzo, por un triste fideo rezagado entre los pliegues de la camisa o unos cuantos granos de arroz a la cubana en la solapa. Todo esto fue convertido en inmisericorde sátira por Mondragón, el joven redactor, y el adjunto a gerencia, Aranda, y no habían cesado aún las carcajadas de los suscriptores cuando el claustro llamó a los responsables de la empresa y tras despojarlos de la personería jurídica los sancionó apartándolos una semana de las clases siendo igualmente amenazados con la expulsión ipso facto en caso de reincidencia. Aranda y Mondragón se resignaron ante semejantes medidas represivas —tampoco era cuestión de elevar el caso ante la asociación nacional de prensa— y llegaron a la conclusión de que los curas del colegio (que ni siquiera eran curas, sino unos tipos raros, medio religiosos y medio paganos, con unos nombres estrambóticos y que además usaban babero) no tenían ni puta idea de lo que era hacer periodismo de vanguardia. De todas formas la cosa no se quedó de ese tamaño ya que un día Cucharita, aprovechando que Augusto Jota tenía un flemón espantoso, se burló de él en público ante lo cual, y en su defecto, reaccionó Mon Dragón con un par de golpes cruzados que le curaron la moqueadera al petimetre. La pelea se convirtió en rápida convocatoria del Consejo de Disciplina que, tras expurgar un precedente tan significativo como el affaire Punto de Combate y teniendo en cuenta, además, que el pugilato tuvo lugar el día del santo del rector, sentenció en sumarísimo y unánime acuerdo la expulsión inmediata de Cucharita y Mondragón. Aranda se salvó por su cara, aunque al finalizar el año lectivo se negó a renovar contrato o, como afirmaba mamá, se limitó a pedir la baja —la primera de su larga carrera— por exclusivas razones de dignidad y orgullo: ciertamente, ella había engendrado lo que se dice todo un carácter. De los meses pasados en ese colegio recuerda también algo que de alguna forma tiene que ver con su vocación castrense y mientras el Bagre bebe agua —Qué horas son estas para hacer autobiografía— Augusto Jota se deja ir con la corriente. Para conmemorar la efemérides patria y el triunfo sobre el despotismo español, los curas, que en esas fechas sólo hablaban francés, organizaban desfiles y maniobras gimnásticas de postín, para lo cual dedicaban por lo menos un trimestre de preparativos y ensayos. Una tarde, en la que ninguno de los ochocientos actores del espectáculo lograba coordinar los movimientos de una especie de gigantesca estrella marina a la plancha, todos enmudecieron ante el estallido final del prefecto, el hermano Florencio Jesús, que volcó su rabia sobre un alumno flaco y tímido al que parecía odiar más que a la bilis. Miren todos a ese afeminado de la cuarta punta, gritó, y díganme qué se puede esperar de un tipo así. Todos miramos y descubrimos a un muchacho que si no se había puesto a chillar todavía era porque él mismo estaba a la espera del desenlace de la furia del prefecto. ¿Qué vamos a hacer con usted que no lo hayan intentado ya un padre borracho y una madre a la que nadie es capaz de enfriarle los cascos? Ante el inesperado sermón la estrella se difuminó y ni siquiera los buenos oficios del hermano Abelardo de la Concepción, que nos enseñaba geometría, o del profesor Montúfar, que no me perdonaba que yo supiera más historia que él, lograron contener los dicterios del prefecto. Y eso que todos éramos gente bien, con dinero y periódicas aportaciones de nuestras familias para las obras de la Congregación, y hay que ver lo que nos hacían los de los baberos, pues cuando no nos obligaban a estudiar a noventa por hora o nos sacaban la leche se lanzaban a la caza de un buen efebo —Cucharita, pese a su desaliño, era de los que le gustaba chupar grueso— y todo en honor al santo pedagogo de La Salle. El Mayor oye roncar al Bagre cuando va por el capítulo cuarto de sus memorias y se acuerda de pronto de la cara que puso Mondragón cuando, unos diez años atrás, se lo encontró en el hipódromo y le preguntó qué hacía por ahí vestido de oficial. Hablaron de Cucharita, de los hermanos cristianos, de la crisis del periodismo y al despedirse el otrora redactor jefe de la efímera aunque combativa hoja Punto de Combate le dijo que lo llamara siempre que necesitara una mano, pues era consejero de una compañía de seguros. Y lo curioso es que ni siquiera se me ocurrió pensar en él cuando el desbarajuste de las acciones, aunque viéndolo bien no todo está perdido. Dispuesto a no quedarse sin auditorio, el Mayor silba en la oreja de su mujer y ante la repentina y furiosa expectación del Bagre calibra la suma de temores que lo condujeron a esta larga y vergonzosa sesión de madrugada. ¿Y qué? Ni que tener pesadillas fuera un delito. ¿Acaso el propio Corso, en Erfurt, no había soñado con Jomini y un oso que le devoraba el corazón? ¿Me puedes decir qué le pasó a César por no hacer caso de lo que vaticinaba el más recurrente de sus sueños? El Corso y César, nada menos: como se ve, el Mayor no se pone con modestias a la hora de elegir modelos, máxime cuando reconoce que razón no le faltaba al civil que dijo que aparte de esos dos prohombres el ejército había terminado por convertirse en el refugio de las mentes de tercera clase. De todas formas no hay por qué ser tan radical y él lo dejó muy claro en la Academia cuando hizo el panegírico de Tucídides en su doble oficio de historiador y General y de algunos ötros fuera de serie que, a diferencia de los burócratas y estrategas de salón que se exhiben por ahí con toda la ferretería sobre el pecho, se habían jugado el pellejo y escrito además páginas memorables en la historia de las operaciones militares. Ante el rostro ignaro de su mujer —No estaría de más que te limpiaras esas legañas, Bagre— el Mayor condimenta la madrugada con historias sobre Alejandro y Aníbal y algún otro estratega cuya importancia no daba lugar a dudas, tal como llegaron a comprenderlo hasta los papanatas de su clase que advirtieron de inmediato la significación indiscutible no sólo de los grandes cerebros sino de sus más trascendentales acciones. Recuerda que en una ocasión, durante el curso del cincuenta y seis —Aún estaba al frente del ejecutivo mi Teniente General— y sobre la cartografía lombarda, Augusto Jota extendió el índice de la derecha y explicó a su desaplicada aunque ahora expectante concurrencia todos los detalles de la reñida contienda entre los franco-sardos y los austríacos, aunque al final de la minuciosa exposición y con la voz al borde de la afonía —Chantons la carmagnole, vive le son du canon, y algunos otros entusiasmos bélicos— se impuso el predominio de la enseña que, como la nuestra, también es tricolor. ¿Qué cómo fue lo de Solferino? Ya lo he dicho: un fondo de fuego, metralla y bayoneta y un galimatías sangriento en el que al final triunfaron los calzones rojos de los franceses sobre las casacas blancas de los austríacos. La guerra siempre se reduce a una confrontación de trapos —premonitoriamente consagró el gusto de su mujer, hoy realizado en su boutique— y a un campo cubierto de maniquíes deshechos. Ahora, por favor, pasemos a analizar las ventajas políticas que Luis Bonaparte sacó de esta contienda. Y fue aquí cuando uno de los cadetes, tras levantar el dedo, dijo que era de la opinión de abandonar en ese punto la clase, pues de todos era sabido que las conclusiones políticas y sociales pertenecían a un área de debate de incumbencia estrictamente civil. Augusto Jota, atrapado por lo inevitable, se llevó la diestra a la frente, saludó y dijo Hasta la próxima, señores. A partir de ahí, en cuestión de operaciones de guerra, el Mayor optó por el Relato completo y verídico de la batalla librada el viernes entre los libros antiguos y modernos y que tuvo por contrincantes al baronet Temple y al Conde de Orrery, pues combates de esta clase son los que nunca, felizmente, podrá explicar a las bestias que en vano intentó alfabetizar en la Academia, institución que más bien y en honor a la verdad debería llamarse establo. Impelido tal vez por una súbita asociación de ideas, una rápida mirada dirigida a su mujer —que lo observaba como si estuviera ante un alce disecado— concertó unánimemente sus instintos, reactivó sus sospechas y lo sumió en esa desesperada búsqueda que intentaba desmentir la tan temida capitis diminutio, el fatal mordisco —el púrpura de las adelfas en los labios devino pronto ansia dentada— y el presunto descalabro de su virilidad entre las piernas. Las gestas voraces propaladas desde las atalayas de Astorga y Ponferrada atosigaban su cerebro mientras siniestras miradas prevenían a la hembra de lo que podía ocurrirle en el caso de comprobar la terrible afrenta, aunque no fue más que falsa alarma, Augusto Jota, como todo lo tuyo, pese a lo cual se impuso el improperio, sí, Bagre maldito, eres idéntica a la mansalvera esa de Marfisa Holguín.

—Bueno, ¿y si fuera cierto lo otro?

—Aunque los melencineros y analistas diagnostiquen lo contrario yo insisto en que mi marido se chifló.

—Qué más quisieras, leona. Sabes como yo que si algo lo transtornó fue no poder seguir siendo el número uno de su promoción.

—El número dos.

—Apartado de lo que en realidad le interesaba y enclaustrado en un puesto cualquiera se sentía en la inopia, sí, un inmenso cero a la izquierda, y como si eso fuera poco van y lo apartan como a un pañal.

—Uf, eres casi gráfico.

—Tan mala suerte no la resiste ni el más templado, seguro. En cuanto a lo de tus terapeutas te recomiendo lo dejes en paz, pues tu marido es de los que se acuestan en el diván sólo cuando están en su sano juicio.

—Lo que has dicho no aclara nada. Yo insisto en que el hombre se chifló de pies a cabeza. Figúrate que un día salió con lo del Paralelo de las Fuerzas Vivas... .

—No sé a qué te refieres.

—No es más que una broma de mal gusto. Sucede que al desaprensivo de Monsalve le ha dado últimamente por hacer carrera a costa de las mujeres y los militares, figúrate.

—A mí no me parece nada grave, pues al menos encontró un temita que siempre da en clavo. ¿Pero qué es eso de las Fuerzas Vivas?

—Un cahier de doléances o algo por el estilo con el que ataca la alianza fémino-castrense.

—¿Por qué te callas?

—Quítame esa mano de encima.

—Yo pensaba que no te caería mal otra ración de hombre...

—Dice que así en la paz como en la guerra los militares y las mujeres han mandado siempre. Claro que estas cosas han sido condimentadas previamente con un humor ácido y extraño, de mucho impacto.

—¿Pero qué relación existe entre dicho Paralelo y tu marido?

—Vago de nacimiento y sin ninguna otra cosa que hacer, el sinvergüenza se dedicó a componer su propia versión y todos los días me recitaba una frase o cuando se despertaba de mal humor y me negaba el saludo me dejaba un papelito clavado con un alfiler sobre la almohada.

—¿Frases? No puedo imaginarme lo que te pedía tu hombre.

—¿Pedirme? Nada. Se echaba a reir como un recién casado cuando yo leía sus estupideces. Despercúdete, cariño, sabes muy bien que pese a nuestras diferencias tú y yo estamos en el mismo bando, me decía entre guiños y una que otra salpicadita de saliva.

—Me dejas en ayunas. Explícate mejor o vete a conseguir alojamiento, pues esto no es ningún hotel o cosa parecida.

—Leyó el Paralelo en cuestión y al sacar sus propias conclusiones se creyó en la obligación de anotármelas como si fueran sentencias o algo así. Ya te lo he dicho y no sé cómo quieres que te lo repita, Juvenal. Se le agrietó el casco.

—Lo que yo pregunto es qué buscaba con todo eso.

—Y yo qué sé. Me decía que estudiara esas cosas y que me las aprendiera, pues tarde o temprano me tomaría la lección. ¿Crees ahora que está loco, sí o no?

—¿Y en qué consistía la lección?

—Tonterías. Ya ni me acuerdo. Eran una especie de comparaciones entre los militares y las mujeres.

—¿Por ejemplo?

—No sé. Un día me dijo que había descubierto la razón por la cual se afirmaba que tanto las mujeres como los militares carecían de inteligencia.

—¿Y crees que eso es una broma?

—Que ambos (fémina y castrense) nacieron para obedecer, aunque a primera vista se piense que sólo están para mandar. ¿Qué te parece?

—Lógico.

—Había algo que lo hacía reir mucho y que me endilgó durante una semana a la hora del almuerzo, el muy desventurado.

—Nada de lamentaciones. Prosigue. ¿Qué fue lo que te declamó con tanto entusiasmo?

—Una sarta de barrabasadas que aún me dan vueltas en la cabeza cuando pienso en su imaginación infame. Decía que las mujeres y los militares se vuelven locos por los colores chillones, además de las cintas, golas, gorgueras, colgandejos, medallones, broches y hasta hebillas con que adornan sus vestidos, aunque tampoco había que olvidar esa forma tan coqueta y rara como

171

caminan. Me preguntó si no me había dado cuenta que a las hembras y a los soldados no sólo les gusta sacar pecho, sino que su máxima felicidad consiste en exhibir objetos bamboleantes y llamativos sobre sus pectorales.

—Te refieres a los ristros, cruces y demás placas tintineantes, supongo.

—Yo misma he llegado a pensar después, recordando la insignia pontificial de los prelados, que con tantos símbolos de fuerza en el pecho los militares pueden muy bien ser, como siempre se ha creído, nuestro más preciado sostén*.

—¿Y eso es todo? No es motivo de risa, aunque tampoco hay que ponerse a llorar ya que con tales comparaciones a cualquiera se le abre el apetito. Sin ánimo de hacerme el gracioso yo veo otra similitud, leona, y es la de que los militares como las mujeres tienen siempre la patria y el oficio que les asigna su superior jerárquico.

—No está nada mal tu aporte, en serio.

—Además son turiferarios natos, pues cuando les conviene no vacilan en alabar y echar cepillo a sus jefes.

—No olvides algo que es de mi estricta competencia, la moda. Creo que a través de su uniforme el militar controla el orden en tanto que, como contrapartida, la mujer con sus trapitos introduce el desorden.

—Claro, un militar no organiza escándalos, los resuelve.

—Como puedes ver, nosotras no podemos pasárnoslas sin ellos: somos, como se dice, las dos caras de una misma moneda.

* *Catalina fue amada sobre todo por dos clases de hombres: los cardenales y los obispos la mimaban como a una hija que había regresado; los militares la adoraban como a una hermana en el retiro...*

—Lo mismo ocurre con el matrimonio.

—¿Qué dices?

—Como sucede con las mujeres, sólo cumplida cierta edad y situación los cadetes reciben de sus mayores autorización para casarse, pues de por medio hay muchas razones de seguridad y obediencia.

—Veo que le has cogido gusto al Paralelo.

—Para obedecer también hay que hacer un aprendizaje, leona, y eso es lo que hacen féminas y milicos, pues de lo contrario imagínate lo que ocurriría con semejante gente suelta por ahí. La débâcle.

—Por lo que veo tu madre te sobrealimentó, qué cerebro.

—No es para tanto. Dicen que mamá me retiró la teta cumplidas tres semanas apenas. Pásame los fósforos, ¿quieres?

—Un filósofo vasco dice que el soldado es patriota mientras que la mujer es matriota.

—Con teorías así tu país puede cambiar de un momento a otro el curso de la filosofía. ¿Le costó mucho trabajo llegar a esa conclusión?

—Por favor, deja ya de burlarte de mí, pues yo no tengo la culpa.

—No, por supuesto, pero a veces hablas como un oráculo.

—Me parece que en eso del paralelo hay una verdad muy triste y es la de que con los militares, siempre tan engalanados, queda más claro que nunca aquello de que las mujeres nos enamoramos sólo de las apariencias.

—Por eso, cuando una mujer se enamora de un militar incurre en una redundancia.

—Y viceversa.

—Viceversa no, eso sería una completa estupidez. ¿Por qué no cambiamos de conversación?

—Un día (oh, qué tiempos) mi hombre me dio un pellizco en el trasero y dijo a continuación que los militares y las mujeres sentían una insana y acusadísima vocación por..., adivina por qué.

—¿Por qué?

—Por hacer frecuente uso del conducto regular.

—Una deducción maestra. ¿Y crees que por eso está loco?

—Chiflado, sí, jodido de la cabeza.

—A mí me parece más bien que la opinión de tu marido confirma otra similitud y es la de que tanto los militares como las mujeres encuentran su razón de ser en el campo común de las maniobras.

—Para ambos el placer está en el frente.

—Cierto, aunque no negarás que la retaguardia les depara a menudo sabrosas sorpresas.

—Me haces reir, grandísimo bellaco.

—También hay diferencias. En Viena un intelectual decidió apoyar en un debate a las prostitutas, pues consideró que éstas eran más heroicas que los soldados.

—Eso yo no lo sé, pero creo que si seguimos hablando tú y yo somos capaces de agotar el tema por nuestra cuenta.

—Hablando en serio, estoy convencido de que tu hombre le saca el mejor partido a lo que, según él, le haces tú y le hicieron también las jerarquías cuando le solicitaron la renuncia.

—Nadie le solicitó la renuncia, fue él quien pidió la baja.

—Bueno, da igual. Tú también le has dado de baja, ¿no?

—Te digo que no admito más bromas de mal gusto.

—No son bromas, mujer, pues hasta en mi medio dan de baja a la gente. A Socarrás, por ejemplo, le retiraron la semana pasada la venia legendi, oficialmente por sus opiniones ex cathedra, aunque todos sospechamos que fue por su descarada afición a los muchachos. Con él al acecho, ya nadie estaba a salvo en el Alma Mater, qué tipo.

—Desde que llegué me dí cuenta que este país estaba lleno de degenerados.

—Me parece que exageras un poco. Y volviendo a tu marido, creo que no le quedaba otro recurso que el autoflagelo y el humor negro, pues te habrás dado cuenta que él mismo forma parte de sus chistes.

—Esas sandeces no las habría dicho de no haber existido el precedente del desvergonzado Paralelo. No me explico cómo dejan publicar aquí cosas semejantes. Si vieras en cambio cómo mi país se amarra los pantalones en asuntos de censura. O si no, fíjate por ejemplo en lo que le pasó a Los Trovadores, unos artistas que se metieron con la tropa y fueron a parar a la mazmorra. Yo digo que si el ejército no actúa con mano firme todos nos vamos al carajo. Hay que ser duro, en consecuencia, y no dejarse tomar el pelo de nadie, y menos aún de los civiles.

—De todas formas si esas cosas no le hubieran gustado a tu marido no se hubiera dedicado a difundirlas y hasta superarlas.

—Casi lo meten a la cárcel.

—¿Y qué ha hecho? ¿Acaso no salió limpio de lo del peculado?

—A mi marido no, al autor del Paralelo. Mi cónyuge siguió de cerca las incidencias del escándalo y en ningún momento dejó de sentir una gran simpatía por tan agudo libertino, como lo llama.

—Bueno, ¿pero qué pasó?

—Escribió un cuento acerca de un alto oficial que dice el sermón de las Siete Palabras el viernes santo y cuando lo publicó se lo dedicó al Comandante Palomino.

—¿Y eso qué tiene que ver? No es ningún crimen, me parece. Diría más bien que es todo un honor.

—El oficial del cuento era un cornudo monumental y tú sabes lo que comenta la gente sobre la mujercita del Comandante Palomino. ¿Entiendes ahora sí?

—¿Quieres decir que al ser asociados los dos militares a través de la dedicatoria, la identidad del personaje real salía a la luz?

—No eres nada idiota, qué alivio. No sabes lo orgullosa que me siento de tí. En efecto, el cornudo real salió a la luz pero al pobre Monsalve casi lo mandan a la sombra .

—Un tipo formidable, qué duda cabe, pues lo cierto es que no le faltan agallas.

—Ese bárbaro se salvo de la cárcel por un pelo. Razones de prestigio, supongo, aunque eso lo ha conseguido sólo con un par de libros poco amables sobre nosotras las mujeres, pues como sabes es un machista de cierta nombradía. De todas formas lo que constituye un mayor escarnio a nuestra causa y lo que menos podíamos esperar es que gracias a la publicación de El Paralelo de las Fuerzas Vivas le concedieran la Gran Méntula de Oro del Año Internacional de la Mujer.

—Ahora sí entiendo las preferencias de tu marido por ciertos temas.

—A propósito, ¿tienes por ahí el último número de Compacta?

—Creo que sí. Alcánzame esas revistas que están sobre el sofá.

—¿No has leído el artículo de la página treinta y seis? ¿Sabes quién es Teresa Abril?

—No. Aún no me la he tirado.

176

—¿Por qué eres tan vulgar? No sé como puedes ir siempre con la grosería por delante.

—Es inevitable, aunque lo raro sería que la llevara por detrás. Háblame de tu amiga.

—¿Amiga? Qué más quisiera yo. Se trata nada menos que de la primera mujer con grado de General en el ejército patrio. Hace unos días mi marido me leyó la noticia y no ocultó su entusiasmo al comprobar cómo el Consejo de Ministros en pleno ratificó el nombramiento de la señora esa tal vez para que no quedaran dudas al respecto.

—¿Y qué quieres tú que yo haga? Los tiempos cambian. Además, desde que la mujer presta servicio militar en este país no hay día en que no ocurran cosas extrañas.

—No existía otro precedente que el de la Gaitana, me parece, aunque ésta al menos no tenía a su hombre metido en la jerarquía. La Generala se ha montado a su marido, un pobre tipo que apenas es Coronel en la escala de reserva.

—Cosas peores se han visto.

—Naturalmente, pero lo divertido está en las declaraciones de la activa castrense y por eso quiero que las leas tú mismo. Mi hombre se cayó de la cama, loco de satisfacción, al comprobar que las teorías de Monsalve se cumplían.

—Ciertamente, sus opiniones no están mal del todo.

—Lée en voz alta lo que dice el último párrafo.

—Al finalizar el acto de graduación la Generala Abril expresó a los periodistas su confianza en los cambios introducidos y agregó: el ejército acoge muy bien a las mujeres y hasta me atrevería a decir que la tropa se feminiza...

—¿Qué te parece?

—Si no lo leo no lo creo.

—Mi marido sostiene que al reconciliarse por fin mujeres y milicias la relación de poder es más fuerte aún que en aquellos casi olvidados tiempos cuando los Mariscales hacían calceta y las mujeres guerreaban entre sí y despellejaban a su antojo a los machos remisos del vecindario. Las cosas son como son.

—¿Y aún así crees que tu marido está loco? Jamás en mi vida he escuchado nada más cuerdo y lúcido, leona.

Que no se hiciera la idiota y puesto que había decidido jugar por partida doble lo dejara al menos ser feliz. ¿Jugar por partida doble? La mujer invoca entonces la plana más ilustre de su ancestro y jura fehacientemente no tener idea de lo que Augusto Jota quiere decir. Impertérrito e irreconciliable, él se mantiene en su línea dispuesto a no conceder al adversario pausa ni reposo, sino, al contrario, someterlo a una buena sucesión de golpes destinados a debilitarle el sentimiento de seguridad. Eres una embustera, una tramposa, una tal, y a continuación le suelta una parrafada rarísima sobre la forma como sospechaba iba ella a hacerle la zancadilla. Tendrás que poner a funcionar la crisma a todo gas, pues lo que es a mí no me vas a sorprender en el baño ni en la alcoba por más que te des maña. ¿De qué me habla este especimen? Delira el castrense, no cabe la menor duda, saca la mujer sus conclusiones aunque el Mayor arrecia con la exposición de su estrategia. Gústete o no, ahora tendrás que atacarme de frente y le obsequia una sonrisa terrible en la que caninos e incisivos forman unánime concierto de tal forma que ante semejante panorama los dientes del fiero Matallana, tendido junto a su cama, como siempre, no son más que inofensivas fantasías de leche. ¿Atacarte? ¿Y por qué diablos voy a atacarte, Augusto Jota? Que no fuera tan cínica y que por lo menos reconociera la verdad ya que en el fondo él comprendía que no sólamente es de humanos fallar sino también tirar, pues todo el mundo sabe, y yo mejor que nadie, lo débil que sueles ser en cosas de la carne. Pero como si no tuviera bastante con los reproches e insultos, aparte de la surtida antología de achaques de su hombre, el Bagre vio cómo un día —¿O será fruto de mi imaginación? Ya no sé qué pensar —el Mayor comenzó a expectorar gotitas de sangre, leve síntoma de lo que bien podemos considerar una ligera hemoptisis. Se me ha enredado el árbol respiratorio, dijo él, y procedió a diagnosticarse su estado de salud ante el asombro del cónyuge. Creía que, a la vista de esas rutilantes gotas rojas que salpicaba con su tos, había caído bajo el dominio de la romántica Peste Blanca, aunque tampoco falta quien asegura que todo eso es un magnífico símbolo de pasión sexual. Augusto Jota —quien ya había dado pruebas de su frenesí erótico la noche del banquete— prefería exaltarse ante el mórbido encanto de su enfermedad como si fuera un héroe clorótico poseído de febris amatorius, de ese morbus alba virginica que ahora lo ponía a la altura de los amantes tísicos de siempre. La mujer se reía de sus pretensiones y él estuvo a punto de echarla a patadas del cuarto dedicándose, pese a los síntomas, a fumar y beber, como siempre, su infaltable vaso de rare scotch whisky, y eso que el dinero no nos cae como el maná del cielo. De todas formas, con disciplina y constancia, que es lo suyo, el Mayor procedió a exponerle a su azorada mujer todo lo referente al esputo hemóptico de Laennec y a las hematamesis y todas las demás cuestiones que ayer afectaban la zona de su glotis y que hoy desaparecieron como por encanto. Se ha chiflado, se da golpes de pecho el Bagre, se ha en-

179

loquecido, se ha echado a perder definitivamente pues ni siquiera hace caso de mis reclamos conyugales y cuando se dispone a ponerle unas compresas con agua vulneraria Augusto Jota organiza sus filas y no le da tiempo de írsele encima con reproches y menos aún con tan infame diagnóstico: loco estaría más bien si me quedara callado sabiendo como sé las porquerías que haces a espaldas mías; loco si no me quisiera dar cuenta de tus bajas inclinaciones y apetencias (y le miró el vientre como si fuera ese un ejemplo válido para ilustrar su discurso); loco si me olvidara que desde el asunto de nuestra hija te dedicaste a tu último Cortejo y, como agradecimiento, casi me juraste guerra a muerte; sí, puede que a lo mejor esté loco pero, como dice la canción, si en verdad estoy loco, estoy loco por tí. ¿Cuándo comenzó a hundirse esta casa? ¿Cómo se aliaron la inapetencia con la indiferencia? Ciertamente, todo este desbarajuste no es de ayer, piensa el Bagre mientras se pone a hacer memoria y llega a la conclusión de que la situación es casi tan vieja como su matrimonio. Poco después de las nupcias, Augusto Jota fue enviado a completar un curso al castrum de Cartago y con él llevó a su mujer y a su hija, de escasos tres o cuatro meses, instalándose en una sobria casa del polígono militar de aquel infierno, castigado a diario por insoportables olas de calor. A los quince días la señora dijo muchas gracias por el gesto, querido, pero la niña y yo regresamos a nuestra casa de verdad antes de que nos ganemos aquí un buen paludismo. En realidad, aquel clima era excesivo para la mujer, ya que a causa del sopor ella se encontraba siempre húmeda y con ganas pero él no estaba para esas cosas sino para discutir con los demás cofrades detalles de operaciones que jamás se llevarían a cabo, pues aunque el país estuviese en estado de sitio desde el Acta de Independencia no se veía por ningún lado la amenaza exterior o la grave conflagración interior que justificara su promulgación. Desfiles, marchas, cornetas que los despertaban al alba y hacían chillar a la infanta y luego no había quien la hiciera volver a la tranquilidad, en medio de órdenes, mediasvueltas, disparos de fogueo, minas y bombardeos, fingido apocalipsis now y todo para nada, así que decidió hacer la maleta, abandonar la familia de las armas y volver a la capital en la primera flota que tuvo a su alcance. Al unísono de sus recuerdos el Bagre se suena estruendosamente mientras el Mayor, para terminar con la oración del día, fija sus ojos en los de su mujer, le comunica no se sabe qué rencorosa sentencia en su argot doméstico y ella, enterada, cabalmente notificada, retrocede con una balbuceante duda en los labios que Augusto Jota, a pesar de su ostensible agotamiento, resuelve pronto con un ligero movimiento de cabeza Naturalmente, encanto, lo mejor que puedes hacer es ir a la cocina y prepararme una infusión de toronjil o ajenjo. Y mientras la mujer destroza la vajilla en la cocina, mientras busca la dimensión de su ira en el estruendo de las cacerolas y los peltres, el Mayor coge el periódico y admite que no ha hecho mal del todo en ponerla en evidencia, sí, en decirle las cosas tal como se las merece, maldita sea, pues aunque yo ya esté en los linderos de la tristicia caducitatis, como se dice, a mí sólo me gustan las cuentas claras y lo demás ya lo sabes. ¿Por qué hará tanto ruido? El Mayor se siente tentado a levantarse e ir a hacerle frente pero, de una parte, recuerda la máxima con la que lo educó su madre Los hombres en la cocina/huelen a mierda de gallina, y, de otra, la furiosa Batalla de las Cocinas, lid singular en la que las gentes del pontífice Luna —No en vano terco compatriota de mi mujer—

hicieron frente y vencieron a las muy bizarras y aguerridas tropas del francés. En fin, cocinas aparte, todo quedó entre ensotanados prebostes, damas de sin igual brío y oficiales como el de La Mère, que aunque fuera sólo con su nombre estuvo a la altura de esta difícil pendencia entre purpurados, cocineras y demás gentes que tenían la enagua como divisa común. El Mayor se contiene —carácter ante todo— y se frota a continuación las manos al tiempo que cree descubrir en la reacción en cadena del Bagre algo así como la rotunda confesión de su culpa. ¿Por qué, de no ser verdad, se pone entonces a plañir como una criatura abandonada? Cómo gozaba él arrancando confesiones, a veces dolorosas, es cierto, pero necesarias para la verdad como la purga lo es para el cuerpo, o si no basta con preguntárselo a su propia mujer que no sólo lo confirmará sino que de paso contará la forma como en su país convencen a la gente para que hable. El Bagre evoca siempre la historia de una paisana suya un poco reacia a quien, previa advertencia, el amable funcionario le requirió por primero término declarase la verdad de lo que en razón desto pasa, con apercibimiento de que si en el tormento que se le ha de dar pierna o brazo se le quebrare u ojo se le saltare o toda ella muriere, será por su cuenta y no por la de Su Merced... Así cualquiera se pone del más fino satén, ¿verdad? No me parece, sin embargo, que yo sea tan bestia, pues ni un pelo le he tocado al Bagre, aunque pienso que si tiene que contar algo ya lo contará y yo me las arreglaré para que así ocurra. ¿Pero hasta qué punto es inevitable el sacrificio? Se anuda las manos después de efectuar un gesto gracias a un impecable par de movimientos, coloca las palmas una muy cerca de la otra, abre los dedos y, en forma de tijeras, los introduce en el espacio abierto de la mano contraría apretándolos en tal forma que los nudillos parecen a punto de saltar por la presión del cerrojo. ¿Inevitable? No sabía hasta qué punto podía sustraerle el cuerpo a la inmolación que se aproximaba, pero lo que a él realmente le interesaba no era tanto la evasión ni la dilación del tan temido llamado a cuentas, sino la previsión de que, cumplido el atentado, éste no quedara impune. ¿Pero de qué medios voy a valerme para el cumplimiento de mis propósitos? Esa es la única, la importante cuestión, piensa mientras baraja sus posibilidades al mismo ritmo que lo hace con las páginas del periódico y de pronto una sonrisa maligna se instala en su rostro cuando le echa un vistazo a la situación bursátil. ¿Dónde colocar aquellas acciones que logró salvar de ese desastre que, al menos, consiguió apartar a su mujer del tablero de la calle catorce para siempre? El panorama no se muestra tan siniestro, piensa mientras compara los índices de las dos últimas semanas. La actual se abrió ayer con una sesión hasta cierto punto más animada, en la que a las nuevas subidas de los sectores Bancario y Monopolio es preciso agregar una apreciable retirada de papel para el grupo de Químicas, lo que permite a estos valores subir sin que se produzcan ostensibles incrementos en su volumen global de demanda. El resto del mercado refleja la mejor disposición de estos dos grupos y consigue —cuidado, Mayor, que de pronto salta aquí la liebre— hacer frente al leve aunque de todas formas persistente deterioro en sus precios. ¿Qué hacer? Abre el portafolios y examina los títulos sin que el color amarillo del papel y los arabescos de fondo logren hacerlo optar por uno de los dos sectores en alza. Los guarismos rojos de las series lo hacen pensar en esos billetes de carne y hueso con los que, si uno se lo propone, consigue olvidarse hasta de la declaración de renta. Y es entonces cuando decide lo inaudito: invertir a nombre de un perdedor fijo. ¿Qué tal Fenicia o el Grupo Occidente? Suena el timbre de la calle y él mira el reloj, debe ser el distribuidor del correo comercial, no me interesa, y su decisión es apabullantemente ratificada por un ruido superlativo, andante con moto, rezonga mientras asegura el pestillo de la ventana, aunque el estruendo se impone y sus decibelios superan el tono de la habitual fanfarria del tráfico en el preciso instante en que llega el Bagre con la infusión, calientita y todo, humeante, y él como que se sorprende, destructor y artero ¿Qué diablos es esto? Pero qué cosas se te ocurren, dice ella, es tu toronjil, y otra vez esa mirada torva envuelve sin piedad al Bagre que, derrotada y al borde del chillido, no tiene más remedio que refugiarse en su propia y cada vez más imponderable desdicha. Y sin embargo, se pregunta, ¿cómo olvidar la jornada de aquella noche, seis o siete meses atrás? ¿Habrá sido realidad o, al contrario, será que todo este lío ya hasta me hace desvariar? Claro que fue realidad, rechaza la duda de inmediato, una maravillosa realidad que, pese a todo, no hay por qué repudiar y menos cuando la asaltan los recuerdos de las jornadas gozosas, de acrobacias tan particulares como esa que los entendidos llaman la abertura del bambú y gracias a la cual el lingam de su hombre la embargaba de la más rabiosa satisfacción. Se va otra vez a la cocina con su toronjil, calladita y sospechosamente sumisa como beata abandonando el templo, sin advertir la mirada voraz y por completo alerta del Mayor galopando tras sus grupas, pues lo cierto es que él fue siempre partidario de los grandes nalgatorios, aunque nunca llegó al morboso culto de la esteatopigia, esa repelente adiposidad que predomina en los traseros de las hotentotes y las feministas. Sí,

184

el encuentro de aquella última vez fue inolvidable, coinciden los dos en el ámbito de su silencio reconciliándose en la memoria a falta de un mejor acuerdo en el actual desbarajuste de sus relaciones: hacía tiempo que no lo hacíamos tan bien, con tanto empeño, satisfacción y entrega, honrando a todo dar el uniforme, y vuelven a separarse en la nostalgia con la misma rapidez con que los había unido aquel casi soñado rapto de pasión, tan excepcional que incluso la dama prescindió (o simplemente se olvidó) de embadurnarse la cara con su loción concentrada a base de miel natural y aceite de semilla de melocotón, moisture lotion con la que, con algo de valor y mucho de optimismo, intentaba desde hacía un lustro suavizar merced a las virtudes hidratantes del menjunje los pliegues difíciles que amenazaban acampar en su todavía bellísimo semblante. No sé, pero de todas formas esa noche me dio la sensación de que no se trataba de un recomenzar, piensa ella, sino más bien de un generoso acto de adiós, de despedida. El Mayor se rasca la coronilla, traga saliva y deja vagar durante algún rato su ávida mirada entre los improvisados anaqueles del cuarto. Delectación especial le deparan el Tratado de los Héroes (sobre todo la disertación sexta en la que el autor consagra como héroe-rey a Bonaparte y a un soldado no profesional, ese Cromwell terrible que hizo de una pandilla de palurdos —Confiad en Dios y no mojéis la pólvora— un ejército capaz de derrotar y ejecutar al tirano) y un libro raro de título elocuente Los soldados lloran de noche (una de esas cosas escritas por mujeres, aunque en este caso la responsable tiene nombre de contrabando y evasión de impuestos). Más allá, en el extremo del tercer lote, aparecen otros títulos dilectos como La felicidad del soldado (como su protagonista, el Mayor se retira del Cuerpo por un affaire d'honneur y, además, porque ha descubierto que como militar hacía en filas muy poco por vocación y no mucho más por obligación), Adiós a las armas (¿por qué demonios el autor fusila el libro con ese parto desdichado que liquida a la mujer del protagonista?), La roja insignia del valor (frente a las desgracias del soldado Fleming, de la compañía del 304 de Nueva York, el Mayor se muestra en desacuerdo con el convencional credo castrense según el cual el valor consigue su carta de naturaleza en el matadero, como el muchacho de la novela que, casi un cobarde profesional, se vuelve héroe al instante) y ¿para qué seguir? Ahí se encuentran también, firmes y atentos, volúmenes por el estilo de Hombres en armas, Oficiales y caballeros, Rendición incondicional y otros como La marcha de Radetzky (difícil encontrar un gesto más hermoso que el de Trotta cuando a costa de su vida salva al dios del Imperio en Solferino), El oficial prusiano (dolorosa sublimación de un amor poco ortodoxo entre un capitán y su ordenanza) o, para no agotar el tema, esa Fortuna varia del soldado Píndaro, tan varia como la que su mujer le hace sentir al Mayor desde su trinchera en la cocina. Seré cualquier cosa menos injusto, le perdona los trastos rotos, ya que si bien renuncié a una y me comprometí con otra fue sólo a través del más alto, logrado y encendido goce y eso es lo único que tiene importancia en este mundo, y piensa en Catalina, la primera entre las tres del mismo nombre, repudiada para que el lascivo Enrique pudiera sobrevivir a seis consortes, de cama en cama, qué deleite, y del toisón al surco hasta la apoteosis final. Abre bien los ojos, mira al frente y, descubriendo otra vez el cuadro a través del espejo, concluye para sí entre ausente y sibilino Mi mujer y Diana juntas por fin, qué maravilla pero al mismo tiempo qué barbaridad, pues aunque Bocángel las meta en la misma pieza y haga que Catalina represente a Diana —Mas ya que el crédito mío/se digna de la balanza/y aunque es civil la contienda/es más civil rehusarla..., dice en lo que al Mayor le parece una premonición—, las dos mujeres siempre han sido consideradas caracteres opuestos. Augusto Jota, al borde de la lapidación por pedante aunque arrastrado por su edificante Catalineida, asegura que siempre ha sido así y para comprobarlo basta ver al abad O'Flaherty comparando a Catalina con Diana, sólo que la primera es viciosa y la segunda virtuosa, opinión que también comparte maese Petruchio cuando a la fiera Catalina opone la bella y dulce Diana. ¿Por qué el Mayor se enreda en meditaciones semejantes cuando el tiempo apremia y la contienda puede arrollarlo por detrás? Sus razones tendrá; hace la pausa que refresca y continúa, esta vez a ritmo de anáfora implacable hasta el final. Entre el matrimonio y la guerra está la caza, es decir, entre Catalina y el Mayor está Diana, es decir, entre la domesticación y el combate está el recreo, es decir, entre la rutina y la brutalidad está el esparcimiento, es decir, entre la violencia y la violencia no hay violencia, es decir, entre tú y yo está ella, quod erat demonstrandum. Son, en fin, cosas de los nuevos tiempos, desplazamientos de protagonismo, a nuevos focos nuevos objetivos, sentencia Augusto Jota mientras siente cómo lo embarga la plenitud de la noche en la que él fue el árbitro de ese pacto en virtud del cual la culpa acumulada de una cedió el paso a la venganza que engendró en la otra. El vientre de la mujer —post nubila, oh Diana— había crecido como una suma de inenarrables albricias y el balcón se le antojaba al atento vigía la almena mayor desde la cual, llegado el momento, se daría la señal destinada a ratificar la situación y a provocar el inevitable y pronto desenlace. Días y más días, calendarios trocados, cronologías rotas, soledades sin fin, esta es la pausa en la que te apoyas, Mayor, hasta que llegue esa madrugada gris en la que por fin escuches la señal. Señor de tu libertad y garante indiscutible de la ajena, debes, no obstante —Y es ley de vida si quieres dar testimonio de tu empresa— tener cuidado con toda clase de inesperadas, de imperdonables torpezas: no hace mucho, un día cualquiera del presente mes de cama su mujer lo sorprendió para su total escarnio jugando al solitario. Abrió el Bagre su bocaza y parpadeó no tanto con esfuerzo como con estupor, y sus atónitos ojos se volcaron de inmediato sobre la diestra del Mayor que subía y bajaba aprisionando el instrumento rosa, tenso, dispuesto a la solemne fuga, al más cabal de los nutricios espasmos. Y la mano siniestra parecía dibujar arpegios en el aire, como si dirigiera una masa coral a punto de coincidir unánime con el inminente contrapunto del órgano, tan sagaz, desesperada, endemoniadamente manipulado. Ante tan magistral dedicación, la mujer puso su mejor cara, de semiperfil hacia arriba, con los ojos entrecerrados, raptada por las constelaciones, aunque todo volvió pronto a su punto de origen pues ella en el fondo es una auténtica tigresa siempre a punto de dar el zarpazo, me cago en tus, alcanzó a decir pero se contuvo por si las moscas y en el mismo momento en que su mano derecha bajaba de la frente al centro del pecho para dirigirse hacia la izquierda, el Mayor estuvo a punto de desgañitarse en medio de un susurro idiota que se le escapó no tanto de los labios como, más bien, del acelerado ritual que tan diestramente había puesto a funcionar su mano. Atrapó al vuelo el borde más próximo de la sábana en el preciso instante en que este gesto coincidía, como la abortada cruz del Bagre, con otros dos movimientos de irreprochable factura: el crescendo súbito de la estupefacción de la hermosa mujer y la líquida, cálida salmodia que, blanca y profusa, saltó de alguna parte como si fuera un chorro flamígero que se elevaba sin dilación ante una secreta pero impostergable voz de Firmes, joven. Entonces, como en la célebre noche del acoplamiento, comenzó a llover. ¿Qué haces ahí de pie como una diostesalve?, Augusto Jota, haciéndose el despistado, procede a su aseo al tiempo que ordena al Bagre que, de una maldita vez, vaya y cierre esa ventana. Y la mujer ni siquiera dice qué vergüenza, con tu edad, casado y todo y, sin embargo, haciendo cositas de muchacho arrecho, no, no dice nada de eso, sino que, obediente, va a la ventana, trata de aspirar profundamente la mayor cantidad de aire posible como si se fuera a sumergir en un peligroso légamo, corre las cortinas y asegura con paciencia el pestillo. ¿Por qué le habrá dado a mi hombre por ahí? ¿Se habrá vuelto partidario en cosas del amor del Do-it-yourself? Viéndole la cara incluso parecía feliz. No entiendo nada, pues a él siempre le gustó cabalgar de verdad y no con la mano como los tímidos, los reclutas o las solteronas. ¿Se tratará acaso de un agravio? ¿Querrá demostrarme algo con todo esto? ¿Se habrá hastiado ya de mis favores? Ni pensarlo, pues hasta ahora tout le monde m'a trouvé belle, jeune, élégante, spirituelle y que me perdonen la inmodestia, pero las cosas son como son. De todas formas, hasta las estrellas parecían estar en contra suya y prueba de ello es la paradoja que el propio Mayor había descubierto y no cesaba de restregársela, el muy bestia: nacida en septiembre del año en que su país promulgó de nuevo la República, su signo resultó ser nada menos que Cabra según el horóscopo lunar de los chinos y Virgo de acuerdo al año solar de los demás mortales. Así las cosas, Virgo por delante y Cabra por detrás, ¿quién diablos iba a creer en su cacareado prestigio de fémina cortés? Con proverbial e irreductible optimismo, ella se las arreglaba como podía y de su paradoja zodiacal, como decía, sacaba los ingredientes de una constante fiestecita. Claro está que su marido aprovechaba todo esto para justificar su sesión de catre y el Bagre, ahora, no sabía ni por aproximación siquiera qué era lo que el castrense buscaba burlándose de ella, de una parte, y negándole hasta el condumio conyugal, de otra. ¿Pero de qué se quejaba? Acaso cuando en otras ocasiones Augusto Jota se disponía a obrar no salía ella con el cuento de una fuerte migraine, querido, que está a punto de hacerme estallar la cabeza? Lo cierto es que cuando la señora, una o dos semanas antes, al echar de menos los goces de la última carga de la brigada ligera lo había invitado a repetir aquellas inolvidables maromas, el Mayor se limitó a hacer una mueca de burla y a su manera remedó al Caballero de Eldorado, postrado e indiferente a los guiños del mundo, pues Ha más de siete meses questoy enfermo de, enfermedad tan contraria a la cópula quanto se sabe y es notorio... Sí, con esas le había salido el desgraciado y ella empezaba ahora a comprenderlo. No la tocaba ya ni siquiera para lo que se dice un remedio, ¿pero por qué pensaba en todo eso? Él había sido tajante y la última vez fue, con razón o sin ella, tanto o más explícito que el propio Adelantado, pues lo cierto es que Hacer agora vida maritable con muger es un abrirme notoriamente la sepultura... Augusto Jota, dice el Bagre para cambiar de página, acaba de llegar la factura del taller: nos han dejado el chevrolet como nuevo. ¿Y a él que pueden importarle esas cosas? Al fin y al cabo el chevrolet sólo lo usa la mujer, pues él jamás aprendió a conducir ya que siempre tuvo a su disposición vehículo oficial, rueda de recambio, chofer de seis a seis y demás privilegios debidos a su ocupación y rango. De todas formas el Mayor opta por la condescendencia y, a punto de secar la humedad pegajosa de su reciente ajetreo, sonríe. Qué tal que mi mujer no tuviera lo que se llama buen seso, aunque para ser sincero me parece más bien audaz y comprensiva, toda una joya, en fin. Más tarde te firmaré el cheque, responde, o si no que esperen mientras cobramos el pagaré de la señora Ordóñez, y se dio vuelta hacia el lado de la pared, tanteó en la mesita a la caza de un Pielroja. Inquieta, la mujer introduce sus manos en los bolsillos, las saca, las revisa, las vuelve a meter, mira la lámpara, enciende la luz y observa una vez más al silencioso centurión yacente. ¿Y así culminó todo? Casi todo, ya que el Mayor aeropagita no quiso hacer mención alguna acerca de la súbita irrupción del Bagre en el momento en que él, metódico y disciplinado, se dedicaba cumplidamente a sus maniobras. La única referencia a todo esto la hizo él mismo unos días más tarde, poco antes del parto cuando, sin que mediara razón de ningún tipo para la advertencia, le dijo seca y perentoriamente No espero repetírtelo una vez más, querida, siempre que quieras entrar en mi habitación llama primero y así a lo mejor te ahorras alguna apabullante sorpresa. Ahora vé y tráeme la prensa de la tarde y, por lo que más quieras, de paso llévate a Matallana a hacer su ronda.

—Lo que se dice una verdadera lástima. Vejez prematura, arrugas por todas partes y achaques tan raros que te llegan al alma. No puedes imaginarte lo alicaída que se ha puesto. Y para no ir muy lejos te cuento que un día la visité casi a escondidas y la sorprendí leyendo una prosa rarísima titulada Ifigenia: diario de una señorita que escribía porque se fastidiaba. ¿Y sabes qué más?

—Abrevia, por favor, que tengo prisa.

—La pobre ha terminado por adoptar aires y maneras un poco impertinentes. No te imaginas cómo me saca de quicio cada vez que me hace la cabrona gracia de remachar cualquier cosa con un rotundo ¡Cónchale!, caray. Expresiones y resabios que ha aprendido de las vagabundas de Barinas, Coro o Nueva Esparta, qué sé yo. Y además anda con una amiga que da pena.

—¿Una amiga? Creía que había hecho voto de claustro.

—Es una mujer arrogante, altiva y gruñona a la que llaman Alfredo.

—Qué horror. Con esos datos ya me imagino el resto. ¿Y el ex-novio? ¿Qué fue del Alférez Provicional?

—Lo mandaron a temperar a otro destacamento con tal precipitación que cualquiera diría que los guerreros tenían prisa por encontrar el Grial. Entre el yerno y mi marido le organizaron al muchacho el rápido traslado, aunque a mí me parece que con el calor que hace debe haberse deshidratado ya en su nueva plaza.

—¿Y no intentó siquiera aproximarse a Eugenia?

—Qué va, con qué fuerzas. Peñafiel y ese tipo al que tú le honras la frente concluyeron que con dos castrenses en casa (sin contar con los reclutados por la línea Arévalo Holguín de la familia) era más que suficiente. La única vez que mi hombre volvió a hablar del desplazado pretendiente de Eugenia fue cuando lo del cuadro, aunque comparó su regreso al de mi hijo.

—¿El cuadro? De nuevo estoy como al comienzo.

—¿Te acuerdas de esa reproducción de la familia de

Flandes que está colgada en una de las paredes de la alcoba?

—Me acuerdo de tu alcoba, pero

—Pues bien, voy y le digo, ¿por qué te preocupa tanto ese cuadro? ¿Significa algo para tí el vientre de meses mayores de esa señora? Sonrió y me contestó entre dientes algo mazacotudo, enrevesado y como suena Mogila niezmanego zól nierza...

—¿Y qué quiere decir eso?

—Qué sé yo. Debe ser algún trabalenguas. Me hice cruces (es un decir), lo miré a los ojos y como suele hacer en tales casos se quedó callado.

—A lo mejor es una coartada.

—Explícate, por favor.

—Tu marido me hace pensar en un amigo mío que, orgulloso como un pavo real, era un furibundo jugador de ajedrez hasta que un día le hicieron morder el polvo.

—Aún no veo qué tiene que ver eso con el César.

—Se dejó atrapar por la defensa flamenca del rival, dejando que su caballo galopara sin rienda por el cuadrado hasta que vino el otro y le dio el golpe de gracia. Todos se rieron de su torpeza y él juró que nunca más nadie volvería a poner en duda su inteligencia. ¿Sabes qué hizo?

—Ni idea.

—Jamás volvió a jugar al ajedrez. Así su orgullo permaneció a salvo.

—La lógica del avestruz. ¿Y crees que mi marido...?

—Su caso es exactamente el mismo.

—No le veo la gracia.

—A veces no sé qué pensar. ¿Crees, leona, que lo has cuidado como se debe?

—Claro. Lo paladeo y todo. Y nunca le ha hecho falta su avío ni sus galguerías, en serio.

—Olvídate de la gastronomía. ¿Lo has alimentado también en el otro sentido?

—Una hace lo que puede, aunque en ese aspecto y para no ir más lejos yo me lavo las manos. La última vez que yacimos juntos me hizo bendecir mi condición y hasta el día en que nací, pues sólo una mujer con suerte puede gozar tanto. Te juro que me retorcía como una lombricita en trance. Ah, qué tiempos aquellos...

—Deja a un lado la nostalgia y ocúpate del asunto principal. ¿Qué ocurrió en esa ocasión?

—Organizó un banquete a domicilio tan fastuoso y soberbio que el de Trimalción a su lado no fue más que un ligero ténte-en-pie. Si te digo que a la hora de la cuenta se agotaron prácticamente nuestras reservas en el banco a lo mejor te haces una idea del derroche. Con el ágape vino la bebida y luego lo otro. Estuvo fantástico.

—¿Y eso cuando ocurrió?

—Hace seis o siete meses, no recuerdo muy bien.

—¿Y desde entonces...?

—Nada, salvo el recuerdo de mis escarceos contigo. De todas formas no te preocupes por él ya que, pese a su abulia en ese campo, pertenece por profesión y temperamento a esa clase de tipos que pueden prescindir de las mujeres. La última vez me amó de forma tan versátil que hasta inventó algo nuevo.

—En cosas de esas no hay nada nuevo, lo sabes muy bien.

—Era una maroma rarísima con la que te dejaba en los alrededores del nirvana. Pese al ajetreo y al rebuscado montaje la cosa no falla por ningún lado: le pregunté y me dijo que se llamaba la Prueba del Nueve.

—¿La Prueba del Nueve? Eso parece aritmética elemental.

—Puede ser.

—Y si el ejercicio resultó tan saludable, ¿por qué no has reincidido?

—¿Y a mí me lo preguntas? Cada vez que me le acerco con animus fornicandi me corta el paso con un terminante Noli me tangere. ¿Qué quieres que haga, violarlo?

—Cosas así no se le hacen a una mujer. Estoy de acuerdo contigo en que ese tipo es un hijo de puta, si es que no miente la fama.

—Tampoco te pongas de esa forma. Además, todo eso sucedió cuando más estragos hacía el síndrome del altiplano.

—¿Síndrome? Me dejas otra vez al borde de la estacada. Aclárame eso y pón en su sitio las revistas.

—Creo que tú estabas de viaje aunque me parece raro que tu mujer [sí, bastante raro] no te lo haya comentado a tu regreso. Se desató algo parecido a una epidemia provocada por un bicho que picaba y lo obligaba a uno so pena de muerte a hacer el amor antes de veinticuatro horas. ¿Estás seguro de que Emilia no te contó nada al respecto?

—Segurísimo. Tú sabes como es ella en cosas de esas.

—[Sí, es de las que come callada. Ahora que lo pienso no te caen mal los cuernos]

—¿Qué dices? No se te entiende nada.

—Decía que la epidemia fue tan terrible que constituyó un acontecimiento único, sólo comparable a cuando el Papa aterrizó en este país dedicándose de inmediato a lamer asfalto en una de las pistas de El-Dorado.

—Debiste pasarla de maravilla, pues incluso le has puesto a tu fornicio un contexto histórico.

195

—¿Pero de qué me sirve, Juvenal? Ha pasado tanto tiempo*.

—Conque la Prueba del Nueve. Ese tipo le pone nombre a todo.

—Sí, fue fabuloso. Y como dice el padrecito Samper a lo mejor me volví un poquitín loca cuando ocurrió todo eso. ¿Y qué mujer no? Eiaculatio seminis inter vas naturale mulieris.

—In saecula, qué culorum. ¿Quieres más café?

Las consideraciones que in diebus illi hacía Augusto Jota sobre los evidentes y nada desdeñables atributos de su mujer —muslos apretados, senos tensos, ancho caderamen y sexo acogedor— se multiplicaron casi con sabor a súplica cuando se desató esa plaga que, coincidente con las primeras semanas de su postración, implacablemente azotó al país: no era la peste, no era la subversión, no era la desmesura licenciosa, fenómenos todos ellos inherentes a la idiosincrasia patria, sino la Machaca, un mórbido insectito que, proveniente de las selvas y médanos del sur, pronto empezó a asolar las capitales. Magnificados los hechos y provistos de un cariz de extravagancia épica, muy al tenor de una literatura entonces en boga en el litoral y que hacía de la desmesura una ley, pronto se quebraron los moldes de la credulidad hasta configurar esa versión que el propio Mayor evocaba en sus días postreros. Como siempre, la división de opiniones respecto a la naturaleza del animal estableció el denominador común al punto de que muchos atolondrados

---

* *Y aunque debido a esta situación tan particular Catalina no contaba con los medios de satisfacer sus propios deseos, es seguro que esos deseos se orientaban continuamente a la paz y a una felicidad que no es de este mundo, si tal cosa es posible...*

supervivientes de la Expedición Botánica (sección Fauna, apartado Lepidopterología) creyeron advertir en este bicho cierto parentesco con la Libéllula erytraea, el caballito del diablo también llamado Demoiselle o Dragon Fly según el teatro de sus operaciones, pero la verdad es que la Machaca, producto típicamente nacional, nada tenía que ver con el insecto al que citaban por igual entomólogos y paganos y del cual no se encontró referencia alguna ni siquiera en el bodrio Icones Historiques de Lepidoptères Nouveaux ou Peau Connus, verdadera biblia de los científicos nativos. Hubo incluso un tratadista galo que dictaminó con fervor que la Machaca appartient à l'ordre des insectes orthoptères, pero pronto otro estudioso desmintió la tan a su juicio peregrina aseveración, pues sostenía que lo que su colega afirmaba valía para masticadores como el grillo o la langosta y no para promotores de afrodisia como el insecto en cuestión, con lo cual la ciencia francesa quedó una vez más por los físicos suelos. No faltó, igualmente, la voz aborigen que afirmara se trataba ni más ni menos que del Tankayllu, tábano zumbador que hace su aparición en abril y que con su aguijón precipita los deseos sexuales. La réplica no se hizo esperar y llegó a demostrarse incluso que la aguja del Tankayllu es tan inofensiva y dulce que hasta los niños lo persiguen para chupar su miel. Se comprobó, en efecto, que las criaturas que beben su néctar sienten en el corazón durante toda su vida algo que, en la voz de un gran escriba del sur, se asemeja al roce de un tibio aliento que los protege contra el rencor y la melancolía. Sea como sea, quedó claro que a pesar de todo, y por si las moscas, los misioneros han predicado siempre contra el mentado Tankayllu, lo que no impidió que alguien lo comparara con la mantis religiosa, insecto hembra que liquida al esposo tras la ceremonia nupcial, comparación innecesaria ya que, con o sin Machaca, las mujeres de este país se vuelven a menudo auténticas e insaciables antropófagas en cuestiones de placer. En el caso del bicho que precipitó lo que dio en llamarse el jolgorio de los sentidos, una peligrosa amenaza se derivaba de su simple contacto y era la de que si la persona machacada (es decir, aquella a quien el bicharraco había clavado arteramente su aguijón y que, afinidades lexicográficas aparte —como se apresura a aclarar el Mayor—, nada tiene que ver con el machacante, esto es, el soldado cuyo único oficio consiste en ayudar a un Sargento) no recibía tratamiento en un lapso perentorio, moría irremisiblemente. ¿De qué se trataba? Nada menos que de una hostigante e insólita enfermedad del amor: la víctima de la Machaca entraba en un delirio tan convulsivo que debía realizar la cópula carnal en forma inmediata o, de lo contrario, resignarse a morir en medio de inenarrables espasmos. Más que misericordia, el infeliz aguijoneado por tan avieso e insaciable animal invocaba para sí la más elemental prerrogativa de vivir. El espíritu de solidaridad pronto se puso de manifiesto en este país que, baluarte inquebrantable de la fe —lo del Estado Teocrático no es una metáfora—, como lo calificó por aquel entonces un jerarca purpurado, gozaba sin embargo de una bien merecida fama de disoluto, lúbrico y dispuesto a todo. A fin de atender urgentemente a los machacados fueron puestas en estado de máxima alerta legiones enteras de doncellas que —¿sería por esto que algunos especialistas confundieron a la Machaca con la libélula Demoiselle?—, dispuestas a arriesgar y aún sacrificar lo que fuera con tal de socorrer al varón amenazado, se lanzaron a las calles con el sano propósito de satisfacer las apetencias de la plaga. Difícilmente se puede precisar la cantidad de voluntarias que se presentaron en los dispensarios de urgencia, así como el carácter, tratamiento, postura —¿por qué inexplicable razón casi todas rogaban ser tomadas more canino?—, tiempo invertido y demás detalles propios de los ejercicios tendentes a recuperar la salud del machacado de turno, aunque lo verdaderamente ejemplar de toda esta Cruzada, rememora el Mayor, radicó en el hecho de que las emprendedoras féminas no se conformaron con yacer una vez sino que hubo muchas que se inmolaron reiteradamente, sin precaución alguna, pues el tiempo no estaba para dilaciones ni esperas. Sí, voluntarias hubo que salvaron, según sus modestas estimaciones, de ocho a diez vidas por día, y las medallas repartidas al mérito civil son testigos fieles de sus actos aunque no tanto como las consecuencias de su abnegada entrega. Nueve meses más tarde la tasa de crecimiento demográfico estaría a punto de fundir los cables de los centros de computación estadística: el bicho, era evidente, había atacado duro y parejo, aunque las damas que por alguna razón lograron neutralizar la instilación fueron presa de malestares inauditos o de un comportamiento extravagante que acabó de poner —nunca mejor dicho— las cosas patas arriba, tal como ocurrió, por ejemplo, con un ser tan sensato como la hegeliana, vehemente femina sapiens, que pasó a engrosar las filas místicas de Salve oh Regina Trece —le decían trece porque en el breve lapso de hora y cuarto ése fue el número de machacados a los que les devolvió el ánimo—, la más notable de nuestras heresiarcas. Regina no sólo negó la autoridad pontificia, sino que entronizó también su propia teología, le arrebató su grey a la Capitana, formó su propio partido político y sentó por último las bases del reginismo trecemundista. Bajo su influjo, la hegeliana se declaró neopositivista y sólo cuando desapareció la plaga volvió, aunque con ciertas dificultades, a retomar el hilo de su propedéutica. Fue en circunstancias así como se detectó el origen de esa viripotente generación que, en el caso de las mujeres, lindaba la más extraordinaria histeromanía, y que, a la luz de sus sorprendentes apetencias y dadas sus peculiaridades, nada tenía que ver con la del Centenario, la del Veintisiete, la de Golconda o cualquier otra parecida. Las matronas que por cosas del climaterio y demás subvenciones de la edad no fueron honradas por el aguijón del bicho, experimentaron no obstante una serie de cambios y mutaciones que hay que clasificar en el área del carácter, pues de pronto se volvieron tan posesivas y castradoras —no hablo de tu tía Marfisa, Bagre—, tan negadas a aceptar el libre albedrío de los demás, tan rotundas en su oposición a reconocer las prerrogativas ajenas, que muchos vástagos se rebelaron e incluso incoaron un bien documentado dossier que, ante los derechos conculcados, pedía se declarase inconstitucionales a las madres, petición que no prosperó por incomparecencia de los representantes del partido del gobierno. Qué le vamos a hacer, se resignaron unánimemente los damnificados mientras en el bando azotado por la epidemia de placer las voluntarias se sindicalizaron ipso facto y, tras comprobar que estaban llamadas a perpetuar la especie, hacían cola en las Gotas de Leche: a lo hecho, ubre o biberón. Y a propósito de pecho la época fue también generosa en una práctica nueva entre nosotros pero tan antigua como las más remotas dinastías chinas: la predicción meteorológica merced a la atenta lectura de los senos femeninos. Ciertamente —la revista Sí se explayó a sus anchas sobre el tema—, pronto surgió una escuela de atentos analistas capaces de calcular qué tiempo íbamos a tener el próximo mes de junio, para lo cual leían el pecho izquierdo de la dama, o si mañana va a llover en nuestra ciudad, certera predicción que se obtenía tras estudiar las pequeñas erupciones del seno derecho o, como con acento poético sostenía la citada publicación, previo análisis de la coloración existente entre el pezón y el borde de la aureola. Demás está agregar que los espacios televisivos dedicados al estado del tiempo se colocaron repentinamente en los más altos índices de sintonía. Sin embargo, hay que advertir aquí, aún contrariando la opinión del Mayor, que aparte de los desajustes femeninos y del auge de las mujeres-barómetro, la invasión de la Machaca sirvió también de pretexto para que se cometiesen una serie de desafueros contra el pundonor, la buena fe y la capacidad de entrega de las señoras de las capitales de la zona centro del país. Calles había llenas de posesos, babeantes e histéricos, a punto de tocar a muerto, ahogándose en medio de exigencias orgásmicas, panorama nada grato que llegaba hasta la fibra más íntima de las damas que por allí transitaban y que, sin hacerse rogar ni un sólo instante, se despojaban de sus prejuicios, ropas y hasta parentescos, y a trabajar, queridas. Algunas veces, bien fuera en el curso de una jornada hípica, durante una sesión de cine, en el estadio o aún en plena calle bajo la pertinaz llovizna, se veía de pronto cómo un caballero cualquiera, ante una hembra escultural, pedía pista y empezaba a retorcerse mientras gritaba ¡Ay de mí, me ha tocado! ¿Qué le ha tocado?, preguntaba la multitud que, conmovida, se arremolinaba en torno suyo. ¡La Machaca!, gritaba el infeliz mirando fija, desesperada, suplicantemente a la hermosa mujer que, sin poder soportar los alaridos del machacado ni las miradas de reproche de los congregados, procedía como quien no quiere la cosa a deshacerse de sus prendas, aprensión y vergüenza y se encaminaba pronta y abnegada a salvar la vida de aquel desdichado, dando pruebas de un desprendimiento tal, evidente en sus maniobras y acrobacias, que se veía en ocasiones interrumpida en sus labores de salvamento por los sincopados bramidos del paciente en cada una de las fases de la cura —erectio, introductio, emissio—, así como por los hurras, aplausos y vítores de la cada vez más jocunda y abigarrada muchedumbre. Doncellas y viudas, solteronas e intelectualas y, para no ir más lejos en la compleja variedad del gremio, recién casadas y hasta novicias que más tarde ejercerían como cotizadas modelos, formaron un cuerpo de salvamento —Corpo d'amore, lo llamaban las agencias de prensa— que es inútil describir ya que con la plaga en cuestión —simples lamelicornios para unos, los insectos que inoculaban erotismo eran rebajados así al humilde rango de abejorros— todo juicio y ponderación llegó a ser de suyo imposible. Pero como no siempre la dicha es completa, el mecionado ejército de salvación tuvo que hacer frente a uno de esos fenómenos fruto de un siglo cada vez más cosmopolita y promiscuo: la injerencia de intereses foráneos en situaciones de estricto corte local, variante memorable y fecunda, según la teoría del Mayor, de esa guerra de Salones que por la misma época protagonizaban las damas más hermosas y brillantes del Distrito Especial. Comandos muy bien adiestrados atravesaron subrepticiamente las fronteras y pronto pusieron sitio a las capitales machacadas dando muestras de una voracidad sin límites al extremo de dejar sin empleo y con el solo consuelo del autoabuso a las antes atareadísimas amas de hogar. Competencia desleal, infiltración extranjera, sabotaje, fueron algunas de las expresiones utilizadas por las titulares del campo para llamar a una mancomunada acción de resistencia criolla contra las fuerzas de ocupación, pero todo fue en vano, ya que ni siquiera las víctimas de la plaga se manifestaron y, antes bien, con la súbita invasión hasta parecían reproducirse. Pero como no hay Machaca que dure cien años ni país que la resista, según afirmó el Primado en una de sus homilías, las discrepancias terminaron por la vía rápida, pues el bicho fue desterrado a otras latitudes y, poco a poco, la normalidad tornó a casa levantándose el estado de excepción en algunas regiones del vasto territorio nacional. Como todo lo que afecta a este país, la identidad del agente perturbador quedó en la sombra y aún hoy se asiste a arduos debates y simposios de alto nivel orientados a determinar la naturaleza de ese insecto que con su simple roce lo sumía a uno en el goce y la pernicia. De todas formas, los más despistados en este sentido fueron, como siempre, los especialistas. Por ejemplo, un profesor debidamente galardonado aseguró que tras la Machaca se escondía nada menos que el Pyrameis cardui, ese amable lepidóptero ninfálido mejor conocido como Belladama —¿puede alguien dejar de pensar por un momento siquiera que es este nombre y no otra cosa lo que aquí induce al error?—. Sin embargo, ¿para qué preocuparse? Todos metieron las de andar, ya que cualquier invertebrado artrópodo que tuviera un par de antenas y tres pares de patas se convertía de inmediato para todos estos genios en sospechoso de Machaca. Con frecuencia, olvidaban los profesores que nuestro bicho tenía el clípeo más abultado que los otros insectos, de la misma forma que el labro y los élitros aparecían más endurecidos que en las demás especies. También pasaron por alto el hecho de que los apéndices gonópodos, de estricta e irrebatible función sexual —mucho ojo, puesto que aquí puede reposar el secreto—, están muy de-

sarrollados en las hembras —entre ellas anda el juego .
apéndice que en la jerga de los estudiosos se conoce
también como oviscapto. Un catedrático sugirió que,
considerando la unisexualidad casi general de los insectos, había que investigar en el campo de los pocos
que no lo eran, como los Icerya: carraspeó, pidió
compostura y declaró que en aras de la objetividad,
madre putativa de la ciencia, se dejaran por fin de elu-
cubraciones. Algunos colegas le siguieron la corriente
y se pusieron a investigar casi policíacamente a la familia de los icneumónidos y creyeron encontrar la clave de la cuestión en el taladro que lleva el bicho y con
el cual inmoviliza a su víctima picándola en los centros nerviosos, taladro que fue identificado por varias
de las esposas convocadas. La teoría, no negamos que
harto sugestiva, se vino abajo cuando un entomólogo
de Palmira demostró que la función terebrante (o sea
la que hace el taladro con o sin la aquiescencia del
presunto machacado), propia del insecto, era benefi-
ciosa para el hombre y no perjudicial, sobre el supuesto de que la gentil picadura lo fuera, como sostenían
ciertas almas pías. De nuevo quedaron en cero y, con-
formándose con las tablas, claudicaron por unanimidad, pues de nada les sirvieron esas ociosas teorías
que pontificaban sobre las características de insectos
que iban desde los repulsivos Blatarios (elimínelos,
colega, pues a ese orden pertenecen las cucarachas,
qué asco) y los Anopluros (ídem, pues aquí se encasi-
llan los piojos), hasta los Planipennes (ojo con ese
Myrmeleon formicarius, con glándula venenosa) y los
Afanípteros (ciertamente, son contagiosas al hombre
las variedades Pulex irritans y Tunga penetrans, aunque
otro gallo les cantaría a los investigadores si no hubieran descubierto que tras tales nombres se esconden la
pulga y la nigua, respectivamente). Por último, un trata-

dista calvo afirmó que la Machaca no era sino el mismísimo Carachai, insecto cuyo aguijón provoca un fuerte ardor que se apodera de la sangre removiendo oscuros instintos, pero no, a este sabio también le dieron jaque mate sus rivales. Como ocurrió con el peculado o la razón de ciertos dictámenes judiciales, todo se sumergió en la más pasmosa y definitiva de las penumbras. En cuanto a las consecuencias de la visita de la Machaca, como ya se dijo, éstas empezaron a apreciarse meses más tarde en la anatomía de muchas voluntarias que, sin embargo, tomaron lo que había de venir como el más heroico testimonio de su capacidad de entrega. Rumores tendenciosos circularon, empero, y hubo uno que incluso fue recogido por la prensa y en virtud del cual se afirmaba que, en el curso de un Te Deum, el propio inquilino de San Carlos sintió que su hora llegaba y, atrapado por terribles convulsiones, se lanzó gemebundo a los pies de la última y despampanante soberana de la belleza allí presente, criatura que, sin hacérselo suplicar dos veces, hizo trasladar al ejecutivo al recinto de la sacristía donde, sin testigos ni cronistas, lo atendió solícita y bondadosa durante casi tres horas al cabo de las cuales narró a los periodistas parte de las peripecias compartidas con el ilustre machacado. Dichas opiniones y eventos pronto trascendieron la noticia diaria y pasaron a engrosar capítulos enteros de la Historia Extensa del país de marras, y la verdad es que el mandatario, con los ojitos torcidos, tambaleándose y con una sonrisa impresionante, apareció minutos más tarde por la nave izquierda de la basílica barajando cifras sobre la inflación, al tiempo que, entre palmaditas por aquí y por allá, reducía con sus guiños los índices de desempleo y aumentaba el producto interno bruto prometiendo soluciones, ascensos y prebendas con un inocultable aliento de vino de consagrar que perfumaba su antes babeante boca. De nada se extrañó el Mayor y así se lo hizo saber a su cónyuge, pues este paciente fue también protagonista de otro suceso singular, igualmente recogido por los medios de comunicación: sorprendido en la madrugada del quince Germinal del año segundo cuando miccionaba profusamente a la salida de un célebre lenocinio, fue fotografiado por un reportero a quien inmediatemente el alto ejecutivo le destrozó su cámara, escándalo que trajo como consecuencia que el Directorio lo llamara al orden y que, además, fuera vetado entre Termidor y Fructidor por la asociación de prensa. En fin, Bagre, con tantos líos para él solo ese tipo es una auténtica zarzuela. Y en cuanto a este país yo creo que se acabó hace rato, sentenció Augusto Jota al recordar los estragos de la Machaca y no pudo evitar el evocar otras de las especies —Verdaderas o falsas, no es mi problema— que circularon con generosidad durante la epidemia. Decíase, por ejemplo, que la propia mujer del Ministro de Salud Pública se había volcado solícita sobre un apuesto deportista picado por el insecto salvándole la vida, es cierto, pero contagiándole al infeliz muchacho una venérea tanto o más implacable que la misma plaga: con esto se puede imaginar cualquiera la situación real de la República, protesta el Mayor mientras tira de la manta por el lado izquierdo. Sea como sea, el bicho desapareció, como se ha visto, sin dejarse atrapar por ninguna taxonomía, aunque algunas veces, y con la misma frecuencia con que aparecen por ahí los Testigos de Jehová, se deja ver uno que otro de aquellos antiguos y por lo visto irredimibles posesos, ocasión ésta que es aprovechada por las señoritas para rememorar gestas gloriosas, alimentar nostalgias y morderse impotentes y contenidas el rosa anhelante de sus labios. De todas formas, levantado el estado de conmoción, tales casos son interpretados más bien como ejemplos cada vez menos frecuentes de algo que ahora llaman epilepsia, aunque según el criterio del Mayor —protagonista, testigo y punto de vista ejemplar de la crónica de la libido en ascuas— había que rechazar todas esas cábalas absurdas y remitir el asunto a la imagen del penitente errabundo, aguijoneado no por la Machaca sino por el tábano o las mismísimas Furias. A todo esto, el Bagre afirmaba que Augusto Jota había sido touché durante la epidemia y que fue ella quien le salvó la vida la noche inolvidable del banquete, noche en la que ambos, machacado y salvadora, se enfrentaron a una dura prueba de vida o muerte con malabares ecuestres de abnegada, prolongada y por supuesto galopante factura. Pero el Mayor, en una versión algo pedante, insistía en que no había sido el aguijón del bicho lo que lo había picado, sino el propio venablo de la hija de Letona —dama a quien el Bagre no tenía el placer de conocer— que, muy sutilmente, lo había sumido en tan febril estado. La cuestión es que durante aquellas jornadas y por unánime petición de los cuadros femeninos fueron desalojadas de los códigos palabras terribles como violación y estupro y a la vista de la extraña situación empezaron a abrirse camino generosas locuciones y vocablos tales como misericordia, solidaridad, complacencia sin tasa ni medida para la salvación del prójimo. Contrariamente a la generalizada opinión y con un humor bastante raro, empapado de antiguas prevenciones, el Mayor llegó a creer que todo ese desbarajuste social no era sino una especie de advertencia que llamaba la atención sobre una cadena de delitos no pagados, ¿los ciento treinta millones, acaso? El Bagre se asusta, por favor, Augusto Jota, no digas esas cosas pues a lo mejor nos mandan por un buen tiempo a temperar a Gorgona. Lo curioso es que, apenas se vio el país liberado de la Machaca, una nueva epidemia —una desgracia nunca viene sola— se abalanzó sobre esa parte de la población femenina que había conseguido, no se sabe cómo, esquivar literalmente el bulto al nacional embarazo. Lo cierto es que súbitamente se puso de moda el menstruo y así lo constató hasta la publicidad televisiva del Estado en cuyos canales nueve, once y trece aparecieron de forma simultánea spots que anunciaban siete u ocho —más que días tiene la molesta semana— marcas diferentes de compresas, tampones y toallitas para contribuir a las asépticas medidas contra las desdichas periódicas, ahora inexplicablemente desatadas. Tras la inicial guerra de marcas y slogans y luego de eliminar los mortíferos tampones —a causa de un misterioso shock tóxico cuya sintomatología iba desde malestares como fiebre alta, vómito, diarrea y brusca caída de la tensión, hasta provocar la muerte, muchas de las usuarias del higiénico y entrometido artefacto fueron dadas de baja para consternación de las demás señoras que se encontraban en legítimo ejercicio de su mes— se llevó la palma una compresa extraplana que fue reputada como la más cómoda, segura y adherente y que, cosa muy importante, terminaba en punta. La mejor regla, decía en off una voz evidentemente experimentada, es la que no se mueve, no traspasa y no se nota: igual a lo que ha ocurrido con el escándalo del peculado, acotó el Mayor mientras se lamentaba una vez más del orquestado incremento de las molestias que por esos días asaltaron la fisiología de sus antes atareadas compatriotas y que, de paso, desencadenaron algunas catástrofes de orden venial. Es muy probable que se hayan deformado los hechos —ya se ha dicho que a la sazón todos parodiaban a los esforzados escribas del litoral norte y el Mayor, aunque oriundo del interior, no iba a ser la excepción— pero tan grave fue el asunto que las más radicales activistas de la condición femenina elevaron un pliego ante las autoridades competentes para que investigaran a fondo las causas de tanto desajuste y para que, así mismo, procedieran con los medios a su alcance a erradicar de una vez por todas tan fastidioso tributo o, al menos, hacerlo también extensivo por razones elementales de justicia distributiva a la horda de falócratas y machistas que ahora las esquivaban como si portaran la peste. Se hará lo que se pueda, les dijeron los entendidos y ellas volvieron muy juiciosas a casa, no sin antes tomar precauciones para contrarrestar la cauda mefítica que acompañaba a sus rías cárdenas. Dándole un vuelco completo a sus ideas, Augusto Jota abandona este tema y, terco como él sólo, le dijo a su mujer —entre serio y chistoso, quién entiende a este tipo— que, a instancias del augur de los ejércitos, prometió sacrificar a favor de Peñafiel lo más hermoso que el año produjera y, como el resto —Machaca y desarreglos aparte— no fue más que un cúmulo de deudas, no tuvo otra alternativa que entregar a su hijita a la suerte voraz de las milicias. El Bagre protesta y Mejor no me dañes la digestión, dice, ya que la culpa de todo eso es tuya y sólo tuya, pero el otro sigue rememorando cosas, echándole leñita al fuego, diciendo estupideces y formulando argumentos sin juicio. También al propio rey de los micenos le ocurrió lo mismo con una de sus hijas, aunque la doncella se salvó a última hora gracias a una protectora que en su lugar inmoló una corza, lo cual no impidió que su mujer lo liquidara al regresar a casa. El Bagre echa dos cucharadas de azúcar en el café y con el primer sorbo Augusto Jota torna tranquilo a la sobriedad, pero más tarde retoma el hilo del casi perdido diálogo y dice que este país está jodido de pe a pa, pues ya hasta se habla, mucho antes de su alumbramiento, de una tal Generación del Bloqueo y del Estado de Sitio, qué espanto, aunque más vale que los jóvenes dejen de hablar tanta mierda pues ya está visto que aquí lo último que se ha engendrado es lo que en su día se llamará la Generación de la Machaca. Y ya que mencionas el asunto, Augusto Jota, ¿sabías que han vuelto a remover la cuestión del Peculado del Siglo? Eso es al menos lo que hoy dice la prensa. ¿Y a mí qué me importa?, el Mayor hace así con los hombros, con lo que me hicieron ya tengo suficiente y además estoy, como se dice, au dessus de la melée, a no ser que quieran hacerme jurar bandera otra vez, ¿verdad? Unos desagradecidos, eso es lo que son, y unos oportunistas de la peor ralea que están siempre a la caza de un buen bocado, sin temor a las consecuencias y al ridículo, como cuando los mandos más avizores se pusieron a devorar La técnica del Golpe de Estado, por si acaso... El Mayor desterró esa cosa retórica e inoficiosa de su biblioteca y Malaparte se convirtió en sus labios en un juego de palabras que hacía mirar hacia ese sitio donde la anatomía se vuelve vulgaridad. Son unos ladrones sin vergüenza, prosigue Augusto Jota, sin caballerosidad ni nada y que por cualquier cosa se cagan en el uniforme. Y a propósito de caballerosidad —el máximo galardón a que debe aspirar un soldado—, Augusto Jota evoca su tal vez última conferencia, francamente magistral, en la que, precisamente, so pretexto de analizar las incidencias de la batalla de Fontenoy, puso de presente el espíritu de hidalguía y nobleza que debe animar a los contendientes. Los franceses, bajo las órdenes de Mauricio de Sajonia —ni su propia madre sabía quién era su padre y, pese a este handicap, trepó por la sombrita y llegó a Mariscal—, tomaron posiciones en un llano triangular teniendo a su derecha el río Escalda, el Mayor despliega el mapa, al centro a Fontenoy y a su izquierda el bosque de Berry. Tras cuatro horas de combate la situación no se resolvía a favor de ningún bando y el Duque de Cumberland —nombre de salsa, viscosa como el fango de las trincheras, pero hacía buen tiempo—, que estaba al frente de las fuerzas inglesas, reunió toda su infantería frente al grueso de la formación francesa y a continuación un oficial británico se adelantó y exclamó con cortesía Señores franceses, tiren ustedes primero, a lo cual un oficial galo replicó Oh, no. Disparen ustedes primero, señores ingleses. Y así las cosas, sin que nadie quisiera masacrar gallardamente al otro, pasó el tiempo y el combate no se decidía hasta que el de Sajonia —bastardo al fin y al cabo— puso en batería sus cañones barriendo las filas de los flemáticos hijos de Albión, a los que, como es de suponer, volvió papilla. A continuación, la caballería francesa consumó la carnicería. Caballerosidad de tal laya —con una densa bibliografía sobre el tema llega a la meta el Mayor— no se da todos los días, ¿verdad? Los cadetes se miran y suponen, no sin razón, que de ser cierta tal historia, los militares, más que caballeros, son unos imbéciles con vocación suicida. ¿Alguien apuesta en contra? Nadie. Y el Mayor reconoce —Mañana continuaremos la exposición— que, en efecto, estos tiempos ya no se prestan para tales demostraciones de hidalguía o como quisieran llamarlas no tanto los vencedores como los deudos de los masacrados, pues todo eso pertenece a la época en que la guerra era un arte tan refinado como una ópera o una cena de diez cubiertos. Y no crean ustedes que estas cosas son inventos de historiadores ingleses, se prepara Augusto Jota ante el eventual salto de la lora iconoclasta. De todas formas, en la actualidad todo es bazofia, no hay ética y ni siquiera se respetan los tratados y en cuanto a la conducta de los militares mejor es no hablar: al día siguiente, por supuesto, ya no hubo la prometida exposición. Entonces los recuerdos lo apremian y lo sumergen en un piélado de dignidades heridas, ¿cómo no recordar, por ejemplo, a aquel Teniente medio loco que sembró el escándalo en la Escuela Superior de Guerra y a quien años atrás, cuando ya estaba metido en lo gordo de la burocracia, tuvo que entrevistar y luego someter a un informe? Pobre Teniente, seducido y abandonado por una bella stripteaseuse se hundió en el trago formando a menudo unos líos que ni para qué contar, convirtiéndose por esta vía en el escarnio más grande que tuvo el ejército desde los tiempos del General Maza. Lo peor del caso es que ese sujeto, una vez puesto en evidencia, no hacía otra cosa que echarse a chillar como una vagabunda cualquiera al punto de que no tuvimos más remedio que darle de baja, indignamente, claro. Visitó varios de nuestros hospitales, aunque tal como se le presentaban las cosas a lo mejor terminó levantándose la tapa de los sesos. Y para no gastar más saliva ahí está ese bochornoso incidente, ese pugilato entre el director de la Brigada de Institutos Militares con su compañero de armas, el General Aldana, ante los aterrados espectadores de la Escuela de Caballería. O ese tipo que, todo soberbia, todo ufanía, todo vanidad, hacía de las suyas en la Quinta Región Militar, falsificando salvoconductos y cobrando prebendas por servicios sucios a la oficialidad. Si cosas así suceden en los altos mandos ya podrás imaginarte lo que ocurre más abajo, una vergüenza inapelable para la comunidad castrense. Qué tiempos más asquerosos,

¿verdad, Bagre? Se da media vuelta, suspira, medita. ¿Y el yerno?, ése sí que es un hampón lo que se dice insigne. Augusto Jota se da cuenta que ha vuelto a meter las botas y, para acabar de embarrarla, se calló. La mirada de la mujer adquiere entonces visos de rencor despierto, ¿y por qué me lo dices a mí? El Mayor se agacha pero la recriminación lo atrapa en pleno rostro, ah, y la andanada que vino luego En las manos que fue a parar, pues semejante viejo baboso qué otra cosa le iba a dar sino chocheras y dolencias, ya que ni salir a la calle la deja y menos aún que la visiten, pobrecita, siempre entre uniformes y movimiento de tropas como si fuera La Alegría del Batallón, sin espíritu siquiera como para ponerle los cuernos a ese desgraciado, qué humillación más grande, pues incluso parece que estuviera pagando un crimen y los peor es que todo hay que ponerlo en la cuenta de su propio padre. ¿Acaso te incomoda Eugenia, o qué? Ya ves, le arruinaste la vida y nosotros mismos ¿qué hemos sacado? Que te echen a la calle como si fueras un cabo de fila o cualquier empleadito incompetente mientras que el yerno Peñafiel se mueve por todo lo alto, dándose aires, pavoneándose así y asá —baila el Bagre— sin sacar la jeta por tí cuando más lo necesitabas. Mientras la mujer toma impulso para nuevos agravios el Mayor le dice que cree saber a qué se debe la bronca con que repentinamente los ha obsequiado el yerno. Creo que el extrañamiento del Alférez fue una medida tardía ya que los dos amantes no eran de palo y a la hora de la verdad Peñafiel descubrió que alguien ya le había metido muela a su bocado nupcial, por lo que relegó a la golosa a la indiferencia y a nosotros al desprecio. Como ves, ese tipo es un cretino, pues debió comprender que Eugenia y su cavalier servant no eran abstemios, pues yo mismo sorprendí un día al Alférez que, con la mano bajo la mesa, homenajeaba a nuestra hija con cositas à l'anglaise. Por otra parte, Peñafiel debería estar agradecido con la incursión del suboficial, pues no sólo abrió la brecha necesaria para la operación de fondo, sino que una cuestión de esas es signo de calidad. O si no, díme, ¿quién suelta hoy una moneda, aunque sea de níquel, por una virgen? Pese a su pinta de apática, nuestra Eugenia no tenía trazas de pasarse toda la vida chupando colombinas, ¿verdad? El Bagre ha sido neutralizado y para ocultar su satisfacción de madre al conocer la honrosa verdad se dirige a la cocina so pretexto de verter el atiborrado cenicero A ver si dejas de fumar tanto de una sola vez, o si no fíjate en esa maldita carraspera que te ha entrado desde que estás echado en la cama como si fueras un trozo de bofe o, qué sé yo.

—Sácame de una duda, mi estimado.

—O de dos, si quieres.

—¿Por qué eliges siempre el lado izquierdo de la cama? Los demás también hacen lo mismo.

—Para serte sincero, no lo sé. Aunque una vez oí decir que eso en el hombre era hereditario ya que acostado a la izquierda puede desenvainar con más rapidez la espada.

—Siempre en guardia, bien sea para la defensa o para la agresión.

—¿Ha intentado golpearte?

—Te dije hace un rato que no. En esas cosas es muy considerado, aunque ahora que lo recuerdo una vez estuvo a punto de hacerme saltar la colorada y cuando le pregunté por las causas de su agresividad se me vino encima con una pesada tanda de reproches sobre mis cloqueos y nostalgias.

—Siempre fue un tipo duro.

—Sin embargo, yo me enamoré de él por su sutileza. Figúrate que jamás quise decirle mi edad cuando estábamos de novios pero una mañana el muy condenado me hizo desternillar de risa y, aprovechando que mi boca estaba de par en par, se puso a fisgonear y hacer cuentas allá adentro hasta que adivinó sin equivocarse mis añitos.

—Como si fueras una potranca o una yegua de vientre.

—Puede ser, pero por detalles así lo quise. A ver si aprendes.

—¿Sabes una cosa? Te queda muy bien el tono ciclamen de la bata.

—Deja de sobarme ya y aparta esas manos, sucio chivo. ¿Es que nunca te das por bien servido?

—¿Y qué quieres que haga? Las tienes tan hermosas.

—Pero me haces sentir mal. No soporto que me las miren con tan descarada avidez. A veces pienso en lo feliz que te pondrías si te diera el pecho.

—Ojalá el Señor te oiga, aunque si a tus hijos sólo les has dado nodriza y biberón no sé qué podemos recibir nosotros.

—¿Nosotros? Hablas como si formaras parte de un regimiento ávido de pechuga o muslo.

—Como no soy egoísta pienso también en él. ¿Sabes que a veces creo que se equivocó de época?

—No sé a qué te refieres.

—Siempre tuve la impresión de que sólo le hubiera gustado combatir en torneos de honor, practicar la caza de la cetrería y hablar a las damas cortesmente de amores.

—No se equivocó de época ni de nada. Todo eso que tú dices el césar lo hace de una forma u otra. Y en cuanto al amor no cabe duda de que a mí al menos me cortejó con miramiento.

—¿Miramiento? No sabes las ganas que tengo de imaginármelo con todos los arreos propios del voyeur, ojito de cerradura incluído.

—Un día, con la mirada extraviada y mientras cerraba un libro me dijo que el amor era algo así como una enfermedad que bien valía una fiebre cuartana.

—Ya decía yo que tu marchante es el rey de la coartada, pues viéndolo sumido en la postración a quién demonios le va a extrañar que en sus mejores horas hubiera concebido el amor como una enfermedad para encerrarse en su cuarto.

—¿Cuántas veces quieres que te diga que tus chistecitos a mi costa son un verdadero asco?

—Según los rabinos Ja Já significa varón sabio.

—¿Quieres bajarle el volumen a ese aparato o cambiar de disco? Hablaba yo una vez con Eugenia y mi hombre se quedó mirándonos de una forma muy rara. Le pregunté qué pasaba y me dijo que así instruía Amata a su hija cuando a toda costa quería casarla con Turno.

—¿Pero no vas a olvidar nunca ese tema? Ya me tienes de tu hija hasta el pescuezo. Al fin y al cabo también a ella le tocó su turno, ¿no?

—Yo la parí y madre

—no hay más que una, claro. En cambio el padre puede serlo todo el mundo.

—¿Por qué no vas a mofarte de la cabra de tu mujer?

—Deja en paz a esa pobre infeliz, que bastante tiene ya con sus vástagos.

—Que supongo también son tuyos.

—Eso parece, aunque contigo tu marido no puede presumir de lo mismo.

—¿Por qué eres tan ruín a veces? Cuando te portas así no te entiendo en lo más mínimo.

—Si dices en lo más mínimo también podrías decir en lo más máximo, ¿no es verdad?

—Te aseguro que no estoy dispuesta a aguantarte un minuto más. Tus maneras canallescas no tienen nada que envidiarle a las del zoquete ése que ha hecho de mi alcoba un fuerte. ¿Sabes que ni siquiera faltan la jofaina, una palangana de porcelana y hasta el bacín debajo de la cama? Es como para morirse de la rabia.

—O de la risa. Tu historia me importa francamente poco y en cuanto a tus comparaciones es mejor que las archives. ¿Qué tengo que ver yo con jugadas como las que te ha hecho tu ordenanza?

—Por favor, déjame en paz.

—¿Paz? ¿Estando a tu lado? Esa es la mayor ironía que conozco. ¿Sabías que los chinos representan la noción de paz, o sea armonía y tranquilidad, pintando a una mujer debajo de un techo? A mí eso me parece el colmo del humor negro.

—Ya me tienes hasta aquí arriba con tus sátiras, Juvenal.

—A tu marido, sin embargo, le aguantaste todo.

—Ese tipo era un cuplé. Para no oirme cambiaba de tema y se ponía a hablar, por ejemplo, del gallo que encontró el zafiro en el muladar.

—Imaginación y astucia nunca le faltaron y al menos así consiguió despojarte de algo que era muy tuyo obligándote de paso a que te fueras a la calle por decisión propia. ¿Puedes decirme qué lugar ocupo yo en todo este enredo?

—Debiste cometer un error o algo, pues hace apenas un par de días me dijo que la primera vez que uno tropieza con un fulano puede ser casualidad, la segunda a lo mejor es coincidencia, aunque la tercera ya no ofrece ninguna duda: se trata de un enemigo en acción.

—¿Y ahora de qué hablas?

—Leyó eso en alguna parte y me lo sopló así, por las buenas. No se necesita ser un genio para descubrir que se estaba refiriendo a tí. ¿Cómo la ves?

—La culpa es tuya, pues lo cierto es que no escarmientas, leona. Tu marido fue paciente hasta que pudo y jugó limpio. O si no, dime, ¿hiciste algo de tu parte para normalizar las relaciones? Nada, todo lo contrario: te volcaste aún más sobre tus intereses al grado de que lo único que conseguiste fue que él empezara a tramar su desquite. Y cualquier tipo de verdad no habría esperado tanto para hacerlo.

—Pero yo no puedo creer que

—Él ha recibido muchos golpes en su estampa, tantos que, como dices, no puede fiarse ni de su propia madre y tal como están las cosas razón no le falta. La última vez que lo vi casi me dieron ganas de abrazarlo de lo puro jodido que lo encontré. Hablaba sin cesar de lo que le habían hecho y hasta parecía Dreyfus destrozado por el ejército, sólo que en su caso nada ni nadie ha venido en su ayuda y el único defensor de cierta altura se la pasa por ahí escribiendo maravillas sobre las mujeres y, según tú misma cuentas, sobre los militares también.

—Tienes una mente tan retorcida que incluso ya lo has convertido en víctima. No olvides que fue él quien me echó de casa. Sí, como lo oyes: tosió, se llevó la derecha a la frente y después del saludo puso cara de escorial y me mandó a luchar contra los elementos. Y mientras yo bregaba con la boutique él se quedó tranquilo y juraría que feliz con su hembra de repuesto.

—Nada hace pensar que lo de Diana sea algo definitivo, aunque debes reconocer que tu marido más que nadie tiene derecho a darse una que otra revolcadita por ahí, de lo contrario se oxida.

—¿Una revolcadita con mellizos y a lo mejor hasta en mi propia cama? ¡Ni pensarlo! Además, quién sabe con qué vagabunda lo esté haciendo. ¿No te he dicho que aún en las contadas ocasiones que lo hace conmigo piensa en ella y me llama por su nombre?

—Eso no es ningún crimen, mujer. Hace un rato también tú me llamaste por su nombre y yo no me puse a llorar. Es más, creo que incluso me excité de forma tal que ahora quiero repetir.

—Tu cinismo es algo espeluznante, ¿sabes?

—No es cinismo sino físico amor. No sé por qué me han gustado siempre las mujeres entre dos edades.

—Muy agradecida, pero ahora no estamos para esas cosas.

—¿Por qué no vuelves a su lado? No es por echarte, entiéndelo, pero no quiero meterme en líos. Si tu marido sabe que te has trasladado a vivir a la guarida secreta de uno de sus mejores amigos ya te podrás imaginar la que se puede armar. En cambio, si regresas es probable que él comprenda y te lo agradezca y que por fin se solucionen las cosas entre ustedes dos [que forman una pareja de lo más chusca...]

—Eres un desgraciado. Tanto tiempo juntos ¿y todo para qué? ¿Para que te escurras así de fácil y me devuelvas a casa como si fuera una pelota? No le veo gracia alguna y ni lo sueñes, Juvenal.

—Pero puedes buscar otra solución. Compréndelo.

—¿Qué quieres que haga? ¿Quedarme a su lado, apolillándome? Figúrate que ya no nos reciben ni los Ancízar. Y la última vez que me invitaron a uno de los vendredis de los Ponce-Higuera fue gracias a la mediación de Constancita, lo cual no obstó para que el té lo sirvieran en un vulgar juego de loza y no en el de

Limoges, como habían hecho siempre. ¿Se puede caer más bajo?

—Tampoco es para tanto. Y por lo que más quieras no te pongas a chillar que pareces un mico.

—¿Y qué quieres que haga? Tú no sabes lo que duele que unos patanes venidos a más te den la espalda.

—Mírate en el espejo, encanto. Acabas de recuperar tu don de lágrimas.

—Debo estar hecha un adefesio, pero espero que me comprendas.

—Por supuesto. Menos mal que es todo un espectáculo ver con qué clase y arte te limpias los mocos con tus pañuelitos Hermès. ¿Quieres algo?

—Regálame un trago, por favor*.

En medio de una mezcla de dudas y compulsivas certezas, la alcoba ha terminado por antojársele al yacente un reducto pletórico de piojos, miserias de trinchera, frustraciones de combatiente, presidido por el recuerdo de la dama ausente. A mi mujer le apestan los sobacos, dice el soldado desconocido de Salomón de la Selva, ex-voluntario de la guerra de Flandes —¿Por qué extrañarse? ¿Acaso el autor de los Siete Libros de Diana (los siete meses de cama) no había vivido también en Flandes y muerto por líos de mujeres?—, y aquí el Mayor esboza una sonrisa plenaria, pues sabe que la otrora entrañable y poblada axila de su novia no es más que un juego de memoria, como todo, y que lo único que ahora cabe hacerse es traducir la paciencia de su espera en horas, antes que en días o se-

---

* *Lo que necesita ahora Catalina, suponiendo que la propia Catalina sea necesaria al mundo, es que este mundo tenga la amabilidad de enviarle un poco de brandy antes de que sea demasiado tarde...*

manas, porque, ciertamente, sólo el tiempo es capaz
de lavar la ofensa, Augusto Jota: él sugiere las armas
mientras prolonga y pone a prueba la fuerza de tu orgullo; él acrecienta la dimensión de tu ira y fustiga tu
mano para que el rencor no mengüe ni caiga en la indolencia; él es quien traza la línea de la espera hasta
esa mañana gris en la que por fin recibas la consigna y te prepares al ajuste de cuentas. Días más, días
menos, siete meses son, en efecto, suficientes para en-
gendrar las bases de un reclamo, la firme admonición,
la carta de reparación debida. Pero al igual de lo que
le ocurrió a ese oficial que, aburrido en su exilio de
Siberia quiso recordar sus conocimientos de geometría
e incapaz de lograrlo inventó una nueva, el Mayor,
atrincherado en su bunker, al calcular el alcance de
sus eventuales decisiones descubre tras la confrontación que ha hecho de sus conjeturas y certezas que
más grande puede ser el oprobio soñado que el sufrido. Y, sin embargo, no hay marcha atrás pues la rueda
ha empezado a girar y no es posible —no quiero, alea
iacta est y lo demás es un mambo— pensar siquiera en
detenerla. Una sola verdad campea sobre la medita-
ción de Augusto Jota y es la presencia de Orestes, fruto de esa noche de Idumea en la que su mujer no pudo sacarle el cuerpo a la ofensiva fecundadora del castrense (aunque de Eugenia jamás podrá asegurar lo
mismo): él es quien actuará para mí y conmigo velará
las armas que siempre le han correspondido al padre.
Al Bagre, mientras tanto, no le queda otra salida que
continuar con su Cortejo de turno, pues nadie se lo va
a impedir y menos yo, que soy casi su patrocinador,
ya que en cuestiones así ambos actuamos a escala vista y además les amis de ma femme sont aussi les
miens. Sin pretender descubrir el agua tibia, había llegado a creer que, de la misma forma que la libre ini-

ciativa era la base de nuestro desenfadado aunque a menudo crítico sistema de vida, podría también ser el fundamento de todo auténtico matrimonio, ya que en este morboso acuerdo de voluntades —¿o sería mejor decir solapado trueque de resabios?— lo que llaman fidelidad (válido para los soldados pero no para el hombre de la calle) es la más grande garantía de fracaso. De no ser así, ¿puede alguien soportar, al menos después de un cierto tiempo, la rutina de los cinco besos, las tres o cuatro posiciones a que se reduce el inicial entusiasmo, esa cansina liturgia de dos cuerpos que se rechazan porque se conocen hasta la suciedad? Célibe y siempre disponible, tal debe ser la norma a seguir, como si todos estuviéramos en situación de los que en lenguaje castrense se llama expectativa de destino. Y a estas alturas de su filosofía el Mayor se sumerge en la época en que, lejos de la adversidad presente y siendo marido de condición principal, podía darse el lujo de permitir que su mujer, fiel a una rancia aunque casi desaparecida costumbre de su país, tuviera a su disposición un partenaire para que la llevara a los conciertos, la secundara en las partidas de cartas o simplemente para que la asesorara en los asuntos de su tocador. ¿Acaso los militares no tenían siempre a su servicio un ayuda de cámara o un ordenanza? ¿Por qué negarle entonces ese mismo derecho a las señoras a la hora del alterne civil? Augusto Jota, consciente de la elevada significación social de esta práctica y estimulado por el jovial beneplácito del vecindario, no vaciló en fomentar el trato del Bagre con estos tipos que estaban ahí, firmes a la orden, para todo aquello que los maridos no podían o no debían o no querían hacer con sus consortes: discutir con ellas, oirlas hablar de temas profundos, soportarles la neura, sí, el compañero de mi señora está para impedir que ella se aburra, para abrocharle la blusa, barajarle los naipes o servirle el chocolate cuando así lo quiera. ¿Desfachatez? Nada de eso. Si el más pulcro protocolo ordena que en las solemnes ceremonias los grandes hombres se intercambien sus esposas, por algo será. En cuanto a los eventuales deslices derivados de un trato así —fuera quedan el falso honor y el amor propio— jamás me atreveré a afirmar, y en esto me va el cuello, que mi mujer se haya quedado de una sola pieza, ajena a todo y quietecita con sus obsecuentes varones y es por eso que, en el caso de que hubiera ocurrido algo entre ella y uno o varios de sus asesores, es preciso sumar las consecuencias a los riesgos que toda gran costumbre social conlleva y a la incapacidad de alguna gente para mantener el honor en alto antes de sucumbir a tentaciones rastreras. Por otra parte, y conociendo como yo conozco al Bagre, no me va a dar un infarto sólo por el hecho de comprobar uno que otro desliz con sus amables servidores. En fin, si algo hubiera que lamentar en todo esto no sería más que la poco envidiable suerte del hombre al que mi señora le haya echado el ojo, pobre de él, pues si ella lo llega a coger por su cuenta más le vale al infeliz encomendarse a Dios Padre ya que eso es tanto como si cayera en las propias garras de Marfisa Holguín y sus muchachas. ¿Pero qué digo? ¿Acaso se puede pedir algo de gente así? El Mayor piensa en su mujer, en la tía voraz y en las inquietas primas y no puede menos que remitirse a León, cuyo origen castrense parece encerrar la explicación de todas las inclinaciones de tan singular familia. ¿Qué otra cosa cabe esperar de una ciudad surgida de un campamento de milicos? Para no ir más lejos sólo basta imaginar con qué clase de mujeres debió poblarse la urbe en sus inicios, sí, la calaña de todas las que se ayuntaban, al menos garlando en latín, con los tipos de la Legio Septima Gemina, antepasadas del Bagre y demás hembras de la estirpe. Y fue mientras pensaba en tan enrevesada ascendencia cuando Augusto Jota creyó decubrir la razón por la cual guerreros y féminas se disputaban el honor de profesar la más antigua dignidad del mundo, pues si la guerra y el amor hacen siempre uso de la misma estrategia, la mujer, como bien se sabe, reclama con inequívoco derecho el privilegio de encarnar por encima de todos sus demás atributos la comodidad suprema del guerrero. Arrastrado por la fuerza de sus meditaciones, el Mayor está a punto de incinerar la sábana con su Pielroja pero pronto decide ponerle un poco de orden a sus extravíos. ¿Acaso lo que había ocurrido en el remotísimo ancestro del Bagre —Me caso contigo aún corriendo el riesgo de perder la casta, había dicho la bella, y que rabie tu madre— no se podía equiparar también con la modesta historia nacional en cuyos albores aparece ya la india Catalina, amante de los españoles y espía para mayor bochorno? Lo cierto es que en el origen de nuestras miserias domésticas castrenses y féminas aparecen juntos, o si no, compruébese lo que al respecto dicen los tratadistas patrios en esos mamotretos que, cosas de la Academia, él se vio obligado a comentar a menudo. Cuando los tres ejércitos confluyeron sospechosamente en el altiplano se pudo apreciar el aporte de cada cual en tan inusitada cita: uno de los jefes llevó los caballos, otro las gallinas y el tercero los marranos. Las mujeres —con lo que se completaba el jodido panorama— fueron arreadas por un destacamento de chapetones que, pese a su extraordinario celo, se dejaron robar la que estaba más buena por unos sátiros que atacaron la expedición cuando bogaban por el río grande al que, tal vez pensando en sus contenidos deseos, le dieron el mismo nombre de la puta que fue elevada a los altares. ¿Por qué, si no se trataba de mejorar la raza, se le había ocurrido a Augusto Jota importar hembra? Sea como sea, el Bagre pasó a engrosar esa lista de damas peninsulares transplantadas a estos contornos e iniciada siglos atrás, lista en la que pronto destacaron la Jerezana, la Cebollino, la Samudia y tantas otras de primera tonsura, destinadas a crear un poco de animación en las huestes expedicionarias en la poco usual proporción de una por cada cien soldados, realizando el mete-y-saca con tanto empeño y fortuna que ahora —el Mayor es un tigre en eso de manejar cifras— la cosa es al revés: un sufrido contribuyente por cada cien señoras. Y a propósito de los remotos lares de su mujer, así como de las arbitrariedades de sus colegas, Augusto Jota recordó que a tres horas escasas de trayecto desde la capital, más allá de Omir y de la Vizcaína, se levanta la ciudad muerta de León, fundada por un encomendero rebelde y destruida por un abusivo Capitán so pretexto de que la urbe había sido fundada sin licencia. Nos jodimos con tanto formulismo, dice el Mayor mientras retira con los dedos la ceniza que ha ido cayendo sobre la crónica de su amigo, el de Los papeles de la academia utópica, y luego observa durante un rato la familiar disposición del cuarto y vuelve a fijar su atención en la ventana del edificio vecino. Sí, con mi mujer debo hacer uso de la estrategia para que no me fastidie por donde menos pienso, pues el elemento sorpresa es definitivo y aquí evoca —siente que su memoria es hoy la protagonista de todo— una de sus charlas sobre las brillantes campañas del Gran Elector desde Franconia a Pomerania o se entretiene con una de esas operaciones ficticias —no era su campo pero siempre fue escuchado con delectación—, rápidos desembarcos en Bahía Solano o en las playas del Cabo de la Vela, apoyados por una efectiva combinación de artillería de costa. Lo suyo, lo sabía muy bien, era la historia y sus movimientos y no esta empiria bélica que, si exceptuamos sus aciertos en lo de Los Monjes y a lo mejor, como se sospecha, en Marquetalia, no daban resultado ni siquiera en una escaramuza con los partisanos de Anolaima. Las clases perdidas siguen incrementando su pena, pero lo importante hoy consiste no en lamentarse de lo que ya de por sí es irrecuperable, sino más bien en salir airoso de otro eventual encuentro. En realidad, ¿transgredió el Mayor en algún momento los cánones de la jerarquía castrense? Él no dice nada, su mujer piensa que no, los soldados callan. ¿Dicha presunta violación de la nómina de deberes a que estaba sujeto por condición y rango justifican la solapada exclusión de filas? Todos juran que no. ¿Por qué, entonces, el propio Augusto Jota le retiró el saludo a Traslaviña y a los otros? ¿Qué contrahecha lealtad lo obligó a ocultar culpas ajenas? Golpeado por lo de la Academia, ultrajado por lo del Ministerio, le sale ahora al paso la jugada del Bagre que, para más vergüenza, ni siquiera sabía —Se me olvidó, perdí la cuenta— qué grado tenía en la actualidad su hombre, soldado eminente al que sólo para resaltar sus facultades dejamos en Mayor, aunque muy bien puede ser Coronel o, con un poco de suerte, Brigadier o incluso General, nunca se sabe: ¿tolerará Augusto Jota este abierto desdén, actitud que ya ha pasado a calificar como la posible tercera derrota de sus ideales caballerescos? Ni pensarlo. Por fin cree haber averiguado la forma como ella organiza sus maniobras y es aquí donde entra a bailar su polka a su ritmo y aire, y el Mayor, siguiendo las pautas de la Bellum Catalinarium, piensa demostrarle al Bagre lo que ella nunca pudo sospechar siquiera, esto es, que conoció su juego desde siempre, que la dejó

226

hacer lo que quiso y que, para no ir más lejos, ha hecho de su propio hijo la última carta del torneo. Qué lejos están los tiempos de la tolerancia total, pues hablar ahora de armonía conviviendo con una femmine da conio como la mía no deja de ser obsceno, sí, ésa época en la que para no echar a perder la prestación sexual Augusto Jota soslayaba la disputa de rigor y la invitaba a salir, daban un buen paseo por Las Aguas y luego se iban al Helvetia o a La Mimolette a darle trabajo a la muela y gusto al paladar o, en el peor de los casos, se ponían a jugar a eso que llamaban Darle librea al soldado y entre los puntos que sumaban y los que restaban solucionaban el asunto aplazando al máximo la pesada refriega. Pero en la actualidad todo es diferente, como se puede ver, aunque en el fondo no sé por qué tengo que preocuparme con mi problema, pues muchos ya lo han pintado, y piensa en la vasta y sospechosa iconografía dedicada a las bodas místicas de Catalina, motivo sólo comparable con la exhaustiva recreación de temas como Diana, la Pasión y la mujer adúltera, o sea todo lo mío. El Mayor reinicia la lectura, traza una última raya bajo un párrafo, medita y, devoradas por fin las páginas postreras, abandona según su estilo ruidosamente el libro. La frase subrayada es lo suficientemente expresiva como para redondear la imagen que al amparo de la lectura intenta conformar, pues las dos mujeres —la suya y la que el autor describe en su curioso texto— han llegado a ser idénticas, tal como lo intuyó al volcar su atención sobre las frases iniciales: la simbiosis se ha dado y así lo podemos comprobar merced a la estratégica llamada que figura a pie de página de lo que con raro humor él insiste en llamar su Catalineida. Vuelve Augusto Jota a pensar en los ardides de su dama e intenta precisar el momento en que descubrió no ya las relaciones fortuitas que él mismo propició muchas veces como para apaciguarle sus antojos, sino esa liaison más intensa y duradera y que de alguna forma se erige ahora en abierto desafío a su olfato de sabueso insigne. Pese al volo y al juramento otorgado el día de la boda al estilo militar, el Bagre ha optado por rebelarse contra su señor alegando que éste ha faltado a sus obligaciones y que aún no le ha dado nada de aquello a lo que está obligado. Durante los dos últimos años, por ejemplo, no le ha pasado el estipendio habitual ni la cuota fijada para gastos de ropa y cosméticos al punto de que ella ha tenido que saquear poco a poco su boutique. Bellísimo vasallo, la mujer renuncia a su vínculo con el Mayor merced a la diffidentia, actitud claramente rebelde que a Augusto Jota se le antoja una inadmisible provocación. Es por eso que el castrense habla ahora de felonía y acusa a su cónyuge de oscilar entre dos compromisos pese a que está unida a él mediante un vínculo lo que se dice mayor. De todas formas, ella siempre quiso ser una femme lige, y por lo tanto muy adicta a varios señores a la vez, lo que, vistas como van las cosas, está a punto de conseguir. Aún así, ¿quién no se pone mosca cuando su amigo llama, contesto yo y, sin decir ni buenas o qué tal Mayor, cuelga el teléfono? Así cualquiera se da cuenta de esa fornicadera tan tremenda, claro. Sin embargo, una sola razón justifica el fusilamiento del tipo con el que mi mujer está aux mieux: la terca persistencia, su entrega a un solo objetivo, su puta falta de delicadeza en cuanto a discreción y reserva se refiere, aunque lo cierto es que frente a un tronco de hembra así cualquiera abandona los hábitos y se pone a darle al meneíto, qué más remedio queda. ¿Hasta ahora cómo se las habrá arreglado el Bagre para acudir, burlando mi olfato, a su siempre renovado rendez-vous? No es que me importe —Siempre fui un rotundo partidario del vagus concubitus— pero me consta que en este sentido mi mujer se las sabe todas ya que al menos nunca ha dado lugar a sospechas abiertas, toda una estratega, en fin, pues del trabajo a la casa y de la casa al trabajo, esa es su ruta así el resto del tiempo lo invierta en fastidiarme la vida. Aunque, veamos, ¿a qué se deben esas salidas nocturnas? Alrededor de las diez se pone el abrigo y dice Vamos ya, Matallana, es tu hora. ¿Será una clave? De todas formas no se aclaran las cosas, pues si el Bagre tarda o se olvida de sacar al animal éste hace sus porquerías dentro de la casa y eso no está nada bien así el mismísimo Capitán Bourke, del ejército de la Unión, se hubiera desmadrado haciendo la apología de lo excrementicio, de la hediondez, de la cochambre, en esa iniciativa que, gloria para quienes estamos hermanados por el espíritu de Cuerpo, constituye el máximo aporte de los soldados a la Ciencia. Y a propósito de cochambre, tras la deserción de Sancha la Caramba —pues pedir la baja en tiempos de crisis es igual o incluso peor que una traición— el Bagre contrató por días a Bertha, la vieja parlanchina que trabajaba en casa de Santiago el menor, para que se hiciera cargo de la limpieza de la casa y menesteres afines. Cuando Die Grosse Bertha llegaba a hacer lo suyo Augusto Jota, incapaz de sosportar su presencia —tenía cara de pedo y lo de su garla ni mencionarlo siquiera—, se encerraba en su sancta santorum con una magistral defensa de falleba y a ver si el vejestorio era capaz de romper la bien pensada defensa. La habitación, a la postre, era un chiquero insufrible que contrastaba con la enfermiza pulcritud y asepsia del resto de la casa al punto de que la anciana fámula no pudo soportar más tal afrenta a sus servicios y un día —afuera tronaba como Dios manda— arrinconó la escoba, desconectó la aspiradora, se despojó del delantal y la cofia y Muchas gracias, señora, pero yo aquí no pinto nada. El Bagre tuvo que admitir la derrota y ella, por mal que le pesase, se vio obligada a ocuparse de la limpieza y el orden en sus escasos ratos de ocio, sin tener tiempo siquiera para descansar y probar lo que se dice un bocado. Ante la sola mención de la comida, el Mayor siente cómo la boca se le vuelve agua al recordar las delicias del Kentucky fried chicken —Otro aporte innegable que hemos hecho al mundo de los civiles— adobado según la genial fórmula del Coronel Sanders, gourmet por encima de su rango como oficial de ese gran país cuyo destino flamea invicto entre las barras y estrellas de su enseña. Gastronomía y milicia aparte, media hora para sacar al perro es más que suficiente, lo comprendo. El Bagre me mira como si me hubiera sorprendido sodomizando a su madre pero, incapaz de decirme que me levante a hora tan poco usual, opta por irse al cuarto de al lado a exponerse hoy como ayer, noche tras noche, a los miasmas de la televisión desde la carta de ajuste hasta el fin de la emisión y cierre de las doce, claro, y a mí que me parta un rayo. Pero me la corto si no es en la trastienda de Las Indias Galantes donde mi individua se refocila con el sujeto en cuestión, posibilidad ésta que no elimina la más común de todas, la cómoda y bien guardada garçonnière que cualquier ciudadano bien nacido mantiene para olvidarse así sea durante un rato del oprobio conyugal. Con la colilla del anterior enciende el nuevo cigarrillo, sea como sea el Bagre me ha resultado General, pues ha montado tan bien su asunto que ni yo mismo puedo saber cómo lo consigue y menos aún dónde lo hace. ¿Por qué será que estas criaturas sólo quieren estar de espaldas a toda hora, golosas, dejándose escarbar por el primero que pase? De espaldas, sí señores, y Augusto Jota mira hacia el techo tratando de buscar una respuesta que le permita comprender el servilismo supino de las hembras pero sólo alcanza a advertir la cargada nube azul, testimonio de sus largos y poco ventilados meses de encierro, qué vicio tan terrible y ni modos de suprimirlo pese a que dicen que no sólo produce cáncer sino que disminuye la capacidad viril y jode el pulso, vean no más cómo me tiembla el brazo. De espaldas siempre, Mayor: como las mujeres, así también es la vida. El día en que Olga Beatríz Almanza decidió ceder al asedio pertinaz del castrense se limitó a decir A este tipo sólo me lo quito de encima poniéndome debajo, y tras agregar dichosa Manos a la obra, se horizontalizó. Qué gran mujer era Olga Beatríz, la eficaz encargada de la sección archivo, estudiante a ratos y siempre tan contestataria e intelectual, porque no hay que olvidar que, como sostiene el gran carajo de Monsalve y en estas cuestiones no hay quién le gane, esas son las que más dan guerra, las que se las dan de sabias, siempre mirando al cielo raso como si esperaran la realización de un milagro, ¿quién las entiende? Dotada de unas nalgas extrovertidas y alegres y poseedora, además, de unas ninfas espectaculares, aunque, eso sí, dúctiles como solapas y prueba, como todos saben, de una enorme personalidad, Olga Beatríz se regodeaba casi siempre, a manera de un hors d'ouvre, con el pomo de la masculinidad amada que, ciertamente y como ella decía, tiene forma de corazón, con lo cual cada uno de sus encuentros constituía un día de plácemes inenarrables. Una tarde el Mayor le preguntó que por qué elegía estos cuartos con espejos allá arriba en el techo, sobre la cama. ¿Y qué?, arrugó la hermosa felatriz su naricita y como si intentara patentar

su respuesta suspiró y dijo Para verme mejor durante
la cabalgata y hacerme luego una autocrítica. Muy rara era en efecto la inquieta señorita y el propio
Augusto Jota, al borde del ridículo, se vio beneficiado
un día con una más de sus celebradas y amables ocurrencias. En un instante del agitado fornicio cuando la
muchacha, que simulaba con sin par realismo un
magnífico espasmo, llevó sus manos con frenesí a la
cabeza de su hombre y estuvo a punto de derrumbarse de sorpresa al descubrir que, al igual de lo que le
ocurrió a Dalila, se había quedado con la cabellera del
guerrero en trance. ¿Quién le mandaba ser tan pelotu-
do? ¿Acaso no había sido ya en reiteradas ocasiones
víctima de las garras de su propia consorte que, durante los preliminares, gozaba como loca arrancándole
la postiza frondosidad capilar de la que tanto hacía
gala? Ante el desdichado aspecto de su amante y con
el bisoñé en la mano Olga Beatríz se reacomodó en la
cama mientras decía con un tono preñado de sabias
argumentaciones Tranquilo, mi Mayor, no lo tome
tan mal, pues como dijo el poeta lo terrible no es ser
calvo, sino ser calvo por dentro... Y fue gracias a este
incidente que Augusto Jota decidió por fin sacrificar
su vanidad para pasar casi con osadía a exhibir ante la
muda perplejidad de sus conocidos esta triste parcela
semibaldía en lugar de su otrora peluda y rutilante
testa. Al cabo de unos cada vez más espaciados e insí-
pidos acoplamientos Olga Beatríz levantó el vuelo
—¿Pero de qué me quejo? Cossi fan tutte— y el castrense volvió a sumergirse en su rutina amarga. Lo
cierto es que proverbial e inequívocamente uno de los
dos tiende a fastidiar al otro y, para no ir demasiado
lejos, el soldado se pone a pensar en las arañas. Quien
de verdad estime su piel debe medir los riesgos de la
aproximación, los pormenores del encuentro, las po-

sibilidades de supervivencia una vez satisfecha a plenitud la siempre grata invitación al retozo. Así las cosas, no todo se reduce a portarse como un cumplido y eficaz izado, que dijera el Bagre, sino que es preciso, antes que nada, pensar, tantear y actuar como un gran estratega: Alejandro vio a la hija de Darío, Esta tira, dijo, y se casó con ella. Augusto Jota evoca el rostro del hombre musculoso del hacha, el abominable verdugo que rigió las prolongadas vigilias de su infancia, el implacable rival de Hipólito que al tenor del desafío esgrimía y hacía honor a ese ya clásico lema que es el mismo de todo buen soldado y que a la letra dice Batalla aceptada es batalla medio perdida. La guerra sólo es estrategia, rememora el castrense algunas parrafadas de Clausewitz, que sigue siendo el ídolo, la vaca que más caga de todo Estado Mayor que se respete, y reemplaza el combate de insectos por lo que realmente le interesa. Quedas advertida, Bagre, no descuides la guardia, pues tu adversario insite en madrugarte: ha concentrado sus fuerzas en el tiempo —siete meses son suficientes— inclinándose por las relaciones mutuas del ataque y la defensa en el orden de la estrategia, a la vez que, para mayor eficacia, se apoya en los siguientes elementos: a) la sorpresa, ya sea en forma de un verdadero ataque o por la disposición inesperada de ciertas fuerzas; b) la práctica de un poco de teatro; y c) la utilización de algunas razones morales importantes. Como ayuda logística, un último vistazo al quinto lote de la biblioteca bélica sobre el estante más próximo nos permitirá encontrarnos con lo que él, algo socarronamente, llama sus clásicos particulares y que aún corriendo el riesgo de ser tildados de pedantes, nos atrevemos a registrar con más atención que las obras de los demás anaqueles. Los Anales (o, como el Mayor prefiere, Ab excessu divi

Augusti, título con el que se siente aludido) comparte el listón con El arte de la guerra (donde, por cierto, se narra cómo Catalina fue sitiada en su misma plaza por César Borgia, resistiendo muy valientemente —l'honor della citadella e salva— aunque al final, como ocurre con todas, la dama descuidó el flanco sensible y, ante el ya incontenible empuje del soldado, cayó). Varios volúmenes como El húsar del triste semblante (una mujer que se marchita entre dos dolorosas lealtades), El Mayor Bárbara (una de las llamadas unpleasant plays, con el Ejército de Salvación al fondo), Nadie nace soldado (por supuesto, acota el Mayor y piensa en la batalla de Stalingrado narrada por Simenov) y, sobre todo, tres gordas novelas escritas por autores yankis. De aquí a la eternidad (el Mayor conoció a un Sargento tanto o más criminal que el verdugo Fatso, el carcelero que envileció y destrozó a Maggio), Los desnudos y los muertos (para que después no digan que no hay Coroneles cultos y, además, con los cojones bien puestos) y Trampa 22 (la infame lógica de la obediencia se ceba en Yossarian mientras Milo bombardea a su propio escuadrón con tal de sacar adelante sus negocios), libros cuya lectura, al ser de pronto interrumpida —el teléfono, el repartidor del gas, la aspiradora de Bertha o su suplente—, se convertían en actas de un inaplazable y furioso cassus belli. Augusto Jota no puede evitar un ataque de tos, fruto de la risa, cuando descubre el ejemplar de Uisheda, firmado por el autor, uno de sus superiores, bodrio que confirma lo que leyó una vez en una mediocre novela nacional en el sentido de que las armas siempre triunfan sobre las letras en las democracias. ¿Y si abriera un poco la ventana para que salga el humo? Ni hablar, si eso no lo he hecho antes ¿por qué voy a hacerlo ahora? La puerta se entreabre y entra lentamente Matallana, desperezándose a su manera mientras estira una patita y se olisquea la cola y ahí está ya junto a la cama, fiel como una madre, recibiendo las caricias del Mayor postrado. La lengua cálida del animal le devuelve parte de un afecto perdido y es como si tramitara la reconciliación de su alma con el mundo. De todas formas vuelve a agitarse pues lo único que no le perdona al Bagre es que no sepa lo que es la solidaridad ni nada, dice, que le facilite el juego al adversario, que soliviante el buen hacer entre mis toldas y que, para redondear la afrenta, pretenda, además, aplicarme el quite, como dicen los rábulas, con premeditación y alevosía, y Augusto Jota extiende aquí la mano derecha alzando el índice como cuando en su época de alumno aplicado pedía permiso para descrestar a los demás, moviéndolo de adelante hacia atrás en tal forma que Matallana levanta las orejas al advertir que la situación se da hoy por entregas y que está lejos de ser asunto concluído. Mi lealtad, en cambio, como ocurre con el destino de estas naciones, ha surgido limpiamente de la espada y en eso he sido poco menos que intergérrimo, pese a lo cual jamás he llevado las defecciones del cónyuge o del Cuerpo al punto de un corte en la yugular o extremos parecidos, aunque eso no quiere decir que yo soporte impávido y de pie que mi mujer le ponga un doble sentido a su campaña. ¿Habrá olvidado que soy un genuino exponente de eso que aquí llamamos con orgullo malicia indígena? ¿Quién, si no ella, acaso en connivencia con el yerno, fue la persona que dio el soplo y puso en movimiento a Sanidad y a todo un destacamento de batas blancas, insufribles por su sola presencia? Un militar apartado de su habitat y abandonado a su suerte en el mundo de los civiles —Vronski fuera de filas, después de rechazar a Catalina y entecándose bajo las faldas de una adúltera– no es esputo de ciego, ciertamente, aunque tampoco constituye razón de peso como para intentar reincorporarlo al grueso del equipo gracias a la diligencia y maña de los más osados galenos. ¿Neurastenia? ¿Depresión? ¿Simple spleen militar? La verdad es que tras el prolongado período de cama Augusto Jota no logró escapar del artero dictamen de su mujer que, ya fuera porque estaba harta de sus baladronadas, ya porque quería curarse en salud, ya para abrirle campo a una coartada futura, cara al divorcio, y dejar sus manos libres para lo que viniera, añadió una nueva enfermedad al vasto repertorio que desde el primer día no cesaba de diagnosticarle. Esta vez el pronóstico fue una sutil y bien elaborada dementia maloncholica, ni más ni menos, y mientras el Mayor desvariaba, según el parecer de los vecinos, ella se entregaba en secreto, según él, al gozoso arte de confrontar caderas, isócronamente hablando, con su fornicateur de turno. Tras una inesperada visita del Coronel Ayerbe, médico jefe de la sección de Asistencia Sanitaria del Ministerio, que se dejó caer por casa so pretexto de interesarse por el estado de su viejo amigo –Me encuentro perfectamente, gracias. ¿Y tú cómo estás?–, empezaron a circular por ahí noticias alarmistas y en gran parte tendenciosas sobre la situación del castrense que, a riesgo de ser condenado por receta, se cerró aún más a la banda. Irritabilidad acentuada, acidia e insatisfacción fueron algunos de los síntomas que ciertos improvisados patólogos –la mujer y Peñafiel a la cabeza, aunque también él colaboró a menudo– advirtieron en ese sujeto frío y emotivamente insensible, aunque los petulantes curanderos de diván comandados por Ayerbe fueron mucho más lejos: para unos, Augusto Jota era víctima de una dysaesthesia aethiopis evidente en su negativa rotunda a trabajar, o sea vagancia

236

congénita, en tanto que para otros se trataba de una drapetomanía, la clásica enfermedad de los negros que, según dicen, se pone de manifiesto en la voluntad o intento del esclavo por escapar de las garras de su amo. Ni que lo acusaran de deserción: ¿acaso no le concedieron la baja que él había solicitado con tanto ahínco? ¿A qué obedecían entonces los reiterados y repentinos desvelos de sus antiguos compañeros de armas? El diagnóstico, embarrancado en un punto muerto y como si estuviera sujeto a una decisión de instancia superior, se hacía cada vez más controvertido y la actitud del Mayor, que sin saberlo estaba a punto de ganarse una suite en el manicomio, no contribuía en nada a resolver las dudas de los esculapios que, con su permiso o sin él, estaban dispuestos a convertirlo en un depositario más de su arsenal terapéutico. Pero la cosa iba para largo y el contumaz yacente lo sabía, a mí no me asustan así no más y ya veremos al final cuál es el lado más frágil de la cuerda. Reservas, humor y prevenciones aparte, Augusto Jota cree intuir ahora cómo el orden de sus actos posibles se conmueve con una mínima aunque reconfortante certeza: Orestes no se hará esperar, y recuerda la extraña pero sabia e ilustrativa frase con que alguien pretendió definirlo tiempo atrás: no es guerrero, sino esforzado entre mujeres —claro que con una hermana rara y una madre medio puta, ¿qué camino cabía tomar? Con él las cosas iban a ser a otro precio, por supuesto, pues todos los desagravios del mundo no serán nada comparados con este acontecimiento que el Mayor ya empieza a contabilizar en su cotidiano inventario de avances y retrocesos. El que está por llegar constituye la alianza necesaria para abordar con ánimo la empresa contra la legión contraria: su mujer y el yerno Peñafiel a la cabeza, unos cuantos jerarcas sobre los que tengo algunas cosas que contar, el Coronel Ayerbe (pues sus visitas lo único que han conseguido es que mis reservas de rare scotch whisky hayan mermado ostensiblemente) y algunos otros como esa rata de Alfaro, tan mezquino y solapado, tan bonito y artero que provoca arcadas, aunque tampoco hay que olvidar al sujeto aquel con el que mi señora procura resucitar deliciosas acrobacias de alcoba. Bueno, la verdad es que éste último no importaba mucho, pues ya el propio Bagre se encargará de volverlo trizas. La mujer abandona el momentáneo aire de condescendencia y mientras se reintegra a la línea dura dice que no salga con más estupideces que por hoy ya hay bastante y se pone a mirar por la ventana al tiempo que mide —También yo soy dada a la estrategia— las prevenciones de su marido, qué bestia, pues a punto estuvo de mandar al paredón a su ayuda de cámara años atrás cuando lo sorprendió merodeando sospechosamente frente a la puerta del baño y el Mayor, que ignoraba los desarreglos gástricos del joven, creyó que era él quien en su ausencia le enjabonaba la espalda al dichoso Bagre, más abajo muchacho, refriega con más fuerza, así está mejor, ahora, despacio, hazlo un poco más arriba y el pobre recluta dale que dale, pasmado con el estropajo. Los ojos de Augusto Jota se llenan entonces de imágenes y dudas, de recelos y alertas, soldado advertido, ya lo sabes —no entra en este apartado el improvisado valet de bain que presuntamente le quitaba las escamas al Bagre—: qué vida ésta, de manera que con una mentira se saca una verdad y con una acusación se tapa una culpa, no está mal el mundo. ¿Por qué demonios te demoraste más de lo acostumbrado? Y la mujer, prevenida, se da vuelta y dice que a ella no la grite o que, de lo contrario, a partir de hoy mismo saque el perro a hacer sus necesidades.

238

¿Acaso no veía, Mayor, que si había regresado tan tarde había sido porque Matallana se safó de sus manos y se escapó el maldito detrás de Lisístrata, esa oprobiosa e insaciable perra de aguas de los Riquelme? Íbamos paseando cuando de pronto el perro se topó con la señal dejada por la hembra en celo, qué olor tan espantoso, y, sin contar para nada con mi opinión, tiró de la correa y se escapó tras su rastro inmediatamente. A todo esto, varios canes de la manzana —podencos, alanos, el dálmata de los Genovés y hasta un fox terrier inmenso— aumentaron el grupo de cortejantes. Localizada la fugitiva, nuestro macho se adelantó a los otros en forma por demás rauda defendiendo sus ganas con los dientes al aire y a una distancia de cuadra y media ví como procedió a olfatear a Lisístrata al tiempo que le daba pequeños golpes de nariz en el cuello y las orejas mientras meneaba la cola, a lo cual la perra respondió de igual forma. Entre carrerita y carrerita, contemplados casi en círculo por los rivales derrotados, Matallana paró de pronto en seco y se puso a mear, cosa que repetía a menudo como si al pobre se le hubiera roto la vejiga. Lo sorprendente es que todo esto excitaba a la hembra, a la parroquia canina y a mí misma. Nuestro perro olisqueó las partes de su compañera que, sin hacérselo repetir, apartó la cola con la misma elegante factura con que nos abanicamos en mi país y con ritmo ejemplar se dedicaron a lo suyo. Cuando Matallana terminó su acoplamiento yo estaba ya a unos veinte metros y pude apreciar el ostensible entusiasmo de la agraciada, pues tú sabes como todo el mundo que una perra con cierto pedigree —eso al menos es lo que sostienen los Riquelme— no se entrega nunca a un partenaire de extracción o rango social inferior al suyo. Visto esto yo me puse a pensar en la revolución, enfocada a eliminar todas esas diferencias y me encontraba ya a algunos pasos de los novios, dispuesta a recuperar la correa, cuando resbalé en un trozo de caca y caí de bruces sobre los gozques mirones. Entonces, un caballero de unos sesenta años que por allí pasaba se acercó y, todo amabilidad, me dijo Permítame ayudarla, por favor, y me puso en pie. No tuve tiempo siquiera de darle las gracias ya que, de pronto, se quedó mirando mi pierna izquierda untada de inmundicia y con la voz cascada por la desolación dijo Cómo la envidio a usted, señora, y gentil pero cariacontecido, como si le hubieran robado la cartera, se largó sin despedirse siquiera. Ese viejo era un italiano, dijo el Mayor con inesperada rotundidad mientras encendía un cigarrillo. El Bagre lo mira sin comprender nada pero Augusto Jota, compadecido, agrega que lo que pasa es que los italianos creen que resbalar sobre la mierda es señal de buena suerte y no es raro por eso verlos rumiar de pura envidia cuando alguien, en su presencia, se llena de porquería hasta las corvas. El Bagre lo mira con odio: ¿habráse visto desgraciado mayor? Y el Mayor se hace el loco y para que la cosa no se precipite por donde él sospecha pregunta si la perra ésa de la que hablas no es la misma que vimos hace unos meses montándose a otra de su grupo, a lo que la mujer, sabia en el arte de la digresión, dice que sí, pero que no se trata de lesbianismo perruno sino que en ciertas hembras, cuando están en manada, se nota una actitud de monta activa por parte de las dominantes sobre las inferiores, típica manifestación de superioridad social. Ah, suspira Augusto Jota rompiendo la paz y enarbolando el hacha, exactamente igual a como dice Monsalve que hacen las señoras intelectualas al montarse a las menos cultivadas, que además son feas, y luego, sin darle tiempo a que el Bagre reac-

cione siquiera, vuelve a insistir de mala manera sobre
su sospechosa tardanza a lo que ella contesta con un
leve Cómo jode este zoquete. Al menos deberías sen-
tirte orgulloso aunque fuera por simple solidaridad
masculina, de que nuestro cachorro haya sido el que,
contra todos los rivales del vecindario, se llevara limpiamente el gato al agua como decimos en mi país. El
Bagre se duchó para desterrar la hedentina y aún así,
burlón, el Mayor cree que el agua lo que borra son los
residuos de una reciente y apurada gestión de amor.
Bromas aparte —sagaz, se le va a la mujer por la tan-
gente—, y para evitar que de nuevo ocurran esas cosas,
cómprale esta misma tarde una cadena de acero a este
raposero infeliz, y lo digo sin ninguna doble intención. Matallana olfatea el peligro y rápidamente se
prepara, mete el rabo donde le corresponde, desfila
hacia la puerta con ritmo ejemplar y hasta la próxima, señores. Pero la belle dame sans merci recupera su
aplomo e implacable y ladina vuelve a la carga, ¿es
que te ha dado ahora por controlarme, o qué? Si quieres una cadena cómprala tú mismo, ¿o piensas acaso
que a mí me regalan el dinero? Las Indias Galantes,
aunque no lo creas, no da sino dolores de cabeza. Y
qué dolores, se agita en su cama el Mayor al volver a
calibrar la dimensión de la terrible pelea que tuvo con
su mujer cuando el asunto de las importaciones de género para la boutique. Aconsejada por su socia, una
enana que sufría de dismenorrea y que sólo se calma-
ba con los coros del Tabernáculo Mormón, el Bagre
empezó a hacer las gestiones de rigor para entrar en
un negocio que, como ella misma decía, resultaba redondo a causa del extraordinario margen de beneficios que les iba a proporcionar. El negocio consistía
en importar grandes remesas de camisas sin ojales ni
botones, remesas que, una vez en poder de sus propie-

tarios, serían sometidas a una operación en virtud de la cual se procedía a abrirles los ojales y adherirles los botones a fin de justificar con los rótulos nacionales la denominación Industria de Confecciones y acogerse de esta manera al generoso estatuto del Estado sobre liberaciones tributarias. Cuando Augusto Jota se enteró de los propósitos del Bagre se opuso rotunda y enérgicamente al punto de amenazarla no sólo con separarse de ella por tramposa y ladrona sino de llevar el soplo a las autoridades competentes. La mujer se plegó de mala gana a las razones de su marido pero se vengó de él suprimiéndole el ya precario 'débito conyugal durante varias semanas, política de veto que cesó cuando, bajo la promesa de un futuro viaje, aceptó yacer un ratito con su hombre. Esta jornada, a su vez, culminó de forma harto triste ya que el castrense, tras abordar a su mujer con impaciente solicitud y luego de enjaezarla como a una buena cabalgadura, descubrió con horror que mientras él se entregaba a un trotecito granizado el Bagre se dedicaba a menesteres más bien ajenos a la faena común. Vino entonces el asunto de la carta, una nueva ruptura, la obligada reconciliación y nada más hasta que tiempo después se embarcó en la aventura presente. De todas formas, fue gracias a la firme intervención del Mayor que su mujer logró salvarse del lío que se desató cuendo una comisión parlamentaria destapó las irregularidades de la aduana entre las que figuraba, naturalmente, ese negocio que la prensa se apresuró a denominar El Affaire de las Camisas Ciegas. ¿Pero de qué le sirvió todo eso? La mujer, ciertamente, no daba abasto con sus planes superlativos y sólo pensaba en su nueva sección de peletería, ocelote, marta o chinchilla, y si las cosas van mal aún se puede airear la moda del visón, en fin, no falta agregar nada para saber que está loca y que por eso la malagradecida insiste en hacerle toda clase de reproches y ahí va una vez más con otra de sus andanadas, ¿con qué derecho me sales ahora con acusaciones? ¿No será más bien que tú me has montado alguna sustituta quién sabe dónde y, mientras yo meto el hombro en la boutique para cumplir con los gastos de la casa, tú te revuelcas con tu individua y a lo mejor hasta en mi propio nido? Con cara de maese de campo, marcial y austero, aguanta los reproches de la mujer mientras piensa en el viejo Galba, su instructor en los primeros años, cuando las imaginarias lo sacaban de quicio y, literalmente, le robaban el sueño. Los reproches prosiguen y ahora ella eleva sus preces cotidianas No soy pieza de servicio ni idiota, aunque lo pienses, y ya verás de lo que soy capaz, pues tengo más compañones que tu padre. Es probable, dice Augusto Jota pero ella prosigue. Cochino, eres el mayor cochino que conozco. ¿Crees que no me doy cuenta que con tus celos y todas esas infamias que me atribuyes estás sacando a la luz lo que en realidad tú sí haces? Gana puntos el Bagre, sonríe rabioso el Mayor cochino que ella conoce, traga saliva con dificultad mientras dice No seas tonta, cariño, y el pobre está a punto de pedirle que se retire por lo que más quiera de esa ventana pues en ese preciso instante sale el coro de féminas en atención a su puntual horario. ¿Y Diana? Virbio se contiene al tiempo que siente cómo la frente y las sienes se le anegan de sudor. De ninguna manera, concluyó, no diré nada, pues pedirle a mi mujer que se aparte de la ventana es tanto como darle pistas y yo sé que cuando el Bagre se pone al acecho de algo hasta ahí llegamos, así que lo mejor que Augusto Jota hace es darse vuelta por la derecha mientras dice con voz comedida y respetuosa ¿Me das un poco de fuego? Y la mujer, consciente una vez más de su precario avance —Qué otro remedio me queda— y terminadas ya las recriminaciones, se acerca con una ceja en acento circunflejo, toma los fósforos, juega un rato con la cajetilla y, con la cara muy próxima a la del yacente, dice entre verdad y broma ¿Fuego? Eso es. Lo que en realidad mereces es que de una maldita vez te echen a la hoguera. Él atrapa la cajita en el aire y ella, contoneándose, se dispone a abandonar la habitación no sin antes soltar aquello de que de la cama no puede salir nada bueno, pero el Mayor, como por no quedarse atrás y casi como un cumplido le recita un trozo de canción, que ni caído del cielo Al que no tiene plata / la cama lo mata; / y si tiene mujer, / se acaba de joder... El Bagre, invocando entonces la obligada moción de suficiente ilustración sonríe, se despide y da el portazo de rigor, pues se hace tarde.

—¿Entonces por qué me cobras? Quince mil es una cantidad como para morirse de la vergüenza.

—Eso es lo que te digo. Quince mil y el alquiler no es nada, aunque espero que lo que te voy a contar te sirva de consuelo ya que en realidad he venido por otra cuestión.

—No, por favor, no más sorpresas por hoy.

—Últimamente he pensado en la conveniencia de ampliar la boutique y se me ha ocurrido que nadie mejor que tú podría ser el nuevo socio inversionista. Obtendrías un tanto por ciento de los beneficios y tan unidos como siempre. ¿Qué tal?

—Se te ha corrido una teja, seguro.

—Además, quiero lanzar una colección otoño-invierno.

—¿En este país? Tendrías primero que inventar las estaciones.

—No creas que eso me baja la moral. Ya te dije que

244

una moda bien dirigida es capaz hasta de tumbar gobiernos o soliviantar al populacho.

—Si es tan fácil ¿por qué no lo has hecho antes?

—No he dicho que sea tan fácil. Sé mejor que nadie que echar a andar un proyecto así cuesta una fortuna. Además, los otros miembros de la sociedad están bajos de fondos. Y sin embargo hay quien dice que no hay crisis.

—Deja de mirarme así, pues sabes que conmigo puedes contar para lo que sea menos para cuestiones tan pedestres como alojamiento o dinero. Además tus últimas incursiones en el campo de la confección han sido más bien discretas.

—¿Y tú de qué hablas? No olvides que la temporada pasada todos los centros, hasta los parvenu del Distrito Norte, lograron imponer una de nuestras mejores piezas, aquel conjunto en algodón virgen, con pantalones pinzados, ¿te acuerdas?

—Claro. Las mujeres que lo usaron quedaban un poco chistosas.

—Tú de eso no entiendes nada. ¿No te das cuenta de que ése, precisamente, era el objetivo de nuestro equipo? Fabricar elegancia a base de desenvoltura y un abierto tono cocasse.

—¿Por qué no le propones a tu gente una federación? Sería sensacional una alianza de estilos: tú y las señoras del Centro contra el último grito de las del Distrito Norte o contra las chabacanas sin remedio del lado Este.

—Me parece que ahora sí te saliste definitivamente del surco. ¿Sabes que vuelve el new look?

—¿Y eso qué es? Cuando pronuncias de forma tan gutural me haces pensar en cosas terribles, como la política del Gran Garrote.

—Yo tenía dieciocho años cuando Dior lo puso de

moda y créeme que fue todo un alivio frente a los austeros trapitos con los que nos cubrimos en la postguerra. Me acuerdo muy bien porque el new look se impuso el mismo año de mi boda y el primer regalo que le arranqué a mi hombre fue un modelo tan estilizado y elegante que yo parecía la encarnación misma del Eterno Femenino. Claro está que por aquel entonces podíamos darnos ciertos lujos, pues medios no nos faltaban. Qué tiempos.

—[El magdaleniense, por lo menos]. Házme caso y fedérate.

—Deja de dorar la píldora y extiéndeme el cheque.

—Te digo que no puedo ayudarte en eso.

—De aquí no pienso moverme el resto del día o, mejor, de la noche.

—No sabes cómo me haces pensar en tu verrionda tía, sólo que ella nunca pasaba la factura. Al menos eso creo.

—Escúchame de una maldita vez, viejo perro: si no dejas de insultar a mi familia te subo la tarifa. Además, no tienes ningún derecho a tratarme como si yo fuera tu entretenida.

—Como quieras, pero no alces la voz pues vas a poner en guardia a todo el vecindario.

—¿Y a tí que te importan los demás? En cuanto a mis sugerencias espero que no las eches en saco roto, ya que, como dicen esas señoras que piensan por las demás Valorar a la mujer es preparar el futuro.

—Sucia demagogia de gineceo.

—Olvídate de mezquindades y fíjate más bien en la oferta que acabo de hacerte: estúdiala y verás que como negocio es una verdadera ganga. He pensado incluso (estoy en todo, como decía el césar) que podríamos pasar este fin de semana en Villa de Leyva o

Girardot analizando las condiciones de tu participación en la firma y demás pormenores al respecto.

—Eres casi solemne cuando desvarías. No sé por qué recuerdo ahora una caricatura que ví una vez en un periódico y que me pareció el colmo de la crueldad: una rubia impresionante fumaba distraída mientras que a su lado y con evidente sarcasmo un tipo con pinta de banquero se lamentaba de su miserable suerte. Lo jodido no es ser mujer objeto, decía, sino el idiota útil de una mujer objeto.

—Si lo que pretendes es sacarme de quicio ya ves cómo me quedo. En cuanto a este apartamento creo que hay que hacer algunas reparaciones locativas. El papel de esas paredes, por ejemplo, habrá que cambiarlo de la misma forma que es preciso suprimir este juego de luces indirectas, los espejos, las reproducciones de escenas pompeyanas, qué espectáculo. Con una ambientación así entiendo muy bien que a cada rato pareciera te ibas a morir de satiriasis. De todas maneras, urge una remodelación total ya que a partir de hoy mismo esto deja de ser un antro de moral equívoca. ¿Qué tal si cambiáramos las cortinas?

—¿Pero es que de verdad crees que vas a salirte con la tuya?

—Por suspuesto, encanto. Aunque te advierto que más adelante habrá que pensar en algo más confortable y céntrico que este cuchitril. Y ya que hablamos de eso, ¿por qué no celebrarlo? Mi garganta es un papel de lija y como dice el cantante mi cuerpo enfermo no resiste más.

—No das tregua ni cuartel, leona, y aún así no me imagino qué es lo que esperas encontrar al final de ese eslabón de víctimas que poco a poco has ido acumulando.

—Ni eslabón ni víctimas, no te pongas siniestro. Se

trata simplemente de un arco que se cierra, un círculo que nos lleva de uno a otro, como siempre, y si la cosa no avanza das marcha atrás y viceversa.

—¿Y viceversa? Prepárate que ya casi son las diez.

—Hago lo que en mi caso haría cualquier otra mujer: antes de terminar con un asunto me preparo por si las moscas para enfrentarme a lo que con seguridad ha de venir. Comprenderás que con vosotros los

—Sácame de una duda, por favor, ¿De verdad hablas siempre así? O es que te haces.

—No salgas ahora con majaderías y déjame terminar. Con los hombres lo nuestro constituye el único círculo vicioso que bien vale la pena recorrer de extremo a extremo, día y noche, abajo y arriba, hasta el agotamiento total.

—Digas lo que digas eres un bicho asqueroso y además chantajista, como si lo anterior no fuera suficiente.

—Mientras cumplas con tus obligaciones puedes decir lo que te dé la gana. Y ojalá no se te ocurra acostarte como hizo el otro.

—¿Acostarme, yo...?

—¿Por qué no? La vida es un bolero que se repite sin cesar y de nada sirve darle la vuelta al disco, Juvenal.

—¿Acostarme? Estás loca.

—Ya veo cómo se abre camino la idea en tu mollera. Si algo me gusta de tí es tu capacidad para aceptar sugerencias.

—¿Pero hasta cuándo, Catalina, abusarás de nuestra paciencia?

—En el caso de que decidas tenderte podrías tener en cuenta al menos lo que reconfortaba a mi marido en su lecho de honor.

—Y como si fuera poco me comparas con el sicofante ése. ¿Qué era lo que lo aliviaba? ¿Uno de tus bálsamos, quizás? No me imagino qué cosa pueda apaciguar la vergüenza en que lo has postrado.

—Un fragmento de carta, nada más. La última vez que nos separamos, antes de ahora, por supuesto, me escribió unas cuantas líneas dejándome por los suelos y además tratándome de usted. La culpa de todo fue mía, lo reconozco, pero él se portó de una manera de lo más cruel y hasta abusiva: sacó a relucir unas intimidades que más vale no mencionar aquí.

—¿Y quién te pide que las menciones? Sabes muy bien lo poco que me importan tus chismes. El caballero tiene mucha prisa, abrevia.

—Un día, aburridísimos y como para matar el rato nos fuimos a la cama aunque sin mayores logros. Al comienzo él me reprochó mi notoria desgana, mi falta de entusiasmo pero sólo explotó cuando descubrió que mis leves convulsiones de goce se debían en realidad a la secuencias de una película que en esos momentos emitían por televisión.

—¿En pleno ajetreo te pusiste a ver cine?

—¿Y qué querías que hiciera? La cosa no daba para más.

—Y sin embargo, durante siete meses no le perdonaste su indiferencia en ese terreno.

—Se trataba de una de esas historias medievales llenas de alegorías y mensajes, tú sabes, programación para los días de pasión. Mi hombre se puso feroz como un apache (sabes muy bien que es un machista asqueroso y mi actitud, claro, le llegó al alma), trasladó el televisor de la alcoba a la sala y después me echó en cara mi falta de colaboración, mi frialdad en acto de servicio y cosas que ni para qué te cuento: maldecía, sudaba y hasta se quedó ronco de la rabia, había que ver a semejante fiera.

—¿Y aún así no le dijiste nada?

—Cuando truena el cañón las musas callan. Lo sabes muy bien.

—Otro en su caso te habría podido estrangular, pues no es para menos.

—Esta mañana, tras su largo período de confinamiento y después de la rápida visita que hizo a su manceba, supongo, se puso a. ¿De qué te ríes?

—De nada. Continúa, por favor.

—Reirse de nada es un buen síntoma de cretinismo. Decía que se puso a esculcar mis cosas hasta que encontró la vieja carta, empezó a releerla en voz alta, se detuvo no sé por qué y fue entonces cuando en mis propias narices la rompió. Figúrate el atrevimiento de ese malnacido.

—Me figuro todo lo que quieras, ¿pero qué diablos tiene que ver eso conmigo?

—Un simple precedente, si lo prefieres. Representó su escena con tal satisfacción que incluso me dio miedo. Después, cuando lanzó los papelitos al aire, dijo algo que me dejó perpleja.

—Ya son las diez y en casa hay una familia que me espera. Con el dolor de mi alma te invito a levantar el campo. Apúrate.

—Dijo que un soldado que no tiene claro su objetivo se convierte en objetivo de otro soldado.

—Que era lo que se pretendía demostrar. Asegura bien el pestillo de la ventana y corre las cortinas.

—No te olvides del cheque. Es lo menos que puedes hacer por mí.

—¿De verdad insistes en eso? Creí que se trataba de una broma.

—¿Broma? Ni hablar. No puedo perder el tiempo.

—No hubiera querido hacerlo, pero insistes tanto que no tengo más remedio... Alcánzame el portafolios que está encima del escritorio.

—¿Qué hace esto aquí? ¿No es éste el portafolios de mi marido?

—Por supuesto que lo es. Bastante fino además.

—¿Pero es que no me vas a decir cómo diantre ha llegado a tu poder? No entiendo absolutamente nada.

—Muy sencillo. Él mismo me lo dio esta mañana cuando me visitó.

—¿Él mismo? ¿Esta mañana?

—Creo que deberías sentarte. Además me parece que ahora sí necesitas un buen trago*.

—¿Te vino a ver aquí?

—Oh, no. Él es muy discreto. Fue a mi casa y hablamos un buen rato. Me dijo que tú te pondrías en contacto conmigo por cosas de negocios y que ibas a necesitar estos papeles. Lo que no imaginé es que tardaras más de dos horas en allanar mi escondite. Abre el portafolios.

—¿Qué hay ahí?

—Nada, un buen fajo de acciones.

—¿Acciones? ¿Quieres decir, valores de verdad?

—En efecto, cuando lo de la inversión él guardó un lote, el que tienes en las manos, para un caso de urgencia. Esas acciones valían casi un cuarto de millón.

—¿Las guardó y no me dijo nada?

—Si te lo hubiera dicho tú se las habrías arrancado e invertido en lo de la inmobiliaria.

—Yo no habría hecho eso.

---

* *Aunque las circunstancias no sean exactamente las mismas de Catalina, es decir, dormir à la belle étoile en un declive de los Andes, conozco (o he escuchado acerca de ellos minuciosos relatos) los casos de muchas señoras, además de Catalina, que se hallaron justamente en el mismo peligro gravísimo de perecer por falta de un poco de...*

—¿No? Me dijo que de haberse presentado el caso habrías comprado títulos de empréstito de guerra.

—¿Y por qué las saca ahora? ¿A cómo se cotizan?

—Es papel quemado, leona: su valor no llega ni a los veinte mil. Lo terrible es que hace apenas dos semanas valían una verdadera fortuna y de no ser por una suicida inversión en un sector en quiebra esos valores estarían hoy por las nubes.

—¿Por qué habrá hecho semejante estupidez? Además, eso quiere decir que en mi ausencia se levantaba, salía, hacía de las suyas, pues no sé de qué otra forma hizo la operación. ¿Qué piensas tú de todo eso?

—¿Y me lo preguntas a mí? Yo estoy tanto o más pasmado que tú.

—No me explico cómo puedes creer después de todo esto que el tipo no está loco.

—¿Quién era el que decía que el hombre nace bueno pero su mujer lo corrompe?

—No le veo el chistecito a eso. Ahora sí creo que hay que llamar al médico.

—Esta mañana estaba radiante y más lúcido que tú y yo juntos.

—Pero lo que ha hecho es una locura.

—Sospecho que la baja del ejército le quebró la moral y decidió mandar todo al carajo, incluso el único dinero con el que contaba, que no era una bicoca.

—¿Por qué nunca me dijo nada de todo eso?

—¿Seguro que no sabías nada, lo que se dice nada?

—¿Por qué me preguntas eso? Claro que no sabía nada.

—Él me dijo que tú en el fondo sospechabas lo de las acciones y que sólo por eso seguías a su lado pese a los siete meses de prueba.

—¿Eso dijo? No es verdad, no tenía la menor idea.

—Sabía que tú te ibas a ir y que además necesitabas

el dinero. Me encargó hacer efectivo el paquete y luego darte el equivalente en metálico cuando vinieras a verme. Poco antes de que llamaras pregunté por su valor en el último cierre y el primer golpe lo recibí yo: estos papeles son pura basura.

—¿Ves lo malnacido que es? Supongo que además te habrás dado cuenta que si te eligió a tí fue porque estaba al tanto de lo nuestro.

—De eso no dijo nada. Sonrió y me dio la mano.

—Siempre sospeché que me estaba dando cuerda, como decía cuando andaba metido en la cosa hípica.

—Eso es innegable y me alegra que por fin lo comprendas.

—¿Por qué dices eso?

—Muy sencillo. Nunca pude perdonarte que me utilizaras como cortina de humo.

—Te aseguro que no sé de qué hablas.

—Durante meses me dí cuenta que te volcabas sobre mí para que tu marido me echara el ojo y así, de esta forma, poder tapar lo que en realidad te interesaba. Me refiero a la aventura con tu hermoso tahúr.

—En ningún momento se me ocurrió hacer eso, créeme.

—Yo, sin embargo, podría jurarlo.

—Bueno, sea como sea a estas horas eso ya no importa.

—Me parece que tu hombre ha jugado con nosotros como si fuéramos trompos.

—Y sin embargo tú lo sabías...

—No estaba muy seguro, aunque de todas formas sólo quería cubrirme las espaldas.

—¿Por qué entonces no me dijiste todo esto cuando llegué? ¿Por qué me dejaste hablar durante tanto tiempo?

—Hacía mucho que no asomabas la cara por aquí y

además, aparte de las ganas, lo cierto es que me encanta tu charla.

—Jamás te perdonaré lo que me has hecho. Eres un grandísimo hijo de puta.

—Probablemente, aunque de madre inteligente.

—Tienes tanta o más mierda en la cabeza que ese otro cabrón.

—Cuando hablas así tu aliento apesta y si vas a insultarme hazlo al menos en latín. ¿En qué queda toda tu clase?

—Me cago en tu opinión, jayanazo infeliz.

—Qué jetabulario tan horrible. Vista y oída, creo que ahora debes irte.

—¿Y a dónde quieres que vaya? No puedo ni levantarme del asiento.

—Tienes amigas, puedes incluso volver a tu casa. Tu marido se pondrá muy contento.

—Sí, y a lo mejor nos invita a un ménage à trois.

—No sería mala idea. De todas formas no te olvides del portafolios.

—Yo de eso no sé ni quiero saber nada.

—Si me lo dejó fue para que tú se lo devolvieras.

—Véndelo y cómprate una dulzaina.

—Allá tú. Por última vez te digo que después de lo de esta mañana debes salir de aquí como un tiro.

—Tengo algo que hacer. ¿Me prestas tu descapotable?

—Ni hablar, pues se empieza por ahí y se termina por el cepillo de dientes. ¿Para qué crees que se inventaron los taxis?

—En ese caso llévame a la boutique.

—¿Hoy domingo? ¿A estas horas?

—Se me acaba de ocurrir una idea fantástica.

—Dios nos coja confesados. ¿Vas a incendiar la boutique para cobrar el seguro?

—No seas bárbaro. Me acabo de dar cuenta que también yo soy muy precavida. Creo no todo está acabado para mí.

—En ese caso te felicito. Apaga y vámonos.

Por fin se hace hoy la luz en esta casa. Durante los tres últimos días Augusto Jota veló sumido en una expectativa admirable aunque su persistencia fue vana ya que el balcón de enfrente permaneció cerrado. De antemano el soldado se hizo cargo de lo peor, sus armas cruzadas en una clara invitación al duelo —Si je mourais là-bas sur la front de l'armée— y una promesa abierta a quien quisiera escucharle marcaron la tónica de su renuncia. Sin embargo, y al igual de lo que había ocurrido a lo largo de los meses anteriores, todas las mujeres del edificio menos la indolente salieron como siempre a cumplir su rito diario cuchicheando sin parar como un coro de cacatúas contentas. A lo mejor se trata de un pacto de solidaridad, se dijo el Mayor cuando empezó a asociar la avanzada gravidez de Diana con su repentina ausencia. Y fue así como, sin gozar aún de la plena certidumbre que ratificara sus sospechas, perdió el apetito, se debilitó —¿Qué le pasará?, empezaba a alarmarse el Bagre—, sudó frecuentemente, vomitó a ratos y hasta le entraron una serie de antojos, qué raro, ¿no?, cualquiera puede decir que a mi marido le han dado los síntomas del parto, Dios me libre, y la mujer, que pese a todo cree se trata simplemente de una dispepsia fugaz, ríe por lo bajo y, por si acaso, decide organizarle al yacente un control de avituallamiento. Sabido es que Diana socorre a las parturientas dándoles a beber artemisa— y no es ningún pleonasmo, aunque lo parezca— siempre y cuando ésta sea cogida con la mano izquierda y antes de que salga el sol: sólo así las mujeres pueden ver de nuevo florecer sus galas. Si con esta agüita de ipecacuana no te pasa ese malestar no tendré más remedio que llamar al facultativo, pero el desagradecido gruñe y la señora, plegándose a una bien estudiada compasión, opta por olvidar este agravio que, uno más, le echa tierra a su solícita actitud. Cetrino y por momentos ausente, el rostro del hoplita deja entrever la doble chispa de las pupilas, flameantes como ascuas en medio de las ojeras en penumbra. Tose de nuevo y la piel olivácea se contrae en una acentuada sucesión de arrugas que se multiplican de improviso sobre el amplio casco de la frente al tiempo que un rictus se apodera de los labios, trémulo y entelerido contraste con el firme mentón de sus decisiones más audaces. Un extraño juego se celebra al tenor de los gestos nerviosos entre el espacio que se abre desde la nariz, firme y enérgica, hasta la nuez que inquieta y solitaria otea en medio de un cuello flaco y apergaminado, dúctil tallo de vigía al acecho. No hay referencia más digna —y, no obstante, menos inmodesta— para el demacrado esposo que la que encuentra el Bagre en la larga agonía del prócer que, a fin de que cesaran para siempre las contiendas entre sus conciudadanos, quebró su lanza, cara al mar, allá en san Pedro Alejandrino. Bosteza el Mayor y sus presuntos antojos hacen mella en la generosa disponibilidad gastronómica de su consorte, dispuesta cuando el hombre lo solicite a darle el rancho que él mismo ha pedido para paliar sus días de trance, un buen soldado de Pavía a discreción y acompañado de arvejas, rodajas de tomate y alcachofa fresca: como se ve, el soldado en cuestión tiene siempre la guarnición que se merece. Gracias de todas formas, pero por el momento paso. Y precisamente hoy —el trece del mes de Augusto en rojo recuerda la entrañable festividad de Nemi—, al despuntar el día,

Matallana empezó a ladrar en forma tan rara y lastimera que el Bagre se sobrecogió aún más —la hidrofobia en esta casa sería una bendición del Señor—, aunque el castrense, como si se le revelara por fin la anhelada consigna, se dedicó a sonreír dichoso. ¿Qué ocurre? Ladra el perro y su amo silba de madrugada como dicen los de mi tierra que canta el urogallo en su reclamo amoroso para atraer a la hembra, aunque tanta poesía casi siempre degenera en tragedia. El Mayor, pese al denso olor de lubina que hoy le atribuye al aliento de su compañera, la besa en la jetita como lo hiciera aquella mañana varios meses atrás, juega con su cabello y luego acaricia al inquieto y bullicioso cachorro. ¿Qué le pasará a este fulano? Silba aún más y pide un desayuno de excepción, zumo de naranja, picadillo de cecina con su correspondiente par de huevos escalfados, café abundante, mantequilla, mermelada y pan negro, por favor. Baraja las cartas mientras su mujer abandona la cama por el lado derecho, lo mira de reojo como si no se fiara de nadie en este mundo y —No tengo por qué jurarlo pero te advierto que este es el último favor que te hago— va a la cocina a preparar lo que el hambriento le ha pedido. Qué raro, ¿verdad? Probablemente escucharía trompetas, I hear an army, solía decir a media voz, o a lo mejor un himno, una marcha, qué sé yo. Llueve menuda y pertinazmente y Augusto Jota, sumido en el juego de su escalera y sin abandonar para nada su sonrisa, no se percata de la salida y menos del regreso del Bagre, más atolondrada aún de lo que estaba. Ciertamente, todo se había precipitado y él casi no se dio cuenta, pues desde que terminó el libro sobre el Alférez travestí, se dedicó a jugar con las trece frasecitas subrayadas abanicándoselas a su mujer y de esta forma el tiempo fue cavando una mayor distancia entre los dos. No pretendía molestarla ni menos fustigarla con sus extravagancias, qué va, sino al contrario, buscaba únicamente alejarse de un orden que, sin comprenderlo del todo, se había vuelto tan perniciosamente común que ellos a menudo se extraviaban en él así fuera sólo para reencontrarse al final, identificados con sus morbos. Mientras tanto, con su lengua desatada, el Bagre había optado por dedicarse plenamente al chischiveo, robándole tiempo a los asuntos de la casa, garla por aquí, ojitos por allá, flirteando con cuanto tipo asoma las narices por sus predios y yo aquí espantando moscas, a solas como cualquier pretendiente desplazado. ¿Y qué? ¿Acaso no había sido él mismo quien de alguna forma abrió cauce a todos esos escarceos llegando incluso a patrocinarlos sugiriendo como quien no quiere la cosa uno que otro semental con garra? Claro que esto no pasaba de ser una broma algo mundana condimentada en público con una buena dosis de falsa suficiencia y desdén, pese a que en el fondo sabía que su mujer le cogía la palabra en el mejor sentido y que no gastaba labia ni pudor a la hora de elegir su entendedor de turno, sobre todo después de siete meses de postración e inapetencia. Siempre le concedió carta blanca en este asunto, previa discreción pactada, claro está, pues él, como los Pipiles, ha bregado por mantenerse alejado de su mujer hasta la noche anterior a la siembra, aunque a veces, alcanzado por los suplicantes requerimientos de su hembra, no tenía más remedio que proponer a alguien o conminar a la interesada para que realizara con quien quisiera la coyunda en el momento en que echan al surco las semillas. El Bagre observa a Augusto Jota con pasmo unas veces y otras con expectación. ¿Será que por fin a este hombre le llegó el momento? Nada. Silencio total. No se puede hablar de esas cosas. ¿Y si tuviéramos que encerrarlo? Sería tanto como darle la razón a ese imbécil de Ayerbe, qué pena, pero lo más feo no sería su pérdida sino un escándalo de esos en nuestra familia, aunque lo cierto es que si hay que hacerlo hay que hacerlo y, sin querer, el Bagre repite y confirma el credo de una de las Arévalo Holguín, su emprendedora e infatigable prima Cuando Toca Toca. Se relame ante semejante perspectiva y es entonces cuando observa cómo el Mayor, sin advertir su presencia en la alcoba y con un cigarrillo a punto de incinerarse impunemente entre sus labios, impertérrito se queda mirando al frente, al espejo, abstraído durante un buen rato. ¿Qué pasa? Al mismo tiempo que Augusto Jota descubre movimiento de gente en la casa de Diana, cree hallar por fin el significado de esa extraña atracción que desde hace mucho siente por el cuadro que está a sus espaldas y que ahora, rutilante y expresivo como una declaración de guerra, se le revela en su totalidad. ¿Qué miras?, la mujer sopesa el riesgo de su intervención pero aún así se aventura en la pregunta, ¿te encuentras bien? Miro lo que tengo a mis espaldas, más solemne que un Mariscal de Campo el Mayor mantiene la vista clavada en el punto que ha elegido de entrada en tanto que su sonrisa le brinda un aura casi espectral. ¿A tus espaldas?, cautelosa, el Bagre mira el cuadro que pende de la cabecera del castrense y, siguiendo la dirección trazada por el juego óptico de su marido, lo descubre plenamente reflejado en la luna abierta del espejo de la pared de enfrente. No obstante su descubrimiento, sin entender del todo lo que el Mayor quiere decir, la mujer tose e insiste, ¿qué es lo que tienes a tus espaldas? El desagravio, suspira lacónicamente Augusto Jota y procede a levantarse ante el asombro del cónyuge infelice, advirtiendo de paso cómo las figuras del cuadro cobran vida. En el preciso instante en que con una rapidísima mirada a los balcones del edificio vecino comprueba la cacareante, festiva, bullanguera salida de las mujeres, el Mayor observa a las plañideras del grabado que, lúgubres y acongojadas, cantan, claman, se conduelen en concentrado coro mientras la solista —alguien se asoma al balcón de Diana— se aproxima cada vez más al ara levantada en el centro mismo de la escena. A medida que empieza a vestirse ante el asombro mayúsculo del Bagre, que —es mejor prevenir— se retira con Matallana hacia el marco de la puerta, Augusto Jota registra nuevos hallazgos y descubre por fin en el extremo derecho de la imagen la figura del hombre, escondido hasta ahora tras una de las columnas y sustraído de esta forma a las miradas de la solista que hace la libación y del coro de jóvenes que la acompañan. Fisgonea y a la vez vacila, como si se preparara a salir al encuentro de todas las dolientes que ya están a punto de alcanzar el túmulo erigido en el corazón del cuadro. ¿El desagravio? Más fuera que dentro, la mujer no sabe qué decir ni qué hacer, juega un poco con sus propias manos mientras su marido busca una corbata que esté a tono con el traje gris perla que ha elegido y luego, en pleno ejercicio de una deformación profesional, se pone firmes y comprueba su pulcritud, unas gotitas de floïd blue aquí y ya está, listo para la revista. Quo vadis, domine?, casi se pellizca el Bagre, no le puede dar crédito a sus ojos, ¿a dónde vas a estas horas? A hacer una consulta, carraspea el castrense con los pulgares metidos en las sisas del chaleco y mientras afina su voz vuelve a examinar su atuendo, ahora sí, con tu permiso y se dispone a salir. ¿Una consulta? ¿En domingo?, la mujer no tiene más remedio que hacerse a un lado para que pase el Mayor perfumado, caramba, qué elegancia la tuya, ¿y a dónde vas a hacer esa consulta, si se puede saber? Supongo que conoces los reservados del Aricia: bordeas el parque, cruzas la calle y ya está: a lo mejor, y con un poco de suerte, antes del mediodía ya me tienes de vuelta. ¿Necesitas algo? Nada, la mujer se sienta. Entonces nos veremos a la hora del almuerzo, y la voz del hombre deja una estela de divertida zozobra que se corta allá abajo cuando la puerta chirría y se cierra rotundamente a sus espaldas. Mi marido desvaría como si fuera una sibila, y el Bagre, sin saber a qué atenerse del todo, lo mejor será poner un poco de orden y barrer esta cochambre, trae una escoba y hacendosa como no hay otra limpia aquí y allá, qué chiquero de casa, cambia de sitio esto y aquello, cómo me gustaría reclutar de nuevo a Sancha la Caramba, agita las cortinas, revisa las persianas, quita el polvo y, de pie ante la cama, como si saliera de un sueño, observa nostálgica esa especie de molde que ha dejado allí el cuerpo de Augusto Jota durante tanto tiempo, aunque a veces duda de que la sesión de cama fuera total, pues desde la sexta semana sospechó que su hombre, cuando ella no estaba, se dedicaba a pasear por la casa como un terrateniente por sus dominios y ha llegado incluso a reconstruir el recorrido al seguir una a una las huellas que sus Pielrojas van dejando por doquier, signo elocuente de su tránsito, de casa en casa, de postración en postración, de tristeza en tristeza. La tristeza de los naranjos le había arruinado el jardín en la casa de Los Trastamara y hace poco, para colmo, en un rapto de furia el Mayor había tirado los tiestos de las caléndulas por la ventana. Los ojos se le nublan y la mujer, en una pesada mezcla de misericordia e incredulidad, no puede sustraerse un momento a recordar y grabar la terca imagen del castrense postrado en su silencio. Sin importarle mayor cosa, el hombre había mantenido los ojos cerrados a la realidad y al tiempo, indiferente y digno y a la vez altivo como si estuviera siendo velado corpore insepulto, magistral y solemne en ese último instante que le prorrogaba su airada mujer, solemnidad semejante sólo a la de quien ha muerto en acto de servicio y recibe en consecuencia honores de Capitán General con mando en plaza, qué más quisieras, Bagre. De regreso a las cosas de este mundo, despejada y alerta, no se me vayan a quemar los guisos del almuerzo, la mujer cambia los tendidos y hace la cama con pericia y ampuloso estilo como si con ello se jugara la vida. Revolotea un poco por la alcoba, se asegura que las cosas van bien en la cocina, lleva un par de toallas limpias al baño, pasa al cuarto de arriba y, amparada por la soledad y los trastos, procede a deshacer las maletas que, a espera de mejor ocasión, había dispuesto en un rincón cualquiera del atiborrado desván. De la que se ha salvado el muy cabrito, piensa y al mismo tiempo se lamenta, pues yo estaba dispuesta a no aguantarlo un día más y, sin que alcance a comprender por qué, la asalta el recuerdo de la recia escena entre Balaam y su jumento —¿Qué te he hecho para que me trates de esa forma?/Te burlas de mí, respondió él. Si tuviera a mano un arma te mataría ahora mismo/¿Por qué? ¿No soy acaso tu burra, sobre la que has montado desde el día en que fui tuya?—, que de los Números pasó a la piedra y en cierta ocasión vio grabada en uno de los capiteles del panteón de su ciudad natal. Ni que yo fuera precisamente eso, una burra, para tener que soportar tantos ultrajes, no hay derecho, pues aquí donde me ven soy más dura que muela de afilar y nadie me va a babosear el sieso sólo porque sí. Arregla algunas gavetas, escarba por aquí y por allá y de pronto, sin saber cómo, se encuentra sumergida contemplando un viejo album familiar cuyo papel protagónico corre a cargo de Augusto Jota, que aparece en cada una de las fases de su metamorfosis: de Cadete (cara de quien cree en la humanidad); de Teniente (poco a poco ha aprendido a odiar pero disimula); de Capitán (ya no hay quien lo reintegre al redil). Todas las fotos aparecen sancionadas por el tiempo, inobjetables testimonios en sepia unas, bochornosamente amarillentas las demás: aparece sólo o acompañado, con mamá, con los niños, con los compañeros de promoción; posa con estilo en los actos de graduación, sonríe semidespistado con unos oficiales yankis allá en Pensacola, huraño y hasta enfadado en la boda de la mayor; de frente y perfil para el carnet, jovial veinte años ha tendido en la playa y, por último y para no hurgar más, hierático y digno en el papel de centauro junto a sus mejores bestias en el último torneo de polo conquistado, su foto preferida, su más doloroso recuerdo. El Bagre abandona el album y cree de buena fe que antes de que empiece la decadencia de un imperio hay que destruir sus monumentos y glorias, pobre hombre, aunque esas fotos le acaban de dar un soberbio garrotazo en la nuca a la mujer, cómplice de los fastos del otro. Ante las fotos desparramadas dentro de las páginas del cuaderno el Bagre no puede evitar el terco asedio del pasado, esta vez en conjunción con el denso olor de alhucema y espliego que aún conservan los cajones de las cómodas o, lo que es más hostigante aún, el familiar perfume de heno de Pravia, el aroma de mi niñez, que la atrapa al abrir una gaveta en la que también le sale al paso un pan de jabón negro de la Toja, tan hispánico todo, tan opresivo, tan nostálgico. ¿Cómo olvidar, así mismo, el olor de la pipa de tío Eduardo y el tufo de Calvados de papá? Pero basta de recuerdos. ¿Qué bicho habrá picado ahora a Augusto Jota?, vuelve la señora al mundo. ¿Habrá visto el equipaje y olfateado el vuelo? Ojalá consiga solucionar su problemita y vuelva a ser el mismo de antes, pues yo ya estoy hasta aquí con la boutique y si el idiota al que tengo entre ojos no me echa una mano tendré que liquidar al precio que sea, fusionarme con las Poveda o, en el peor de los casos —peor no por las condiciones sino por el duro golpe que recibirá el castrense—, estudiar, calibrar, tomar en serio la hipoteca que me ofrece Alfaro. ¿Se repondría el Mayor de una jugada así? Ciertamente, eso es lo que se llama una puñalada trapera pero, como dicen las monjas cuando están en celo, guerra es guerra y cualquier hueco es trinchera. Sí, puede ser que la suerte le dé un toquecito a mi hombre y tenga algo con qué entretenerse ya que la próxima temporada de cama me corresponde a mí. Sin embargo, olvida el Bagre que lo único que no se puede hacer en esta vida es cantar victoria antes de tiempo y menos cuando se es la mujer de un militar ducho en el análisis de los medios de defensa bajo el ángulo estratégico así como en la acción recíproca con el ataque: han transcurrido apenas cuarenta y cinco minutos desde la partida del Mayor cuando la puerta se abre y la señora recibe de frente la jocunda, rarísima e inexplicable felicidad de su consorte que, como en uno de los cuadros de su pieza preferida, ritorna vincitor y la sumerge en los meandros de una extraña e inconmensurable congoja. ¿Pero qué es lo que hace ahora este bellaco? Se quita el chaleco, tira la corbata sobre el taburete, zapatos y calcetines a su sitio, el pantalón donde debe estar, pijama encima y otra vez a la cama. Destruída su más elaborada espera, la mujer se lleva las manos al rostro como si así pudiera aminorar el gigantesco estertor que, profundo e incontenible, sale de lo más íntimo de su debilitada paciencia, arrastrando consigo entre lágrimas de ira e incredulidad las últimas reservas de esa precaria aunque hasta ahora generosa y válida clemencia. ¿No es así como él siempre quiso verla? Doblegado su orgullo, aniquilada su resistencia, la voluntad contrita, qué lejos estaba el Bagre con este semblante de su fiero e irreconciliable estilo de otras épocas. Transtornada por completo, su imagen se arroga la de Catalina que, tras abandonar a su padre, se plegó como un perro para seguir a pie a los ejércitos de su seductor, amándolo por encima de todo y renunciando incluso a la razón con tal de estar siempre a su lado. Indomeñable y ejemplar, la bella soldadera no vacilaba en dormir en los establos de su bienamado, indiferente y cruel, y Augusto Jota, fiel partidario de las evocaciones áulicas y de los lauros castrenses, llega al convencimiento de que una pasión así —mide y sopesa el desaliento, el rotundo desánimo de su compañera— nunca es del todo exagerada. ¿Acaso Catalina —esta vez la del Chant Royale— no sostenía que las mujeres estaban llamadas a gozar a través del sufrimiento por la causa y los clavos del esposo? Con un rosario de inquietudes desgranándosele atropelladamente entre los labios la mujer se aproxima al lecho del reincidente dejando de lado así sea por un momento la más terrible de sus prevenciones. ¿Qué haces? ¿Hasta cuándo vas a seguir así? ¿Crees que esto es vida? Primero, regreso a la cama; segundo, hasta dentro de poco tiempo; y tercero, claro que esto sí es vida, contesta minuciosa, ordenada, ritmadamente el Mayor mientras su derecha se dispone a atrapar uno de sus bien alineados Pielrojas. ¿Qué ha ocurrido?, el Bagre hace la pregunta y casi ni le presta atención, pues el cuarto de los trastos parece hacerla blanco de sus demandas y reproches, aunque pronto la aplazada decisión se dibuja terminante e inapelable en su por momentos sereno y apasible rostro. Qué vida ésta, y pensar que hace apenas un rato estuvo dispuesta a cambiar de política con su hombre, a no abrir la boca para nada y decir siempre sí, limitándose a ser bella, como está mandado, sonriente y literalmente empapada con À discretion, el celebrado e inconfundible perfum pour ces femmes qui font rêver les militaires et les poètes. ¿A dónde fuiste?, no puede contenerse. Diana ha dado a luz mellizos, dice él como si nada, rebosante de extraños fastos mientras el Bagre escruta profundamente en sus ojos a la caza de algo que le permita comprender qué es lo que pasa. ¿Diana? No tengo la menor idea de, pero es éste el instante en que Augusto Jota, a través del espejo, advierte cómo la solista ante el júbilo de sus acompañantes se funde en un abrazo con el joven que, por lo visto, decidió por fin darse a conocer en ese encuentro que el propio Mayor presentía y anhelaba desde quién sabe cuánto tiempo. ¿Mellizos?, el Bagre continúa fascinada por tan extravagante giro y cree que sus sienes van a saltar hechas añicos y hasta la lengua se le antoja reseca y nula, vuelta lo que se dice un bochornoso ovillo. Varoncito y hembra, sí, como los nuestros, aunque los de Diana son producto de la misma hornada. El escepticismo que ha hecho presa de la mujer insta a Augusto Jota a invitarla a mirar el cuadro y ella, como si tal cosa, lo observa y aprecia sólo lo que siempre ha habido: una vieja metáfora doméstica agazapada en la pareja de los Arnolfini. Algo desasosegante se percibe sin embargo en el conjunto, aunque es el embarazo de la mujer lo que más contribuye a aumentar esa atmósfera de extraño, cargado, morboso hostigamiento. El Bagre estudia la avanzada gravidez de la madona —algunos piensan que no hay tal gravidez y que todo obedece a un efecto del pliegue recogido de la falda— y, al fondo, en el respaldo del sillón, descubre la casi escondida imagen de santa Margarita, la patrona de los buenos partos. ¿Mellizos?, la mujer se regodea con la dimensión de ese vientre pletórico, bendecido por las agitadas aunque efectivas maromas que han borrado la pulcritud del thalamus virginis y de reojo observa a su marido, que acaricia al perro. El perro del cuadro la mira fijamente y ella empieza a reconocer una serie de objetos esparcidos caprichosamente por el suelo, los zapatos de calle en primer plano y, bajo el sillón, un par de zapatillas rojas. En la parte de atrás alcanza a discernir la lámpara y el dosel del lecho, así como la mano derecha de su marido dispuesta a refrendar su maldición urbi et orbi, momento éste en que el Bagre descubre la ventana sobre cuyo alféizar descansa una manzana, símbolo como se sabe de la Pareja Original. No se sorprende la mujer cuando, al final de su exhaustivo recorrido por el cuadro, capta la presencia del espejo en la pared del fondo —speculum sine macula para recoger el rostro de la amada, oh virgo veneranda— y gracias al cual se puede apreciar con nitidez la imagen de los dos esposos, cabalmente identificados con el papel que desempeñan no sólo en la distribución del grabado sino también en el orden ambiguo de la alcoba. El Mayor arranca al Bagre de sus cavilaciones —un espejo refleja un cuadro, el cuadro reproduce otro espejo, este espejo multiplica el alma extraviada de los seres en el aposento— y le dice que el correo de Salamina anuncia que nuestro hijo está a punto de llegar, por lo visto mamá lo ha llamado por fin a calificar servicio. Habrá que anunciarle a Eugenia la llegada de su hermano, propone la mujer reintegrándose y el castrense asiente con una espléndida sonrisa, eso es precisamente lo primero que se debe hacer, unir a los hermanos a como dé lugar. ¿Y Diana?, solidaria o curiosa recupera de pronto posiciones el Bagre. ¿Qué va a ocurrir con ella y los mellizos? La respuesta, brutal e inapelable, no se hace esperar. Tranquila, mujer, nada va a ocurrir, nada va a alterar la paz de nuestra casa, pues no carecían de razón los gnósticos cuando afirmaban que a las mujeres hay que cargarlas y dejarlas en un rincón, como a las escopetas. Derrotada, sin alcanzar a digerir la sarta de barrabasadas e insolencias de Augusto Jota, goipeada, es cierto, pero decidida y con un amargo adiós colgando desde ya en sus labios, la infeliz no tiene otra solución que la de sentarse poco a poco sobre la última de sus esperanzas hechas, como si ella misma frente a la ruda verdad de su marido no fuera más que la sombra de una vieja y abismal mentira. Y es entonces cuando, para mayor pasmo del Bagre, el Mayor saca de la gaveta de la mesa de noche su vieja carta de batalla y, tras leer el primer párrafo, se rasca la cabeza, dice algo y, a continuación, la rompe como si de una antigua y cancelada cuenta se tratara: cuando ambos hacían el amor (o él creía que ella también lo hacía) el adusto personaje que en la película tenía a su cargo el rôle de la muerte, con astucia le ganaba una partida de ajedrez al Caballero del — ¿por qué lo había obsesionado tanto esta extraña frase de la carta al Bagre? ¿Por qué trató de esa forma a la mujer que, aunque fría, distante y aún bajo promesa de una dádiva, había accedido, como ella decía en su jerga, a horizontalizarse para su solaz?— Séptimo Sello, el Séptimo de Caballería, divaga Augusto Jota, Old soldiers never die, es cierto: se descomponen en su propia infamia. La muerte no gana ninguna partida y es la nostalgia la que se apodera de todo: mezcla los recuerdos, altera las situaciones, sublima los actos, idealiza las personas, sí, toda esa

268

vasta traición a la verdad es lo que se llama vida. Carraspea, mira crepuscularmente a su mujer, sentada ahora en la cama con el termómetro en la mano, muda tras la certera admonición, mulier taceat in thalamus, y después se da vuelta sobre el lado derecho ofreciéndole el pesado altorelieve de su trasero ecuestre al tiempo que, como si se tratara de un inmisericorde colofón, le dice algo acerca de los soldados y sus objetivos, de Diana y del hijo a punto de llegar mientras, inexplicablemente, dada su proverbial fobia a la música, intenta recrear con su voz el dos por cuatro de un viejo rigodón. Más tarde, seguro de haber conseguido el acertado compás y luego de comprobar cómo el Bagre, que ahoga ese do sobreagudo en falsete con el que está a punto de obsequiarlo, prefiere acusar con su silencio el golpe —¿Por qué no enciendes de una vez la lámpara? Recoge esos papeles y, por favor, no cierres al salir—, el Mayor extiende su brazo izquierdo, acaricia la testa de Matallana y advierte a través de la ventana cómo los árboles, los bloques de los edificios y los transeúntes se hinchan, obscenos de paciencia, mientras comienza a escampar y el día, por fin, accede a repartir su lástima.

Barcelona, 1977-1978.